KB169632

먹는 것과 싸는 것

Authorized translation from the Japanese language edition, entitled
《シリーズ ケアをひらく》食べることと出すこと
ISBN 978-4-260-04288-8
著: 頭木 弘樹
published by IGAKU-SHOIN LTD., TOKYO Copyright ⓒ 2020.
All Rights Reserved. No part of this book may be reproduced or transmitted in
any form or by any means, electronic or mechanical, including photocopying,
recording or by any information storage retrieval system, without permission from
IGAKU-SHOIN LTD. Korean language edition published by Dadalibro ⓒ 2022.

먹는 것과 싸는 것

가시라기 히로키Hiroki Kashiragi 지음 김영현 옮김

다다
서재

병이 일으키는 정신적 변화는 얼마나 엄청난지,
건강의 빛이 스러질 때 드러나는 미지의 영역은 얼마나 놀라운지.

● 버지니아 울프 「질병에 관하여」 중에서[1]

●

'먹고 싸는 것'이
당연하지 않은 일이 된다면?

밥과 똥

"밥을 든든하게 먹고, 그리고 똥을 시원하게 싸고."

내가 초등학생이던 시절. 카세트테이프에 녹음한 할아버지의 목소리. 당시는 손쉽게 동영상을 찍을 수 있던 시대가 아니라, 이 녹음이 유일하게 남은 할아버지의 육성이다.

"그런 거 말고, 더 좋은 말도 있잖아요." 뒤이어 초등학생이던 내가 불평한다. 밥이니 똥이니, 그런 시시한 건 싫다고 생각했던 게 기억난다.

그렇지만 이제 와 생각해보면 할아버지는 무척 소중한 것을 말씀하셨다.

그 후―할아버지가 돌아가시고 한참 뒤의 일이지만―나는 그야말로 제대로 먹고 쌀 수 없게 되었기 때문이다.

지금 할아버지의 말씀을 들어보니 전혀 다르게 들린다.

제분기 같은 인간

위로 처먹고, 밑으로 싸는

제분기製糞機, 똥 만드는 기계 같은 놈뿐이구먼.

—『베이초 라쿠고 전집 증보개정판 제3권』 중에서[2]

「중개인」이라는 라쿠고*의 한 구절이다. 시시한 녀석들만 있다는 말을 이렇게 표현했다.

인간 따위 별것 아니다, 인생 따위 그리 대단하지 않다, 이렇게 말할 때 "인간도 어차피 먹고 쌀 뿐인 존재야." 하곤 한다. 아니면 반대로 "인간이란 그저 먹고 쌀 뿐인 존재가 아니다."라고 반론하기도 한다.

어쨌든 '먹고 싸는 일'이란 시시하다는 말이다.

먹고 싸는 것에 대한 경멸, 경시가 많은 이들의 마음속에 있다. 적어도 먹고 싸는 것만으로는 만족할 수 없다는 마음이.

*　　일본의 전통 공연으로 '라쿠고가(落語家)'라는 사람이 부채와 손수건을 들고 무대에 앉아 청중들에게 이야기를 들려준다. 유머러스한 희극부터 괴담까지 다양한 이야기를 다루며 음악과 무대 효과를 전혀 사용하지 않고 몸짓과 입담만 활용한다는 점이 특징이다.

인간 활동의 궁극

　그렇지만 인간 생활에서 필수가 아닌 것을 하나씩 제외한다면 마지막에는 '먹기·싸기·잠자기'가 남는다. 자는 것이 활동을 정지한 상태라면, 활동하는 상태에서는 먹는 것과 싸는 것이 남는 셈이다.

　이 두 가지는 결코 제외할 수 없다. 며칠만이라도 '먹기·싸기'를 할 수 없으면 생명이 위태로워지니까. 바로 그 때문에 "인간도 어차피 먹고 쌀 뿐인 존재야."라고 할 수 있는 것 같다.

　이렇게 말할 수도 있다.

　'인간 활동의 궁극은 먹는 것과 싸는 것이다.'

서바이벌

인간은 먹고, 꿍 하고, 자면 그만입니다.
─후카자와 시치로, 『인간멸망적 인생안내』 중에서[3]

　후카자와 시치로는 『나라야마부시코楢山節考』『미치노쿠의 인형들みちのくの人形たち』 등을 쓴 작가다. 그가 인생 상담을 하는 책을 딱 한 권 남겼는데, 바로 『인간멸망적 인생안내』다.

　살아가며 이것저것 고민하는 사람들에게 후카자와 시치로

가 답한 문장이다. "끙 하고"란 '배설하고'라는 뜻이다.

이 문장에는 인간이란 고작 먹고 배설하고 잘 뿐이라는 허무감이 담겨 있다. 그리고 동시에 그 세 가지가 인간 활동의 궁극이라는 근본을 제시한다.

그렇지만 과연 그뿐일까. 이 문장에는 강한 힘도 담겨 있다. 괴로운 상황에서도 어떻게든 살아남겠다는 강한 의지가 느껴진다.

먹고 싸는 행위에는 생명력, 살겠다는 의욕, 죽지 않겠다는 끈질김 같은 것이 있다. 한마디로 줄이면 '서바이벌'일까.

제대로 먹고 쌀 수 없게 된다면?

먹고 싸는 것이란 시시한 것이며, 인간 활동의 궁극이며, 서바이벌이다.

그렇다면 제대로 먹고 쌀 수 없게 되었을 때에는 대체 어떤 일이 벌어질까?

이 질문에 대한 답을 지금부터 이야기해보려 한다.

차례

1장 ___

우선,
무슨 일이 벌어졌는가

건강할 때 우리는
몸속 장기의 존재를 알지 못한다.
우리에게 장기의 존재를 알려주는 것은 바로 병이다.
장기의 중요성과 연약함, 장기에 대한
우리의 의존 등을 이해시켜주는 것도 질병이다.
여기에는 무언가 냉혹함이 있다.
장기에 대해서 잊고 싶어도 소용없다.
병이 그러도록 놔두지 않는 것이다.

● 에밀 시오랑, 『시간을 향한 추락』 중에서[4]

평범한 일이 아닌 줄은 알았지만…

설사가 계속되었다.

두세 달 동안 계속되었다.

그렇지만 전혀 신경 쓰지 않았다.

평소대로 과식을 하기도, 과음을 하기도 했다.

조심하지 않으니까 좀처럼 나아지지 않는 거라고 생각했다.

하지만 점점 심해졌고 너무 오래 이어졌다. 조금 조심해서 소화가 잘되는 걸 먹어보려 했다. 조금 나아진 것 같았다. 하지만 설사가 아예 멈추지는 않았다. 그럼에도 '조금 나아진 것 같은' 상태에 희망을 품고 그대로 섭식에만 주의했다.

그러던 어느 날, 붉은 변이 나왔다. 출혈이었다.

경악했다. 설사가 아무리 심하다고 피까지 나올까. 상처에서 난 피는 아닌 것 같았다. 피가 묻어난 게 아니라 전체적으로 섞여 있었다.

이건 이상해. 그렇게 생각할 수밖에 없었다. 평범한 일이 아니라고.

병원 가기가 더 겁났다. 무서운 병명을 듣고 싶지 않았다.

아무 일도 아니길 기도하면서 더더욱 소화에 좋은 걸 먹으려고 했다.

나는 내 몸을 의식한 적이 없었다

대학교 3학년, 스무 살 때 일어난 일이다.

그때까지는 무척 건강했다. 감기 정도는 걸렸지만 큰 병도 없었고 평범했다. 위장도 튼튼한 편이라 먹는 것에 대해서는 아무런 신경을 쓰지 않았다. 술도 마셨다. 담배도 피웠다.

딱히 내 몸을 의식한 적이 없었다.

'몸을 의식한 적이 없다.' 이것이야말로 건강한 사람이 누릴 수 있는 가장 큰 사치라는 걸, 지금은 잘 알고 있다.

병원에 다닌 적이 거의 없었고, 가족 중에도 통원 치료를 하는 사람이 없었기 때문에 병원이란 나와 동떨어진 곳이었다. 다른 누군가가 가는 곳이며 내가 갈 곳은 아니었다. 병원에 가게 된다 해도 머나먼 미래의 일이라고 생각했다.

일시적으로 나아지는 함정

어느 날, 출혈이 멈췄다.

설사도 멈췄다. 평범한 변이 나왔다.

얼마나 기뻤던지.

걱정했는데, 괜찮았구나. 마음속 깊이 안도했다.

나중에 알게 된 사실이지만, 일시적으로 괜찮아지는 것이야 말로 궤양성 대장염의 전형적인 증상이다. 아무것도 하지 않는데 일시적으로 낫는 것이다. 사람 헛갈리게 하는 병이었다.

피로 물든 변기

다시 설사가 시작되었다. 출혈도 시작되었다.

평범한 상태로 돌아갔던 기간은 일주일 정도였던 것으로 기억한다.

'지난번에 분명 나았다'는 경험이 있어서 또다시 섭식에 주의하며 고치려 했다. 전에 나았으니 이번에도 괜찮아질 거라고 믿어 의심치 않았다.

그렇지만 이번에는 낫지 않았다. 아무리 음식을 조심해도 낫지 않았다. 점점 설사가 심해졌고 변의 상태도 나빠졌다. 심지어 변보다 피가 더 많은 것 같았다. 화장실에 가는 횟수도 갈수록 늘어났다. 더 이상 내보낼 것도 없는데 피만 빠져나가는 느낌이었다.

변기가 피로 물들었다.

복통도 심해졌다. 화장실에서 몸부림치며 고통스러워했다.
아무리 생각해도 이상했다.

병원에서 거짓말을 하다

서점에서 『가정의 의학』이라는 책을 살펴봤다.

무서운 병명들이 연달아 나왔다. 겨우 스무 살인데 죽는 걸까. 도저히 병원에 갈 용기가 나지 않았다.

주저주저하다가 결국 병원에 갔다. 하지만 "어디가 안 좋으세요?"라는 의사의 질문에 "설사가 멈추지 않아요."라고만 답했다. 출혈은 얘기하지 않았다. 감춰버렸다.

당연히 평범한 지사제만 처방을 받았다.

나는 무서운 진단이 나오지 않았다고 안심하며 지사제에 희망을 걸었다.

물론 효과가 있을 리 없었다.

개구리 엉덩이에 빨대를

다른 병원에도 갔지만 출혈이 있다는 사실은 숨겼다.

의사가 주장注腸 검사라는 것을 권했다.

어떤 검사인지 물으니 설명해주었다.

"개구리의 엉덩이에 빨대를 꽂고 숨을 훅 불어넣으면 배가 빵빵해지겠지? 그런 식으로 사람의 배를 빵빵하게 해서 검사하는 거야. 항문으로 바륨을 넣어서 엑스레이를 찍는 거지."

그런 검사는 죽어도 받고 싶지 않았다.

의사의 외침 "으악!"

화장실 가는 횟수를 헤아릴 수 없는 지경이 되었다. 일어나면 화장실로 뛰어들었다. 그때마다 피 섞인 설사.

잠잘 때도 복통에 시달렸고, 열도 나기 시작했다. 아마 빈혈도 있었을 것이다. 정신이 몽롱했기 때문이다.

친구가 와서 병원에 데려가주겠다고 했지만, 거절했다.

아무것도 하지 않은 채 증세는 점점 심각해졌고, 결국 의식이 흐릿해졌다. 혈변과 복통과 열에 고통스러워했고, 신음하며 손톱으로 벽을 쥐어뜯기에 이르렀다.

내 모습을 본 친구가 더 이상 이대로 둘 수는 없다며 나를 차에 태워서 병원으로 데려갔다.

앞서 말한 '개구리 의사'가 있는 곳이었다.

그때조차 나는 의사에게 출혈이 있다고 말하지 않았다.

의사가 "적리*는 아니겠지?" 따위의 말을 했지만, 내 증상이 심상치 않다고 생각했는지 "암튼 엉덩이 속을 볼게."라면서 다짜고짜 직장경直腸鏡(외래에서 직장 속을 보기 위해 사용하는 의료기구)을 항문에 집어넣고 속을 들여다봤다.

갑자기 의사가 소리쳤다. "으악!"

"이건 큰일인데. 당장 입원해야 해."

곧장 입원 수속을 진행했다.

결국 출혈을 들켜서 내 의지를 존중받을 수 없는 상황이 되었다. 나는 마음속 한구석으로 안도했다.

처음 경험한 실신

입원 수속을 위해 채혈도 해야 했다.

이제 내게는 피가 남아 있지 않은 것 같다는 느낌마저 들어서 "채혈은 안 하면 안 될까요?"라고 사정했지만, 그렇게 말하는 사이에도 팔에서 피가 뽑혔다. 정신을 차렸을 때는 바닥이 눈앞에 있었다.

정신을 잃고 의자에서 떨어진 것 같았다. 간호사가 잡아준 덕에 간신히 바닥에 머리를 부딪치지는 않았다.

---

*　　　급성 전염병인 이질의 일종으로 발열, 복통, 피가 섞인 대변 등의 증상이 나타난다.

그 정도로 빈혈이었던 것이다.

살면서 정신을 잃은 적은 한 번도 없었다. 그때가 처음이었다. 이렇게 아무것도 모르는 채 시간만 건너뛰는 게 실신이구나 싶어 깜짝 놀랐다.

지린 것을 숨기다

실신해도 하혈은 계속되었다. 점적주사*를 맞는 동안, 화장실로 뛰어갈 수 없어서 바지에 그만 지리고 말았다. 두꺼운 청바지였기에 다행히 들키지는 않았다.

마침 환자복으로 갈아입어야 했기에 나는 "혼자 입을 수 있어요."라고 고집을 부렸다.

바지 안쪽과 속옷은 피투성이였다. 이제는 변 같지도 않았지만, 그래도 나는 지린 것을 들키고 싶지 않았다.

속옷과 옷을 둥글게 구겨서 커다란 비닐봉지에 넣고 장 속에 숨겼다.

---

*   오랜 시간에 걸쳐 많은 약물을 높은 곳에서 한 방울씩 떨어뜨려 정맥으로 들어가게 하는 주사.

거울 속의 유령

점적주사를 맞으며 스탠드를 끌고 처음 화장실에 갔다.

침대 곁에 간이 화장실을 둘지 물어봤는데 내가 거절했다. 그때는 1인실이었지만 그래도 싫었다.

볼일을 보고 손을 씻으려는데 세면대 위에 거울이 있었다. 거울에 내 모습이 비쳤다.

섬뜩했다. 내 몸을 보고 움찔 놀랄 정도였다.

한 번도 본 적 없는, 망령 같은 인간이 거울 속에 있었다.

병원에서 준 옷은 마치 승려들이 입는 것 같았는데, 가슴 쪽이 벌어져서 갈빗대가 또렷이 드러나 있었다. 볼은 비썩 말랐고, 손은 마른 나뭇가지 같았다.

밤이었고 병원 화장실 조명이 어두웠던 탓도 있었을 것이다. 그래도 놀라웠다. 집에서 누워 지낸 동안에는 거울을 보지 않았다. 이 정도일 줄은 몰랐다. 거울 없이도 가슴은 보았을 텐데 전혀 눈치채지 못했다.

SF영화나 호러영화를 보면 외견에 무언가 이변이 일어나 거울을 보고 섬뜩해하는 장면이 종종 나오는데, 내가 직접 체험할 줄은 생각지도 못했다. 내 머릿속에 있는 스스로에 대한 이미지와 전혀 다른 모습을 거울로 보는 것은 말로 표현하기 힘든 신기한 느낌이었다.

이게 지금의 나라고 스스로를 납득시켜야 했는데, 어려웠다.

나는 어린 시절부터 볼이 통통해서 연세 지긋한 분들이 종종 "보살님 같은 얼굴이구나."라고 했다. 중학생 때는 여자아이들이 신발장 앞에서 "가시라기는 볼살만 없어도 좀 나을 텐데."라며 웃는 걸 듣고 충격을 받기도 했다.

그랬던 볼살이 흔적도 없이 사라져 움푹 패어 있었다.

가슴팍도 어렸을 때부터 두꺼워 학교에서 신체검사를 하면 의사가 "가슴이 두껍구나."라고 감탄하곤 했다.

그랬던 가슴이 이제는 갈빗대가 두드러져서 꼭 옛날에 그려진 유령화* 같았다.

거울 앞에서 망연자실했던 것이 기억난다.

신체적인 자기상을 변경하다

그때 체중이 26킬로그램 줄었다. 나중에 6킬로그램 정도 다시 늘어났지만, 그 이상은 지금까지도 회복하지 못했다.

스무 살 이후 만난 사람들에게 나는 마른 인간이고, 직물 같은 모습의 요괴인 잇탄모멘—反木綿과 닮은 얇은 인간이다. 이제 나는 이런 인간이라고 스스로도 받아들이고 있다.

*   말 그대로 유령 또는 영혼을 그린 그림이다. 에도 시대부터 메이지 시대에 걸쳐 한 분야로 나뉠 만큼 많이 그려졌다.

아니, 실은 지금도 마음속 한구석에 '지금 모습은 진정한 내가 아니야.'라는 생각이 있다.

그래서 나는 병에 걸리기 전인 중학생과 고등학생 시절의 지인과 만나는 걸 무척 좋아한다. 그들은 "변했구나!" 하고 놀란다. 그것이 기쁘다.

진정한 내 모습은 이제 그 사람들 속에만 남아 있는 것이다.

나는 스스로 아픈 사람이라는 사실을 받아들이는 동시에 신체적인 자기상의 변화도 받아들여야 했다.

지금까지 쓰던 신체에서 다른 신체로 영혼이 갈아탄 듯한, 그런 느낌까지 들었다.

수화기가 무거워

의사가 부모님을 불러야 한다고 말했다.

그렇지만 부모님이 계신 고향 야마구치현은 병원이 있는 쓰쿠바시에서 멀었고, 나는 세 아이 중 늦둥이 막내라서 부모님은 이미 연세가 꽤 많았다. 병원까지 오가는 건 간단한 일이 아니었다.

게다가 부모님을 부르라니, 마치 당사자인 내게는 말할 수 없는 일이 있다는 뜻 같아서 점점 더 불안감이 커졌다. 그런 불안 때문에도 부모님을 부르라는 요청에 저항했다.

그렇지만 의사는 꼭 불러야 한다며 내 호오는 중요하지 않다는 듯 밀어붙였다.

할 수 없이 부모님에게 전화를 걸었다. 병원의 공중전화를 이용했다. 전화기 옆에 의자가 있는 덕에 앉아서 전화할 수 있었다.

그런데 통화하기가 매우 어려웠다. 수화기가 무거워서 중간 중간 쉬지 않으면 들고 있을 수가 없었기 때문이다.

부모님과 통화하는 동안 여러 번 "잠깐 기다려봐."라고 말하고는 수화기를 든 오른손을 허벅지 위에 올리고 좀 쉬었다가 다시 힘내서 귀에 대고 이야기했다.

수화기의 무게를 신경 쓰는 사람은 아마 거의 없을 것이다. 하지만 당시 내게는 쇳덩이 아령 같았다. 수화기가 무거워서 손이 벌벌 떨렸다.

그토록 근육을 잃어버렸다는 사실을 처음 깨달았다.

바람에 비틀거리다

내가 다닌 대학교에는 중학교와 고등학교처럼 체육 시간이 있었다. 나는 마지못해서 '체조 트레이닝'이라는 수업을 신청해 들었는데, 헬스장에서 근육 운동을 하는 것과 비슷하게 진행되었다.

1학년 때 처음 수업을 들었을 때는 운동하고 나면 방에 쓰러져서 몇 시간씩 누워 있을 정도였다. 하지만 3학년이 되자 운동이 별로 힘들지 않을 만큼 근육이 꽤 붙었다.

이른바 남자다운 몸이 되면서—아마 한창 그럴 나이였기 때문이기도 했겠지만—지금껏 경험한 적 없을 만큼 이성에게서 관심을 받았다. 인생에는 이런 시기도 있구나 싶어 흥미진진했다.

그랬지만, 완전히 잃어버렸다. 몸에서 근육이며 지방이며 떨어질 수 있는 것은 전부 떨어져버려서 자코메티*의 조각 같은 모습이 되었다. 혈색도 사라지고, 피부의 수분도 메말라서 입술이 버석버석해졌다. 청춘이 순식간에 끝나버렸다.

병원 밖을 잠깐 산책할 수 있게 된 무렵의 일인데, 조금이라도 바람이 불면 정말로 비틀거렸다. 깜짝 놀랐다. 바람에 비틀거리는 일이 현실에 있을 줄이야. 이제 전철 플랫폼의 끄트머리에는 설 수 없겠구나 싶었다.

이런 생각도 들었다. '지금 나는 종이비행기랑 부딪쳐도 다치지 않을까.'

---

*   스위스의 조각가. 철사와 같이 가늘고 긴 조상(彫像)을 주로 제작했다.

타인의 단백질

의료진이 수혈을 할지 검토하기 시작했다. 그렇지만 당시에는 수혈의 위험성이 높았고, 나도 젊었기 때문에 아슬아슬할 때까지 수혈하지 않고 버티자는 결론이 났다.

다만, 몸에서 극도로 단백질이 없어졌기 때문에 사람의 혈액에서 추출한 단백질을 점적주사로 맞았다. 엄청 끈적끈적하게 한 방울씩 떨어지는 주사였다. 연못 바닥에 쌓인 침전물처럼 어둡고 탁한 초록색을 띠고 있었다.

남의 피 속에 있던 단백질이 몸에 들어오고 있다니, 그리 좋은 기분은 아니었다. 하지만 유령처럼 되어버렸기 때문에 조금이라도 사람다워지려면 어쩔 수 없다고 받아들였다.

개구리 검사

절대로 하기 싫었던 '개구리 검사', 즉 주장 검사를 받았다.

의사의 설명이 너무 지나쳤다고 생각했지만, 확실히 그 설명대로 하는 검사였다. 그래도 상상만큼 힘들지는 않았다.

항문을 통해 대장 속으로 바륨과 공기가 주입되었고, 나는 움직이는 검사대 위에 누웠다. 이런저런 각도로 검사대가 움직였고, 나도 누운 채 다양한 포즈를 취하라는 지시를 따랐다.

그렇게 뢴트겐 사진을 여러 장 찍었다.

이 주장 검사는 그 뒤로 대략 일주일마다 꽤 여러 차례 했다. 그토록 싫어했던 검사를 이렇게 많이 하게 될 줄이야. 이 것도 증상이 심각해진 탓이라고, 더 빨리 병원에 가야 했다고 후회했다.

그렇지만 나중에 다른 병원으로 옮겨서 당시에 검사를 받은 이야기를 했더니 "그렇게 찍으면 위험한데."라고 새로운 의사가 화냈다. 아무래도 첫 병원에서는 의사가 논문 등을 위해서 많이 촬영한 것 같았다.

의사가 내 병에 별 관심이 없으면 대충대충 진료하지만, 너무 관심이 많으면 실험 대상이 되기도 한다. 어려운 문제다.

난치병이라서 기뻐하다

검사 결과는 명료했던 모양이다. 틀림없이 '궤양성 대장염' 이라고 했다.

처음 들어보는 병명이었다. 예전에 봤던 『가정의 의학』에도 그런 병명은 눈에 띄지 않았다.

"죽는 건가요?"라고 물었다. 그게 가장 중요했다.

"20년 정도 전에는 돌아가시는 분들도 계셨죠. 그런데 지금 은 궤양성 대장염 자체로 죽는 경우는 없어요."

정말 기쁜 말이었다. 줄곧 병이 두 손으로 내 목을 움켜쥐고 있고, 나는 꼼짝 못 하고 목이 졸릴 수밖에 없다고 느껴왔기 때문이다.

내가 싱글싱글 웃자 의사가 말했다. "기뻐할 일은 아니에요. 궤양성 대장염은 난치병이니까요." 또한 "궤양성 대장염 자체로 죽는 경우는 없지만, 궤양성 대장염 때문에 다른 병에 걸려서 죽기도 해요."라고 했다.

그때 느낀 불안은, 지금도 이어지고 있다.

'희귀질환'이란?

'희귀질환'*이라는 말, 그저 낫기 어려운 병이라는 의미로 쓰는 줄 알았는데 그렇지 않았다.

엄연히 나라에서 지정한 희귀질환이라는 게 있었다. 이 사실에도 놀랐다.

일본에는 '난병법(정확히는 '난병 환자에 대한 의료 등에 관한 법률')'이라는 법이 있다.(2015년 1월 1일 시행되었으며, 나에게 처음 증상이 나타났을 때는 '난병대책요강'이었다.)

---

* 일본에서는 '난병(難病)'이라고 하며 한국에서 말하는 '난치병'과는 의미가 다르다. 이 책에서는 '난병'을 '희귀질환'이라고 옮기되, 일본의 법률용어일 경우 '난병'을 사용했다.

그 법의 정의에 따르면 다음 네 가지 조건에 전부 해당해야
희귀질환이다.*

- 발병 원리(원인)가 명확하지 않다.
- 치료 방법이 확립되지 않았다.
- 희소한 질환이다.
- 장기 요양을 취해야 한다.

그 희귀질환 중에서도 다음 두 조건에 해당하는 것을 법적
으로 '지정난병指定難病'이라고 한다.

- 환자 수가 일정 기준(인구의 약 0.1퍼센트 = 대략 12만 7000명)
  에 미치지 않는다.
- 객관적인 진단 기준(또는 그에 준하는 것)이 성립되어 있다.

지정난병은 의료비 지원의 대상이다. 희귀질환의 수는
5000~7000개라고 하며, 그중 지정난병은 333개다.

병에 따라 환자 수가 전국에 한두 명인 경우도 있다. 터무
니없는 고독이다.

---

*   한국에는 이와 비견할 만한 법으로 2016년 시행된 '희귀질환관리법'이 있
다. 희귀질환관리법 시행규칙에는 유병 인구 수, 진단에 대한 기술적 수준,
치료 가능성 등 희귀질환 지정 기준이 명시되어 있다.

그렇지만 전체 지정난병 환자만 헤아려도 약 91만 명이다. 만약 100만 부 팔린 책이 있다면, 손꼽히는 베스트셀러로 주변에 읽는 사람이 한 명쯤은 있게 마련이다. 그러니 지정난병 환자 역시 가까운 곳에 반드시 있다고 해도 무방할 것이다.

궤양성 대장염 환자는 약 20만 명

지정난병은 그동안 56개→220개→330개로 늘어났는데, 궤양성 대장염은 56개이던 시절부터 지정난병이었다. 희귀질환의 터줏대감인 셈이다.

궤양성 대장염 환자는 매년 증가하고 있다. 1980년에 약 4400명이던 환자가 2014년에는 17만 명이었고, 2019년에는 20만 명 이상으로 늘어났다. 대단한 증가율이다. 만약 기업의 실적이었다면 주주들이 크게 기뻐했을 것이다. 참고로 유럽과 미국에는 궤양성 대장염 환자가 더 많아서 일본에 비해 발병률이 열 배가량 높다고 한다.*

궤양성 대장염 다음으로 환자가 많은 지정난병은 파킨슨병이다.

---

*   한국에서도 궤양성 대장염 환자는 빠르게 증가하고 있다. 건강보험심사평가원 통계에 따르면 2019년 한국의 궤양성 대장염 환자는 약 4만 4000명이었다.

환자가 크게 늘어났기 때문에 지정난병에서 제외되지 않을까 우려가 있었는데, 실제로 2018년에는 궤양성 대장염 환자 중 약 31퍼센트가 의료비 지원 대상에서 제외되었다. 병이 나아서가 아니라, 지원 기준이 까다로워졌기 때문이다.

어떤 병인가

그 이름 그대로, 대장의 점막에 염증이 일어나 궤양 상태가 된다. 궤양의 범위가 어느 정도인지는 사람마다 다르며, 크게 다음처럼 세 가지로 나눌 수 있다.

- **직장염** 직장에만 염증이 일어남.
- **좌측 대장염** 대장의 절반 정도에 염증이 일어남.
- **광범위 대장염** 말 그대로 대장 전체에 염증이 일어남.

직장의 길이는 약 20센티미터. 대장 전체의 길이는 평균 1.6미터. 그러니 직장염과 광범위 대장염 사이에는 꽤 큰 차이가 있는 셈이다.

나는 광범위 대장염이다.

대장은 물음표

대장이 배 속에 어떻게 담겨 있는지, 나는 병에 걸릴 때까지 몰랐다.

대략 말하면 대장은 물음표?에서 아래쪽 점을 뺀 모양이라고 한다. 좀더 네모진 모양이긴 하다만. 배 속의 중심에는 소장이 있고, 그 주위를 대장이 빙글 둘러싸고 있다.

오른쪽 하복부의 맹장에서 시작되어 위쪽을 향해서 '상행결장'.

배의 윗부분에서 오른쪽부터 왼쪽으로 '횡행결장'.

몸의 왼쪽에 '하행결장'.

'S상결장'으로 연결되고, 마지막에는 '직장'.

일반적으로 염증은 직장부터 퍼지기 때문에 장의 절반 정도에 염증이 일어나는 경우를 '좌측 대장염'이라고 부른다.

중증도의 차이

병의 중증도는 '범위'만으로 결정되지 않는다. 염증이 얼마나 심한지, 염증이 가라앉는지, 약이 효과가 있는지, 이런저런 것을 고려한다.

염증이 가벼우면 설사에 그치지만, 염증이 심해지면 혈변을 본다. 거기서 더 나아가면 나처럼 거의 피만 나오는 느낌이 된다. 점액도 많이 나오는지, 점혈변이라고 부른다. 마치 내장이 녹아서 흘러나오는 것 같았다.

관해와 재연

궤양성 대장염은 일단 걸리면, 평생 낫지 않는다. 그래서 난치병이다.

그렇지만 염증이 가라앉을 때는 있다. 그런 것을 '관해寬解'라고 부른다. 그리고 다시 염증이 일어나는 것을 '재연再燃'이라고 한다.

일반적으로 관해와 재연이 번갈아 반복되며, 그런 경우를 '재연관해형'이라고 부른다. 내가 딱 그랬다.

염증이 계속 지속되는 경우도 있는데, '만성지속형'이라고 한다.

다 같은 '재연관해형'이라도 관해와 재연 사이의 기간은 사람마다 꽤 차이가 난다. 관해기가 10년 이상 이어지는 사람도 있다. 반면 약을 줄이자마자 재연되는 사람도 있다.

같은 병이라고 믿기지 않을 만큼 다른 것이다.

나는 약을 줄이면 재연이 되어버리는 쪽이었다. 오랜 관해기를 손에 넣을 수는 없었다.

프레드니솔론 덕에 살고,
프레드니솔론 때문에 수술을 받고

궤양성 대장염은 치료법이 마련되어 있고, 약도 여러 가지 있다.

그다지 부작용이 없는 약만으로 관해가 되는 사람도 있지만 대부분은 프레드니솔론(부신피질호르몬)이라는 부작용이 강한 약을 쓴다.

프레드니솔론마저 듣지 않는 사람이 있는데, 그런 경우는 더욱 어렵다. 궤양성 대장염 환자 중 약 30퍼센트는 이른바 '난치'라고 하는, 치료가 어려운 상태라고 한다. 일부는 수술을 받기도 한다.

나는 증상이 심했기 때문에 처음부터 프레드니솔론을 사용했고, 다행히 효과가 있었다.

그렇지만 13년 동안 요양한 끝에 결국은 수술을 받았다. 프레드니솔론을 장기간 복용한 탓에 부작용이 일어나서 계속 사용하기에는 위험성이 컸기 때문이다.

지금도 프레드니솔론을 복용하고 있지만, 수술 덕에 복용량이 적어졌다.

환자마다 크나큰 차이

직장염에 부작용이 적은 약으로 관해기에 접어든 사람은 희소질환 환자라 해도 거의 평범한 사람처럼 생활할 수 있다. 수술 같은 건 당연히 필요 없다.

그 때문에 환자 모임 같은 곳에서 "희귀병 취급 좀 안 했으면 좋겠어! 궤양성 대장염을 지정난병에서 제외해야 해!"라고 주장하는 사람도 있다. 특히 어린이 환자의 부모들이 그렇다.

반면 누워서 생활하는 지경인 중증 환자도 있다. 일을 하기는 도저히 어렵고 먹고살 길도 막막한데, 지정난병에서 제외된다면 의료비 지원을 받지 못해 그야말로 생명이 위태로워질 것이다.

이처럼 같은 궤양성 대장염이라도 환자마다 큰 차이가 있는 것이 이 병의 특징 중 하나다.

건강한 사람 입장에서는 상당히 알기 어려운 점이기도 하다. 가까운 지인이 경증 궤양성 대장염 환자인 경우, 다른 환자가 매우 힘들어하는 걸 보고 호들갑스럽다는 둥 거짓말을 한다는 둥 오해하는 경우도 있다. 나 역시 몇 번인가 "내 친척 중에 같은 병에 걸린 사람이 있는데 기운이 넘쳐." 같은 말을 하며 의아해하는 얼굴을 마주한 적이 있다.

나는 광범위 대장염에 금세 재연이 되고 프레드니솔론을 한참 복용하는, 꽤 중증인 환자지만 나보다 심각한 사람도 정말 많다. 중증도에 상중하가 있다면 나는 상에서 낮은 편, 혹은 중에서 높은 편이라고 생각하는데, 혹시 일본인의 중류의식* 때문인지도 모르겠다. 환자에게는 너무 경증으로 보이는 걸 싫어하는 동시에 너무 중증으로 여기지 않길 바라는 마음이 있는 것이다.

원인 불명

궤양성 대장염의 원인은 밝혀지지 않았다.

자가면역반응 이상 때문이라는 설이 유력하다는데, 외부의 적에게서 몸을 지켜야 하는 면역기구가 자기 자신을 공격해버린다는 말이다. 환자 중에는 "나는 자책을 심하게 하는 편이니까…"라고 말하는 사람도 있지만, 그것과는 상관없을 것이다. (나도 성격과 관련 있다는 말을 들은 적이 있다. 그에 대해서는 9장에서 좀더 자세히 이야기하겠다.)

타인에게 전염되지는 않는다. 그러니 나도 누군가에게서 옮은 것은 아니다.

무언가 유전적 요인이 관여한다고 추측하고 있지만, 환자의

---

* 　일본인의 대다수가 자신이 중산층에 속한다고 생각하는 것에서 비롯된 말이다. 실제로 1970~80년대에 일본 정부가 실시한 여론조사를 보면 일본 국민 중 90퍼센트 이상이 자신은 중산층이라고 답했다.

아이가 반드시 궤양성 대장염에 걸리지는 않기 때문에 아직 확실히 모른다고 한다. 내 가족과 친척 중에도 궤양성 대장염 환자는 전혀 없다.

아무튼 원인 불명이기 때문에 '그때 그랬으면 이런 병에 걸리지 않았을 텐데.' 하고 후회할 수는 없다. 남 탓도 아니라 누군가를 원망할 수도 없다.

유인

원인 불명이어도 병을 일으키는 계기, 즉 '유인誘因'은 있다. 감기가 계기였던 사람이 많다. 나 역시 인플루엔자가 계기였다. 그래서 '그때 인플루엔자에 걸리지 않았다면.' 하는 후회는 있다.

하필이면 아팠던 그때 친구들이 며칠 동안 놀러 왔고, 다 낫지 않았는데도 바다에서 수영 같은 걸 했다. 친구가 사 온 편의점 도시락이 굉장히 소화가 되지 않았고, 그 뒤에 설사가 시작되었던 것으로 기억한다.

'겨우 감기.'라는, 건강한 사람이 흔히 하는 경시를 나는 무척 후회하고 있다. 편의점 도시락도 여전히 원망하고 있다.

그렇지만 독감도 도시락도 결국 유인에 불과하기에 그때를 넘겼더라도 언젠가는 증상이 나타났을 것이다.

먹는 것과 싸는 것에 문제가 생겼을 때,
우리에게 생기는 여러 문제들

내게 무슨 일이 일어났는가. 그 개요를 지금까지 이야기했다.

그렇게 특별한 일은 아니다. 설사는 누구나 하고, 그게 심해지면 피가 나는 것도 상상할 수 있다. 궤양이라는 말은 위궤양 등으로 널리 알려져 있기에 '궤양이 대장에 생기는 거구나.'라고 생각하면 웬만큼 이해할 수 있을 것이다.

희귀질환이라지만 궤양성 대장염은 이해 불능, 상상 불가 수준의 드문 질환은 아니다.

그런 병에 대해 굳이 이야기할 가치가 있을까?

나는 '없다.'라고 생각했다.

그렇지만 병에 걸린 뒤, 나는 수많은 어려움과 부자유를 경험했다.

병에 걸렸으니 당연한 일이었다.

다만, 모든 어려움이 병 때문이었다고 말할 수는 없다.

가령 발에 무언가 병이 생겼다고 해보자. 발이 아프다든지 다리를 절뚝거리는 것은 당연히 병 때문에 겪는 일이다.

그런데 병 때문에 다른 것을 깨닫기도 한다. 지금껏 대수롭지 않게 걸었던 길이 의외로 높낮이차가 있고, 울퉁불퉁하고, 여기저기 헛디딜 수 있다는 것을 말이다.

그런 길은 발이 아파서 생긴 것이 아니라 병에 걸리기 전부터 있었던 것이다. 병이 걸려서 비로소 깨달은 것이다.

그런 어려움은 나하고만 관계있는 것이 아니며, 다른 사람에게도 마찬가지로 존재한다.

물론 대부분의 사람은 거의 신경 쓰지 않을 것이다. 하지만 의식하지 않아도 마음속 한편에서는 사실 어려움을 느낄지 모른다. 그 어려움의 원인을 몰라서 더욱 깊게 고뇌할지 모른다.

먹는 것과 싸는 것에 관련해서도 그렇다.

병 때문에 먹는 것과 싸는 것이 자유롭지 않게 되자 나는 다른 건강한 사람들도 먹는 것과 싸는 것에 이런저런 어려움을 겪고 있음을 깨달았다.

그에 대해서라면 조금쯤 써볼 가치가 있지 않을까 생각한다.

'약한 책'을 목표하며

그렇다 해도 나만의 개인적인 체험이 얼마나 다른 사람들에게 읽을 만한 가치가 있을지는 모르겠다.

나는 이 책이 가능하면 '약한 책'이 되길 바라고 있다.

'약한 책'이란 『약한 로봇弱いロボット』이라는 책을 쓴 오카다 미치오岡田 美智男가 인터뷰에서 했던 말이다. 그는 "읽어준 독자들이 새로운 해석을 덧붙여줄 때 비로소 완결되는 '약한 책'."[5]이라는 말을 했다.

독자의 힘을 빌리겠다고 해서 송구하지만, 어차피 사람은 자신의 체험에 어떤 가치가 있는지 스스로는 잘 모른다. 그러니 모르는 채로 일단 써보는 수밖에 없다. 그리고 누군가가 내 글에 눈길을 주길 기다릴 수밖에 없다.

문학을 인용하며

문학에서 인용하는 경우가 많으리라 예상한다.

그 이유 중 하나는 나의 투병 생활 중 문학이 굳건한 버팀목이었기 때문이다. 나는 활자를 싫어하지만, 그래도 투병 중에는 문학을 많이 읽었다. 문학만이 끝없이 어두운 사람의 마음속을 그 깊은 바닥까지 그려냈다. '내 마음이 이 책에 쓰여 있어.'라는 생각이 내게는 일종의 구원이었다.

또 다른 이유는 내 개인적인 체험에 불과한 것이 문학이라는 보편적인 매개체를 통해 더욱 많은 사람들에게 이해와 공감을 불러일으킬 수 있지 않을까 생각하기 때문이다.

2장

먹지 못하면
어떻게 되는가

그저 밥만 먹을 수 있으면 그것으로 해결되는 괴로움.
그러나 그 괴로움이야말로 제일 지독한 고통.

● 다자이 오사무, 『인간 실격』 중에서[6]

단식 시작

입원하고 가장 먼저 시작한 것은 '단식'. 말 그대로 아무것도 먹지 않았다. 궤양이 생긴 대장에 휴식을 주기 위해서였다.

물론 단식만으로 치료하지는 않았고, 약(프레드니솔론)을 점적주사로 투약했다. 치료의 중심은 약물이었다.

감기에 걸렸을 때 감기약을 먹을 뿐 아니라 누워서 안정을 취해야 하는 것과 비슷하다. 누워서 쉬어도 무언가를 먹으면 장이 활동하기 때문에 먹지 않아야 안정을 취할 수 있다.

일반적인 음식은 물론 사탕처럼 대장까지 닿지 않는 것도 안 된다고 의사가 주의를 줬다. 물 역시 마시지 않는 편이 좋다고 했다. 일단 위에 무언가 들어가면 자동으로 대장까지 활동해버린다고 했다. 그런 구조로 되어 있다고. 대장이 되도록 활동하지 않게 하려면 단식해야 한다는 것이었다.

의사의 말은 내가 자각하는 증상만으로도 이해할 수 있었다. 실제로 무언가 먹으면 곧장 화장실로 뛰어가야 했기 때문이다. 머지않아 변기에 앉은 채로 음식을 먹어야 하지 않을까 생각할 정도였다.

점적주사의 '끝판왕'

아무것도 먹지 않고 물조차 마시지 않으면, 당연히 며칠 만에 죽고 만다.

그래서 점적주사로 영양을 공급했다. 평범한 주사로는 도저히 어렵다고 했다. 충분한 영양을 공급할 수 없다고.

결국 '중심정맥영양'이라는 것을 하게 되었다. 마찬가지로 점적주사인데 평범한 주사보다 훨씬 진한 액체를 넣을 수 있다고 했다. 비유하면 점적주사의 '끝판왕'인 것이다.

겉보기에는 평범한 점적주사와 다르지 않다. 하지만 주삿바늘을 팔의 정맥에 찌르지 않는다. 그 점부터 다르다.

중심정맥이란 심장 근처를 지나는 굵은 혈관으로, 중심정맥영양은 그 혈관까지 점적주사의 관을 연결한다. 연결한다고 해도 심장 근처를 찌를 수는 없기에 바늘을 쓰지는 않는다. 쇄골 위쪽 혈관을 메스로 자르고 그곳으로 관을 집어넣는다.

처음 한 뒤로 입원할 때마다 중심정맥영양을 여러 번 했는데, 쇄골 근처의 혈관을 찾는 것이 꽤 어려운지 의사에 따라 달랐다. 솜씨 좋은 의사는 금세 끝냈지만, 그렇지 않은 의사는 실컷 주무른 끝에 "혈관이 엉망이 돼서 못 찾겠어요."라고 말한 적도 있다. 그런 말을 듣는 건 싫을 수밖에 없다.

또한 관을 넣을 때 조심하지 않으면 폐에 상처가 나는 경우가 있다. 그렇게 되면 환자의 용태에 따라 죽음에 이르기까지 한다. 실제로 그런 사례를 안다.

그 때문에 관을 넣은 다음에는 뢴트겐 사진으로 확인해야하는데, 이 과정을 생략하는 의사도 많다. 실력에 자신 있는 의사라면 상관없겠지만, 자신이 아니라 과신, 혹은 게으름을 부린 경우였다면 상상만 해도 무섭다. 위험은 도처에 숨어 있다. 치료를 받는 중에도.

장기간에 걸쳐 여러 차례 중심정맥영양을 했기 때문에 내 쇄골 위쪽에는 항상 흉터가 남아 있었다. 흉터는 신경 쓰지 않았다. 그저 지금 그 자리에 관이 들어가 있지 않다는 사실이 기뻤다.

평생 흉터가 지워지지 않을 것이라고 했지만, 그렇지도 않아서 지금은 어디인지 알아보기도 어렵다.

고통에 강해졌다는 착각

처음에는 왠지 쇄골 위가 아니라 팔꿈치 안쪽(보통 채혈할 때 주삿바늘을 찌르는 곳)을 메스로 잘라서 관을 삽입했다. 마취는 하지 않았고 의사는 "아프겠지만 참아요."라고 했다. 피가 꽤 나와서 바닥으로 떨어져 조금 고일 정도였다.

자랑은 아니지만 나는 주사를 맞으면 우는 아이였다. 학년이 올라갈수록 다른 아이들은 점점 울지 않았고, 마침내 반에서 우는 아이는 나 혼자가 되었다. 화난 표정의 담임 선생님이 나를 한참 노려보면서 "오늘, 예방접종을 맞고 운 사람이 있습니다."라고 굳이 말한 것이 기억난다. 나라는 걸 모두 아는데도. 빈정거림과 처음 만났던 때인지도 모르겠다.

아픔을 느끼는 방식이 정말 모두 똑같은지 의심스러웠다. 나는 다른 사람보다 아픔을 더 크게 느끼지 않을까 생각했다.

그랬던 나였으니 마취 없이 메스로 혈관을 자르면 아파서 어쩔 줄 몰라야 했다. 그런데 아무렇지 않았다. 의사도 좀 의외라는 듯 "잘 참았네요."라고 했다. 일반적인 수준보다 아파하지 않았다는 뜻이었다.

스스로도 신기했는데, 실은 그보다 훨씬 큰 아픔을 경험한 뒤였기 때문이었다. 복통으로 한참을 고통스러워했기에 팔을 벤 정도는 여유롭게 견뎠던 것이다.

아픔에는 당연히 절대적인 면이 있지만 상대적인 면도 있다. 커다란 아픔과 마주한 다음에는 작은 아픔에 태연해진다. 전에 겪은 아픔과 비교해 '이 정도쯤이야.' 하는 것이다.

복통으로 고생한 것은 싫었지만 그 일로 내가 고통에 강한 사람이 되었다고 생각했다. 실제로 채혈 주사 따위는 더 이상 무섭지도 아프지도 않았다.

그렇지만 내가 크게 착각한 것이었다.

나는 '어떤 종류의 아픔에 강해졌을 뿐'이었다. 아픔이라는 것에는 무척 다양한 종류가 있었다.

그 사실을 나는 나중에 뼈저리게 깨달았는데, 그에 대해서는 8장에서 자세히 다루겠다.

아무것도 먹지 않고
영양을 섭취하는 기적

전혀 먹지도 마시지도 않는 날이 시작되었다.

나는 외려 안도하고 기뻐했다. 앞서 적었지만, 무언가를 입에 넣으면 곧장 화장실로 뛰어들어 혈변을 보았기 때문에 먹는 것 자체가 무서웠다.

사람은 먹지 않으면 영양을 섭취하지 못해 죽어버린다.

먹을 때마다 혈변을 본다면, 섭취하는 영양과 배출하는 영양 중 어느 쪽이 많을까? 배출하는 영양이 더 많다고 한다.

그렇다고 해서 먹지 않으면, 결국 죽어버린다. 이렇게 계속 생각이 맴돈다.

먹지 않으면 죽지만, 먹으면 더 빨리 죽는다. 이 난제에 어떻게 대처해야 할지 몰랐다.

보통 병에 걸리면 되도록 잘 먹어야 빨리 회복된다. 그런데 위장에 병이 걸리면, 영양을 취하는 곳과 아픈 곳이 같아서 난처해진다. 자신을 구하기 위해 영양을 섭취하는데, 그것이

스스로를 공격하는 셈이 되기 때문이다.

단식과 중심정맥영양은 이런 모순에서 나를 해방해주었다. 먹지도 마시지도 않으면서 대장에 휴식을 줄 수 있었고, 게다가 영양을 섭취할 수 있었다.

이런 일이 가능하다니. 깜짝 놀랐다.

점적주사의 기원은 17세기까지 거슬러 올라가야 한다. 다만 "수액 요법의 효과가 강한 인상을 남긴 것은 1920년대로 소아과 의사 윌리엄 매리엇William McK. Marriott 등이 소아설사증 환자에게 수액 제제를 투여하여 그때껏 90퍼센트였던 사망률을 10퍼센트까지 낮추었고, 그 덕에 수액 요법이 주목을 받게 되었다."고 한다.[7]

중심정맥영양이 개발된 때는 1966~68년, 꽤 최근의 일이다. 아직 50여 년밖에 지나지 않은 것이다.

'먹기'를 딱 멈추다

아무것도 먹지 않는데, 영양 공급이 이루어진다. 본래 인간에게는 있을 수 없는 상태다.

현생 인류가 탄생하고 약 20만 년. 그 이전의 원인猿人 시절부터, 아니, 그보다 훨씬 전부터 영양 공급은 먹음으로써 이뤄졌다. 먹지 못하면, 그걸로 끝이었다. 살아 있는 동안에는 계속 먹어야 했다. 그렇게 오랫동안 먹어왔구나 생각하면 신비롭기까지 하다.

그랬는데 나는 먹지 않은 채 살고 있다. 겨우 50년 전부터 가능해진 일이다. 과거에는 절대로 불가능했던 상태를 내가 체험하고 있는 것이다.

그때 내가 이 정도로 생각하지는 않았지만, 그래도 신기하긴 했다. 내 인생을 통틀어 먹기를 멈춘 적은 없었다. 끼니를 빠뜨린 적은 있지만 기껏해야 하루였다. 거의 모든 날 세 차례씩 식사를 했다.

그랬던 먹기를 딱 멈추었다.

'싸기'는 계속된다

단식을 하면 싸는 것도 멈출까 기대했는데, 그렇게 되지는 않았다. 의외로 계속 쌌다. 아마 궤양 탓이 컸을 것이다. 혈액이나 점액이 나왔을 테니까.

사실 궤양만이 원인은 아니었고, 전혀 먹지 않아도 어느 정도 변이 나온다고 한다. 장 자체의 노화 세포가 교체되며 쌓인 노폐물과 장내 세균의 시체만으로도 꽤 많은 양이라고.

먹는 것은 그만둘 수 있어도 싸는 것은 그만둘 수 없다는 사실을 그때 알았다.

여담이지만, 충분히 먹지 못하여 영양실조가 계속되면 설사를 한다고 들었다. 전쟁 등으로 식량난이 심각할 때는 그런 사람이 많았다고 한다. 들어가는 것 없이 계속 나가기만 하는 상태란 얼마나 고통스러울까. 소름이 끼친다.

이야기를 되돌려서, 과연 싸는 걸 멈추면 기쁠까? 당시 나는 그러길 바랐지만, 실제로 싸기를 멈추면 터무니없는 일이 벌어진다.

그로부터 몇 년 뒤 나는 장폐색을 경험했다.

굶주렸지만 영양은 부족하지 않다

단식은 한 달 넘게 이어졌다. 처음에는 먹지 않아도 된다는 것에 그저 감사했다.

중심정맥영양만으로 영양을 전부 공급할 수는 없기에 항상 허기를 조금 느꼈지만 참지 못할 수준은 아니었다. 다이어트를 하는 사람과 비슷했을 것 같다. 24시간 계속되는 점적주사가 수분을 충분히 공급하는지 갈증 때문에 힘들지도 않았다.

그렇지만 일주일이 넘자 좀 이상한 느낌이 들기 시작했다. 입으로 아무것도 들어오지 않는데 영양이 부족하지 않은 상태에 내 몸이 당황하는 느낌이었다. 무언가가 불일치하여 위화감이 들었던 것이다. 신체의 어딘가에서 물음표를 발신했다.

그리고 굶주림이 닥쳤다.

평범한 굶주림과는 달랐다. 영양이 부족하여 느끼는 굶주림은 죽느냐 사느냐 하는 일이기에 무척 강렬하다. 전국시대에 도요토미 히데요시의 군대에 포위되어 식량 공급이 끊긴 돗토리성에서는 공복을 견디지 못해 자신의 손가락을 먹은 사람이 있다고 한다. 다케다 다이준의 장편소설 『반짝이끼ひかりごけ』가 실제로 있었던 식인 사건을 모티브로 삼았듯이, 굶주림을 못 견디고 인간을 먹어버린 사례는 전 세계에 많이 있다.

배고픔과 추위와 사랑을 비교한다면 부끄럽지만 배고픔이
우선.
—에도 시대의 교카狂歌*

이 시처럼 강렬한 굶주림은 아니었다. 내가 겪은 것은 '굶주림'에서 '영양이 부족하여 느끼는 굶주림'을 뺀 것이었다. 굶주림에서 그걸 빼면 뭐가 남을까 싶지만, 남는 것이 있었다. 나는 그 사실을 알아버렸다.

*　　일본의 전통 시 단카(短歌)의 일종으로 일상적인 소재를 비속어 등을 사용해 익살스럽게 대중적으로 쓴 것이다.

오직 중심정맥영양을 해본 사람만 그런 굶주림을 실제로 체감하여 알 것이다. 자연적으로는 있을 수 없는 상태니까.

마치 내가 기아에 관한 실험에 참가한 것 같았다.

온갖 부위의 아우성

'굶주림'에서 '영양이 부족하여 느끼는 굶주림'을 빼면 무엇이 남을까? 그것은 하나의 감각이 아니었다. 온갖 부위에서 제각각 보내는 호소였다.

우선, 위.

대장의 병이라 별다른 문제가 없던 위는 끊임없이 먹을거리를 원했다. 영양이 부족하지는 않았지만 무언가 허전하다는 듯이 먹을거리를 달라고 했다. 마치 튼튼한 사람이 억지로 안정을 취하다 힘이 남아돌아서 자꾸 침대에서 일어나려고 하는 것과 같았다.

문제가 없는 건 마찬가지임에도 소장에서는 아무런 느낌이 들지 않았다. 역시 위는 느끼기 쉬운 장기인 것 같았다.

그다음, 목구멍.

무언가를 삼키고 싶다는 욕구가 샘솟았다. 씹을 것이든 마실 것이든, 뭐든 삼키고 싶었다. 목구멍을 통해서.

'아, 뭔가 삼키고 싶다.'라는 생각은 보통 안 하지 않을까. 술고래가 아닌 이상 말이다. 그런데 그런 욕구가 강하게 들었다. 침을 삼켜봤지만, 그걸로는 부족했다. 좀더 분명한 목 넘김을 원했다.

나아가, 턱.

무언가 씹고 싶었다. 마치 개가 된 것 같았다. 실제로 개들이 종종 씹는 뼈다귀 모양의 껌을 떠올렸다. 그런 걸 씹고 싶었다. 개가 부러울 정도였다. 사냥감을 추적해서 물어뜯지 않았던 인간에게도 짐승 같은 욕구가 있다는 것에 놀랐다.

가장 강렬했던 곳은, 혀.

무언가 맛을 느끼고 싶었다. 단식 기간이 길어질수록 맛을 느끼지 않는 생활이 점점 힘들어졌다. 그 욕구는 혀에 한정된 것이 아니었다. 혀를 중심으로 볼 안쪽에서도 위턱에서도 혀 아래에서도, 아무튼 입 안의 모든 부분에서 맛을 원했다.

맛이 있든 없든 상관없이 뭐든 맛을 느끼고 싶었다. 맛에 한정된 굶주림이었다.

이런 욕구들이 총체로 한데 모여 굶주림이라는 감각을 이루는 것이 아니었다. 각각 개별적으로 하는 호소였다. 그래서

'배가 고프다.'라는 생각이 아니라 '위가 뭔가 원하고 있어.' '뭔가 삼키고 싶다.' '뭔가 씹고 싶어.' '뭐든 입 안에서 맛을 느끼고 싶어.' 하는 생각들이 순서대로, 혹은 동시에 일어났다.

이건 꽤나 혼란스러운 상태라 마치 술집에서 여러 손님의 많은 주문을 동시에 받은 신입 직원이 된 듯한 느낌이었다.

알약으로 식사를 때우면
좋겠다고 생각했지만

애초에 나는 먹는 것에 관심이 별로 없었다.

먹기가 귀찮았다. 먹는 데 허비하는 시간을 다른 일에 쓰는 게 의미 있다고 생각했다. 하루에 세 번씩 밥을 먹고 더러워진 이를 닦고 화장실에 가느라 얼마나 시간을 낭비하는 것이냐고 아까워했다.

식사란 어차피 영양 공급이니 알약으로 하면 좋겠다고 생각했다. 한 번 꿀꺽하고 식사 끝. 이러면 얼마나 노력과 시간을 아낄 수 있을까.

먹는 것 자체가 즐겁고, 맛보는 것 자체가 쾌감이라고는 거의 생각하지 않았다.

중심정맥영양은 내 바람을 이뤄주었다고도 할 수 있다.

그렇지만 관을 가슴에 집어넣는 방식으로 꿈이 이루어진들, 윌리엄 제이콥스William W. Jacobs의 단편소설 「원숭이 손」(원숭이 손이 소원을 이뤄주지만, 그 방식이 끔찍해서 받아들이기 어렵다는 내용) 같아서 당연히 기쁘지 않았다.

만약 관을 꽂는 게 아니라 진짜 알약으로 식사를 할 수 있게 되면 어떨까. 그 역시 견디기 어려울 것이다. 그때 절실히 깨달았다.

그만큼 영양 부족 너머의 굶주림은 정말 감당하기 어려웠다. 영양 부족으로 인한 굶주림이 '격통'이라면, 내가 겪은 굶주림은 '가려움' 정도라고 하면 될까. 하지만 가려움 역시 만만치 않게 힘든 법이다.

곤약 아저씨

'뭔가 씹고 싶다.'는 욕구와 함께 떠오르는 사람이 있다. 곤약 아저씨다. 병원의 6인 병실에서 한동안 함께 지냈다.

무슨 병인지는 몰라도 식사를 꽤 엄격하게 제한하는 것 같았다. 아저씨는 언제나 "곤약이 먹고 싶어."라고 말을 걸었다.

곤약은 소화가 잘되지 않고 영양가도 낮다. 환자에게 적절한 먹을거리는 아니다. (건강한 사람에게는 장을 청소해줘서 좋다고 한다.) 아저씨에게도 곤약은 금지된 것 같았다.

단식을 하는 나도 틀림없이 곤약을 먹고 싶어할 것이라고 생각해서 아저씨는 말을 걸었겠지만, 나는 전혀 먹고 싶지 않았다. 애초에 좋아하지도 싫어하지도 않았고, 비썩 말라서 영양을 보충해야 하는 내게 곤약은 전혀 매력이 없었다. 그때는 단식 초기라 씹고 싶다는 욕구도 없었다.

"곤약이 먹고 싶어."라고 아저씨가 말할 때마다 나는 "곤약은 영양가가 없으니까 더 좋은 음식을 드시는 게 좋아요."라고 답했다.

아저씨 역시 비썩 말라 있었다. 곤약을 찾을 때가 아니라고 생각했다. 먹어봤자 맛없을 거라고 하며 아저씨를 위로하려고 했다.

그러던 어느 날, 평소처럼 답했는데 "그래도 곤약을 먹고 싶어."라고 아저씨가 미련을 부렸다.

"아뇨, 그러니까 영양가가 없고…" 하며 나도 같은 답을 반복하자 갑자기 "네놈이 뭘 알아! 나는 곤약이 먹고 싶다고!"라고 아저씨가 격분했다.

깜짝 놀랐다. 험한 소리를 하는 분이 아니었다. 정말로 따뜻하고 온화한 성격이었다. 절친한 친구의 보증을 잘못 섰다가 반생 가까이 빚을 갚는 데 허덕이고, 친척과 지인이 모두 멀어져 아내 외에는 문병객도 없지만, 그래도 미소를 잃지 않는 분이었다.

그런 사람이 겨우 곤약 때문에 사이좋게 지내던 내게 큰소리를 냈다. 단식하고 있는 내게 "네놈이 뭘 알아!"라고 했다. 나는 충격을 받았다. '아, 그렇게나 먹고 싶었구나!'

아저씨는 금세 "미안해. 나이를 먹으면 화가 조절이 안 돼서."라며 분노 탓에 새빨개진 얼굴로 무리해서 웃음을 지었다.

나 역시 "괜찮아요." 같은 대답밖에 하지 못했지만, 내심 크게 반성했다. 정말로 해서는 안 되는 말이었다고. 영양가라니, 무슨 그 따위 말을 했냐고.

겨우 곤약이다. 하지만 겨우 곤약이기 때문에 더 슬픈 것이다.

그 후 씹고 싶다는 욕망으로 괴로워하며 곤약을 향한 아저씨의 갈망을 이해했다. 다시 한 번 아저씨가 "곤약이 먹고 싶어."라고 말을 걸면 "그러게요. 먹고 싶네요!"라고 답해야지.

그렇지만 아저씨는 이런저런 이야기를 하면서도 "곤약이 먹고 싶어."라고는 두 번 다시 말하지 않았다.

지금도 그때 일을 반성하고 있다. 내 인생에서 그만큼 반성한 일은 없을 정도로.

바나나 맛이 나는 칫솔질

당시 나는 '아무것도 먹지 않으니까 이를 닦을 필요도 없겠지.'라고 생각했다. 그래서 한참 동안 이를 닦지 않았다.

일단 침대에서 일어나면 화장실에 가고 싶었기 때문이다. 세면대 앞에 서 있으면 더욱 그랬다. 볼일을 보면 대장이 상할 수밖에 없고, 내 몸도 더욱 마를 게 뻔했다. 그래서 이를 닦기가 무서웠다.

그러던 와중에 "바나나 맛이 나는 치약을 써보면 어때?"라는 조언을 듣고 '좋은데!'라고 생각했다. 그런 치약이라면 적어도 무언가 맛을 보고 싶다는 혀의 욕구는 충족될 터였다.

볼일의 위험성까지 감수하며 도전했다. 그러나 전혀 소용이 없었다. 자연적이지 않은 바나나 맛은 너무 불쾌해서 이를 닦는 동안 참는 것도 벅찼다. '맛이 있든 없든 상관없어.'라고 생각했는데 이런 결과라니, 스스로도 불가사의했다.

지금 돌이켜보면 그때 이미 내 혀는 전보다 민감해졌던 것이었다.

오랫동안 단식해서 아무 맛도 보지 않으면 혀가 둔감해질 줄 알았다. 근육을 사용하지 않으면 금세 쇠약해지듯이. 그런데 신기하게 혀는 반대였다. 아무 맛이 없다지만, 입 안에서 침을 맛보고 있었기 때문인지도 모르겠다. 거의 없는 맛을 어떻게든 느끼기 위해 더욱 민감해진 걸까.

아무튼 단식을 하면 혀가 엄청나게 민감해진다. 그 사실을 깨달은 것은 단식이 끝나고 처음 입에 음식을 넣었을 때였다.

입 안에서 폭발이!

정확히 며칠 동안인지는 기억나지 않지만 한 달 이상 계속했던 단식을 마침내 끝낸 뒤 있었던 일이다. 병의 증상이 안정되지는 않았어도 대장의 절대 안정은 풀린 것이었다.

물론 갑자기 평범한 식사를 할 수는 없었다. 건강한 사람도 단식을 한 다음에는 미음 같은 것부터 서서히 먹어야지, 그러지 않으면 큰일이 난다. 앞서 도요토미 히데요시의 군에 포위되었던 돗토리성을 이야기했는데, 겨우 살아남은 병사 중 절반 가까이가 성이 함락된 뒤 먹을거리를 받고 허겁지겁 먹은 탓에 사망했다고 한다.

나는 대장에 궤양이 있기에 더더욱 조심해야 했다.

일단 요구르트를 먹어도 된다는 말을 들었다. 물론 아주 소량, 한 숟갈 정도.

당시 살아 계셨던 아버지가 병원 매점에 좋은 요구르트가 없다며 낯선 도시를 한참 돌아다닌 끝에 질 좋은 요구르트를 구해 오셨다.

뚜껑을 열고 한 숟갈을 떴다. 입에 음식을 넣는 건 오랜만이었다. 긴장했다. 잘 먹을 수 있을까, 하는 별스러운 걱정도 조금 들었다. 조심조심 입에 요구르트를 넣었다.

갑자기, 입 안에서 폭발이 일어났다!

지금도 또렷하게 기억한다. 그야말로 폭발이라고밖에 표현할 수 없다. 나조차 한순간 무슨 일이 벌어졌는지 몰랐다.

맛의 폭발. 맛있다는 등 손쉽게 표현할 수 있는 느낌이 아니라 터무니없이 강렬한 맛이 났다.

나도 모르게 벌떡 일어선 탓에 곁에 있던 부모님은 뭔가 이변이 일어난 줄 알았을 것이다. 안심시키기 위해서 간신히 "맛있어."라고 하자 부모님은 한숨을 내쉬며 웃음을 지었다. 웃으면서 울었다.

스물이 된 아들이 겨우 요구르트를 한 숟갈 먹고 크게 감동했으니 한심하기 그지없지만, 시간이 흘러서도 부모님은 그때 일을 종종 이야기했다. "그때 정말 맛있게 먹었는데."

단식 후에는 뭐든 맛있을 줄 알았는데

그 뒤에 죽을 먹기 시작했는데, 맛이 없어서 먹기가 고통스러웠다.

그때도 놀랐다. 오래 굶다가 겨우 먹게 되었는데, 맛있다는 둥 맛없다는 둥 그런 사치스러운 소리를 할 줄은 꿈에도 몰랐기 때문이다. 나 자신에게 마음속으로 '먹을 수 있는 것만으로도 고마운 줄 알아!'라고 설교까지 했다.

먹기 시작하면서 점적주사로 투여하는 영양은 줄이고 있었다. 그래서 평범한 배고픔도 느꼈는데, 그런 상황에서 죽이 맛없을 리 없을 것 같았다.

그렇지만 맛없었다. 남기고 싶은 마음을 참기 어려웠다. 간신히 삼켜봤지만 맛을 느끼는 것 자체가 고통이었다.

흔히 죽은 쌀과 물이 중요하다고 하는데, 정말로 그렇다. 쌀과 물에 따라서 죽이라는 음식은 가장 맛있는 것이 되기도 하고 가장 맛없는 것이 되기도 한다. 단순한 만큼 맛을 얼버무릴 수 없다.

내 혀가 전과 비교할 수 없이 민감해진 것이었다. 그 뒤로 나는 음식의 맛을 뚜렷이 느끼고 있다.

예전에는 채소를 좋아하지 않았는데, 지금은 채소가 얼마나 맛있는지 알고 있다. 심지어 드레싱 같은 걸 뿌려놓으면 먹지 못한다. 채소는 그대로 먹어야 훨씬 복잡한 맛이 나고 맛있다.

내게 '맛있음'이란 미각이 느끼는 자극이 복잡하다는 뜻이고, 그에 더해 '놀라움'이 있다는 말이다. '놀라움'은 재료의 품질에 따라 느끼는 경우가 많다.

그리고 맛없는 것을 참지 못하게 되었다. 진하고 단순한 양념, 좋지 않은 재료 같은 것들은 입에 넣어도 괴롭기만 하다. 첨가물이 잔뜩 들어간 음식은 도저히 먹지 못한다. 몸의 건강을 운운하기 전에 혀부터 받아들이지 않는다.

아무튼 심심한 맛에 신선하고 좋은 재료를 선호하며, 그렇지 않은 음식을 고통으로 느끼는 것은 지금도 어느 정도 이어지고 있다. 사실 요즘 같은 세상에서는 매우 불편한 일이다. 먹을 수 있는 것이 한정되기 때문이다.

아버지가 질 좋은 요구르트를 구해 온 것은 정말 고마운 일이었다. 그러지 않았다면 갑자기 "맛없어!" 하는 폭발이 일어났을지도 모른다.

아버지에게는 지금도 감사하다.

진짜 기아와 특수한 기아

전쟁 후의 식량난으로 기아를 경험한 사람들은 어쩔 수 없이 먹는 것에 집착한다는 이야기를 종종 듣는다. 음식을 남기지 못한다거나 편식하는 사람을 봐주지 않는다거나.

수년 전, 각본가이자 소설가인 야마다 다이치山田 太一가 터르 벨러 감독의 영화 「토리노의 말」을 혹평했다는 이야기를 듣고 그 글이 실린 잡지를 찾아서 읽은 적이 있다.

당시 「토리노의 말」이라 하면 모두가 명작 예술 영화라고 절찬했다. 그 작품을 안 좋게 평하기란 「벌거벗은 임금님」에 등장하는 아이라도 어려울 것 같았다. 대체 어떻게 비평했을까?

야마다 다이치의 글을 읽고 깜짝 놀랐다. 영화에 나오는 가난한 가족이 감자 껍질을 먹지 않고 남기는 걸 용납할 수 없다고 쓰여 있었다.

'겨우 그거? 영화 전체의 완성도하고는 관계없잖아.' 이렇게 생각하는 사람도 있겠다. 하지만 야마다 다이치는 초등학교 고학년부터 중학교 때까지 극심한 식량난을 겪은 사람이다.

그런 일은 절대로 없다. 한 차례 식사에 감자 하나밖에 없다면, 결코 껍질을 벗기지 않는다. 남기지 않는다. 버리지 않는다. 나는 전쟁 후 식량난을 겪으며 고구마 한두 개로 식사를 때우는 일상을 경험했기에 그 장면이 비현실적이라고 목소리를 높이고 싶다. 지금까지도 왜 껍질을 벗기는가, 왜 남겼는가, 하고 불만스러울 뿐이다.
　—야마다 다이치, 「니체와 감자」 중에서[8]

그야말로 직접 체험한 사람에게만 있는 감각일 것이다.
나는 이 글을 읽고 큰 감동을 받았다.

나 역시 먹는 일로 고생했기 때문에 식량난을 경험한 사람들이 무척 친근하게 느껴진다. 물론 그들은 내게 친근감 따위 전혀 느끼지 않을 것이다.

내가 경험한 것은 진짜 기아가 아니라 특수한 기아이기 때문이다. 당연히 기아를 겪고 마음속에 생겨난 고집도 다르다.

나는 그들이 혐오하는, 이른바 미식가가 되어버렸다.

일본맥도날드를 창업한 후지타 덴이 "인간은 열두 살까지 먹은 것을 평생 먹는다."라고 말했다는데, 내 경우에는 병에 걸린 것을 기점으로 좋아하는 맛이 완전히 달라졌다.

앞서 적었듯이 나는 먹는 것에 거의 관심이 없었기 때문에 설마 내가 음식에 대고 맛있다느니 맛없다느니 하는 말 많은 사람이 되리라고는 전혀 상상도 못했다. 물론 내가 궁극의 맛을 탐구하거나 평범한 맛으로 부족해서 별난 음식에 손을 대는 그런 미식가가 되었다는 말은 아니다.

나는 좋은 재료를 고집하고, 되도록 심심한 맛으로 먹고 싶어하는, 혀가 과민한 미식가다. 평범한 미식가를 패션에 신경 쓰는 멋쟁이라고 한다면, 나는 피부가 민감해서 어쩔 수 없이 옷의 소재를 가리는 사람인 것이다.

이 역시 생활하기는 정말 불편하다.

흐르는 물에 느낀 감동과 쾌감

피부가 민감하다는 건 비유지만, 사실 나는 혀뿐 아니라 촉감에 관해서도 까다로운 사람이 되어버렸다. 그렇게 변한 데는 두 가지 이유가 있다.

첫 번째로 수술을 받고 겪은 일이 계기가 되었다. 당연히 수술 뒤에는 한동안 씻지 못했는데, 일단 머리를 감는 것부터 허락을 받았다. 스스로 감지는 못했기 때문에 간호사가 감겨주었다. 옛날 이발소처럼 고개를 앞으로 숙이면 간호사가 샴푸를 하고 뒤통수부터 따뜻한 물을 뿌려 헹궈주었다.

평범하게 머리를 감았을 뿐인데, 그게 무척 감동적이었다. 머리를 감으면서 그토록 감동할 줄은 전혀 몰랐다. 간호사가 "신기하게 다들 그러더라고요."라고 했으니 내가 특이한 것도 아니었다.

뒤통수에서 흘러내리는 물줄기 하나하나가 느껴졌다. 수많은 물줄기를 전부 느낄 수는 없었겠지만, 그래도 느껴지는 것 같았다. 더할 나위 없이 기분 좋았다. 정신을 잃을 정도로 짜릿한 쾌감은 아니었고, 무언가 깨끗해지는 듯한 쾌감이었다.

피부 위로 흐르는 물의 감촉에 의식이 극도로 집중했기 때문이지 않을까 싶다.

이 체험을 한 이래로 나는 샤워를 하면서 조금만 집중하면 온몸으로 물의 흐름을 느끼고 감동할 수 있다. 무심코 딴생각을 하면서 씻다가 '아, 아까워!'라며 허둥지둥 물에 집중하기도 한다.

며칠 동안 씻지 않으면 이 쾌감은 더욱 커진다. 그래서 일부러 씻지 않는 날도 있다. 그런 점에서는 나쁜 습관이 생겼다고 해야겠다. 그래도 그 쾌감은 수술 덕에 얻은 큰 기쁨 중 하나다.

현재 나는 미야코섬宮古島이라는, 오키나와섬에서도 멀리 떨어진 곳에 살고 있다.

바다가 무척 아름답고 평온해서 스노클링을 하기 좋은 곳이다. 나는 스노클을 입에 물고 수면에 떠서 온몸의 힘을 조금씩 빼는 것을 좋아한다. 아무런 힘도 남지 않을 때까지.

그러면 거울처럼 잔잔한 바다에도 의외로 세세하고 복잡한 흐름이 있는 것을 알 수 있다. 그 흐름에 따라 온몸이 하늘에 떠 있는 연처럼 둥실둥실 움직인다. 살짝이라도 몸에 힘을 주면 안 된다. 그래서 조금 수련이 필요하다.

파도에 농락당하면, 비할 데 없이 기분이 좋다. 햇살이 강해서 전신을 래시가드로 가리고 있어도 물의 흐름을 피부로 느낄 수 있다.

물이 살갗을 어루만진다. 복잡하게, 다양하게, 헤아릴 수 없이 많은 줄기 하나하나가. 온몸으로 물의 흐름을 느낀다. 도저히 전부 느낄 수 없을 듯한 감촉.

나는 수영하기 위해서가 아니라 둥실둥실 물에 떠 있으려고 바다에 간다.

수면 아래에는 물고기들의 세계가 있다. 물의 투명도가 높아서 꼭 하늘을 나는 것 같다. 아픈 사람으로서 일상은 자유롭지 않지만, 헤엄을 치는 동안에는 자유롭다. 하늘을 날고, 온몸으로 물의 흐름을 느끼며, 완전히 힘을 뺀다.

아픈 적 있는 사람일수록 부드러운 감촉을 원한다

감촉에 까다로워진 또 다른 이유는 병원에서 이래저래 아픈 일을 겪었기 때문이다.

병원에서는 매일매일 의사와 간호사가 내 몸을 만졌다. 진단이나 치료나 간호를 위한 것이라 기본적으로 '부드러운 손길'이었지만, 의료라는 것은 때로 아픔이나 고통을 동반한다. 그래서 수많은 손이 내게 뻗어와 아프게 한다는 인상을 품기 쉽다. 이제 아픈 건 지긋지긋하다고 생각한다. 그 결과 부드러운 감촉에 약해진다.

사람들이 옷을 고를 때는 보통 겉보기를 가장 중시할 것이다. 색상이나 형태 같은 디자인적 요소 말이다.

그렇지만 내가 가장 신경 쓰는 것은 감촉이다. 옷을 고를 때는 먼저 만져본다. 엄지손가락과 집게손가락으로 천을 붙잡고 어떤 느낌인지 확인한다. 옷 속에 손을 집어넣고 손 전체로 느껴보기도 한다. 감촉이 좋아서 피부에 쾌감을 줄수록 내게는 좋은 옷이다.

동경하는 폭음·폭식

그렇다면 질 좋은 음식을 먹고 감촉이 좋은 옷을 입는 게 나의 이상향일까. 물론 그런 것들을 원하지만, 내가 꿈꾸는 것은 정반대다.

사람은 자신이 할 수 없는 것을 동경하는 법이니까.

「변신」 등을 쓴 소설가 프란츠 카프카Franz Kafka는 건강 때문에 식사에 무척 신경을 썼고 스스로 극단적인 섭생을 했다. 그랬던 카프카가 꿈꾼 것은 다음과 같았다.

위만 튼튼하다는 자신이 있다면 언제든지
마구잡이로 폭식하는 자신을 상상한다.
오래되어 딱딱한 소시지를 물어뜯어서,
기계처럼 입에 넣고 씹은 후 꿀꺼덕 삼킨다.
두꺼운 갈비를 씹지도 않고 입 안으로 쑤셔 넣는다.
나는 지저분한 식료품 가게를 완전히 비워버린다.
청어, 오이, 오래되어 상한, 혀에 짜릿한 느낌을 주는 음식으로
배를 채울 것이다.
―카프카[9]

내 비밀스러운 소원은 바로 이것이다.

정크푸드 같은 걸 걸신들린 듯이 먹고 싶다. 그럴 수 있는

사람이 부럽다. 건강식은 시시하다고 하는 사람이 있는데, 그렇게 사치스러운 말을 나도 해보고 싶다.

예전에 비행기를 탔는데 옆자리에 앉은 아저씨가 이륙 전에 소고기 도시락을 먹기 시작했다. 비행기가 천천히 활주로를 이동하던 때였다. 이륙하면 도시락을 먹을 수 없는데, 너무 늦게 먹기 시작해서 난처해지지 않을까 생각했다. 꾹꾹 담은 밥 위에 기름으로 반짝이는 고기구이가 빈틈없이 올라가 있어서 양이 꽤 많은 도시락이었다.

옆자리 아저씨는 거의 씹지 않고 한 젓가락 또 한 젓가락 입 안으로 가득 밀어 넣었다. 무리해서 서두르는 것도 아니었고 매우 자연스러운 리듬으로 늘 그렇게 먹는 듯이. 약 2분 만에 도시락을 전부 먹어치우고 비행기가 뜨기도 전에 잠들었다.

정말 대단한 아저씨라고 나도 모르게 동경하는 눈길로 바라보았다.

옷에 관해서도 마찬가지다.

몇 권인지는 잊어버렸는데 『폭두직딩 타나카』노리츠케 마사하루 지음, 대원씨아이 2009~2010라는 만화에서 주인공 다나카의 회사 기숙사에 새로 들어온 젊은 남자가 "잠옷은 착용감으로 골라."라고 하자 다나카가 깜짝 놀라는 장면이 있다. "착용감이라니 신경 쓴 적도 없어!"라고.

이 장면을 보고 나는 정반대로 깜짝 놀랐다. "착용감을 신경 쓰지 않는 사람도 있구나!"라고. 하지만 곰곰이 생각해보니 나도 병에 걸리기 전에는 전혀 신경 쓴 적이 없었다.

어느새 나는 안데르센의 동화 『공주와 완두콩』에 등장하는, 스물네 겹으로 쌓은 매트리스와 이불 위에서도 바닥에 깔린 완두콩 한 알을 눈치채는 공주처럼 섬세하기 그지없는 사람이 되었던 것이다.

먹지 못하면,
먹지 못하는 것만으로 끝나지 않는다

누구나 먹을 수 있는 것과 먹을 수 없는 것이 있다. 하지만 나는 먹을 수 없는 것이 극적으로 많아지고 말았다. 거의 대부분의 음식이 먹을 수 없는 쪽으로 분류되었다.

먹을 수 없는 음식이 늘어나면, 그것만으로도 바깥세상과 단절이 되어버린다. 나아가 현실을 받아들이지 못하게 된다.

다음 장에서는 그에 대해서 좀더 자세히 써보겠다.

3장 _____

먹는 행위란
받아들이는 행위

공기든, 먹는 것이든, 마시는 것이든, 약이든,

입 안에 들어오는 것은 전부

그에게 독이었고, 육체를 향한 위협이었다.

영양을 취하고 싶었지만,

그가 무해하다고 믿을 수 있는 것이어야 했다.

그는 독과 위험을 자신의 몸에서 필사적으로 멀리 떨어뜨렸다.

● 엘리아스 카네티,

『또 다른 소송: 펠리체에게 보낸 카프카의 편지들』중에서[10]

모닥불 같은 병

모닥불은 완전히 꺼진 것처럼 보일 때도 불씨가 남아 다시 타오르곤 한다. 그래서 산불의 원인이 되기도 한다.

궤양성 대장염이라는 병에는 모닥불과 비슷한 구석이 있다.

희귀질환이란 낫기 어려운 병이지만, 궤양성 대장염은 잘만 하면 일단 깨끗하게 낫는다. 대장의 염증이 사라지고 증상도 없어지는 것이다. 평범한 사람과 똑같아진다. 앞서 말했듯 그런 시기를 '관해기'라고 한다. 다만 관해기라고 전처럼 평범한 식사를 할 수는 없다. 식사에 주의하지 않으면 역시 앞서 말했던 재연이 일어나기 때문이다.

내 병에서 재연이란 다시 염증이 생기는 것이다. (궤양성 대장염에서는 재발再發이 아니라 재연이라고 한다. 증상이 깨끗이 사라졌어도 정말로 나은 것은 아니기 때문이다.)

꺼진 줄 알았던 모닥불이 다시 불타오르는 셈이다.

이미 이야기했지만, 궤양성 대장염은 일반적으로 관해와 재연이 반복된다. 그래서 환자들의 목표는 관해기를 되도록 길게 유지하는 것(되도록 재연을 막는 것)이다.

관해기를 얼마나 유지하는지는 사람마다 천차만별이다. 식단을 전혀 신경 쓰지 않았는데 10년 넘게 관해기가 계속된 사람이 있는가 하면, 식단을 조심했는데 금세 재연이 일어나는 사람도 있다. 그런 개인차는 어쩔 수 없다. 노력한다고 해결할 수 있는 문제가 아니다.

다만, 식단에 신경 쓰는 만큼 재연의 가능성을 낮출 수 있는 것은 틀림없다. 사실 이렇게 말하는 건 정확하지 않을지 모르겠다. 식단을 조심하지 않으면 재연 가능성이 높아진다고 해야 맞을 것이다. (아무리 식단을 조절해도 재연 가능성을 아예 없애기란 불가능하다.)

재연이 일어나면, 크게 실망할 수밖에 없다. 부작용이 강한 약(프레드니솔론)을 다시 많이 복용해야 하니까. 제발 재연이 없었으면, 하고 환자는 강하게 소망한다.

모닥불이 다시 타올라 산불이 일어나지 않도록 계속 걱정하면서 불씨를 지켜보느라 좀처럼 자리를 뜨지 못하는 것이 이 병에 걸린 사람의 심경이다.

새로운 구분선

관해기가 다가오니 약이 줄었다. 머지않아 퇴원한다고 했다.

퇴원에 앞서 영양사 선생님이 식사 시 주의사항을 가르쳐 주었다. 첫 병원에서 알려준 지침은 꽤 엄격했다.

일단 유제품은 절대 안 된다고 했다. 궤양성 대장염에 좋지 않다는 연구 결과가 있다는 것이었다. 단식 후에 처음 먹고 감동한 것이 요구르트였는데, 대체 무슨 소리인가 싶었다.

그다음, 지방은 되도록 섭취하지 않는 게 좋다고 했다. 마블링 있는 고기는 꿈도 꾸지 말라며, 지방이 적은 닭가슴살이나 흰살생선을 먹으라고 했다. 소고기, 돼지고기, 가슴살 외에 닭고기, 참치와 방어처럼 지방이 많은 생선은 전부 '먹으면 안 되는 음식'으로 분류되었다.

섬유질이 질긴 채소도 먹지 않는 편이 좋다고 했다. 우엉이나 연근이나 죽순 같은 것들. 먹어도 되는 채소는 시금치 이파리처럼 부드러운 것뿐이었다.

버섯류는 전부 금지되었다. 오징어와 문어 역시 소화가 잘 안 된다며 삼가라고 했다.

그렇게 싹둑싹둑 과감하게 정리되었다.

나는 '되도록 부드러운 음식을 드세요.' 혹은 '잘 씹으세요.' 같은 수준일 거라고 생각했다. '유제품은 안 돼요.'라는 식으로 한 종류를 통째로 금지할 줄은 몰랐다. 각오가 부족했던 것이다.

수많은 음식이 점점 '먹으면 안 되는 음식'으로 분류되었다.

이것도, 저것도, 설마 저것까지. 정든 집 안의 가구들에 하나둘 압류 스티커가 붙는 것을 어쩌지 못하고 지켜만 보는 사람 같았다.

자극적인 것도 금지되었다. 후추와 고춧가루 같은 건 물론이고, 커피와 홍차도 좋지 않다고 했다. 당연히 알코올은 엄금. 단것도 끊으라고 권했다. 내가 정말 좋아하던 초콜릿도 자극적인 것에 포함된다고.

배 속에 상처가 난 셈이니 거기에 자극을 주면 안 된다는 뜻일까. 확실히 상처에 소금을 뿌릴 수는 없는 노릇이었다.

아무튼 기호품은 전멸되었다.

과일 역시 딸기처럼 씨를 뗄 수 없는 것은 금지되었다. (어리석게도 딸기의 표면에 씨가 붙어 있다는 사실을 그때껏 의식해본 적이 없었다.) 씨를 뗄 수 있는 과일이라도 자극적이면 안 된다고 했다. 신맛이 강하다든지, 단맛이 강하다든지. 바나나도 섬유질이 풍부해서 좋지 않다는 걸 알게 되었다. 이야기를 듣다 보니 살아남은 과일이 있는지 없는지 헛갈렸다.

한 시간 정도 가르침을 받는 사이 내 '음식대륙'의 대부분은 타국의 영토가 되어버렸다. 남겨진 내 영토는 깜짝 놀랄 만큼 좁았다. 겨우 이걸로 살아갈 수 있을까? 국왕은 너무 많은 것을 잃어버려서 비틀거리다 침대에 쓰러졌다.

'먹기의 기쁨' 대 '재연의 괴로움'

퇴원했다 재연이 일어났을 때는 다른 병원에 입원했는데, 그 전 병원보다 주의사항이 조금 느슨했다.

가장 놀란 점은 유제품을 먹어도 된다는 것이었다. "유제품을 피하라는 건 벌써 옛날 연구예요. 지금은 유제품을 먹어도 상관없다고 해요." 그렇게 입장을 홱홱 바꾸어도 되는 것일까. 진보에 감탄하기보다는 돌변한 태도가 의아했다.

물론 유제품을 먹어도 된다는 건 기쁜 소식이었다. 하지만 그간 유제품이 들어간 음식은 무조건 피하느라 애썼는데(성분표를 신경 써서 들여다보니 실은 많은 것에 조금씩 유제품이 포함되어 있었다. 심지어 어묵과 콩소메에도.) 내 노력이 간단히 쓸모없어진 것에 약간 저항감이 들었다.

그 뒤에도 여러 병원에서 입퇴원을 반복했는데, 그때마다 조금씩 주의사항이 느슨해졌다. 유제품 외에는 연구 결과가 바뀌었기 때문이 아니라 식단 제한이 지나치면 '삶의 질'이 너무 낮아지기 때문이라고 했다.

즉, 아무리 엄격하게 식단을 조절해도 재연은 일어난다는 뜻이다. 그러니 어느 정도 먹고 싶은 걸 먹고, 재연이 일어나면 어쩔 수 없다고 받아들여서 생활 전체의 질과 인생의 만족도를 높이자고 하는 것이다.

'먹기의 기쁨'과 '재연의 괴로움'을 천칭에 걸어놓고 균형을 맞추는 것.

픽 어려운 일이다. 사람마다 어느 쪽을 중시하는지도 다르다. 그래서 병원에서는 일단 어떤 것이 좋고 나쁜지 가르쳐주고 나머지 판단은 환자에게 맡겼다.

영양사마다 다르게 말하기도 한다. "좋아하는 것도 조금은 먹어야 살아가는 의미가 있겠죠."라는 사람이 있는가 하면 "재연은 괴로우니까 음식을 가려 먹는 게 나아요." 하는 사람도 있다. 마치 간 수치가 높은 사람에게 술을 좋아하는 의사는 "뭐, 조금은 마셔도 돼요."라고 하고, 술을 마시지 않는 의사는 "한 방울도 마시면 안 돼요." 하는 것과 비슷하다.

칼로리가 없는 것으로 칼로리를 섭취해야 한다

그래도 식단에 일정한 기본 방침은 있다. 바로 '고단백질, 고미네랄, 고비타민, 고칼로리, 저지방, 저잔류'다.

궤양성 대장염은 대장에서 단백질이 흘러가버리고 창자를 복구하는 데도 단백질이 필요하기에 고단백질 식사를 해야 한다. 그래서 식단의 주인공은 단백질이다. 그 때문에 전면적으로 유제품을 금지하면, 식단 구성이 빡빡해진다.

비타민과 미네랄도 부족해지기 때문에 과일과 채소를 먹는 게 좋은데, 앞서 적었듯 과일은 대부분 피해야 하고 채소도 섬유질은 삼가야 하기에 먹을 수 있는 것은 얼마 되지 않는다.

또 연이은 설사로 쇠약해져 있기에 음식을 먹을 때는 칼로리가 높을수록 좋다. 병 때문에 칼로리 제한을 하거나 다이어트를 하는 사람들이 들으면 부러워할 것 같다. 칼로리는 얼마든지 높아도 되니까.

그렇지만 사실 대부분의 고칼로리 음식은 '저지방'이라는 기준에 부딪친다. 예를 들어 버터는 칼로리가 높지만 지방 덩어리 같은 것이라 먹어서는 안 된다. 칼로리가 높은 음식에는 대체로 기름이 많은 법이다.

살은 잘라내도 되지만 피를 흘려서는 안 된다는, 셰익스피어의 『베니스의 상인』에 나오는 난제가 떠오른다.

지방을 피해야 하는 이유는 기름이 설사를 유발하기 때문이다. 변비가 심할 때 피마자기름을 마시면 꽤 효과가 있을 정도다. 또한 동물성 지방은 염증을 악화시킨다고 한다.

단, 생선의 지방은 반대로 염증을 억제하는 효과가 있어서 먹는 게 좋다고 하는데, 설사를 유발하는 건 마찬가지라 좋은 효과와 좋지 않은 결과가 서로 부딪친다.

건강에 좋지 않은 식이섬유

'저잔류'라는 말은 들어본 사람이 별로 없을 것이다. 쉽게 말하면, 소화하고 남는 가스가 적다는 뜻이다.

대장이라는 기관은 위와 소장에서 음식을 소화·흡수하고 남은 가스를 모아두는 곳이다. (엄밀하게 따지면 그리 단순하지만은 않지만 대략적으로 말하면 그렇다.)

내 병은 대장에 염증이 일어나는 것이라 되도록 대장을 자극하지 않아야 한다. 가스가 없을수록 좋다는 말이다.

가스를 많이 남기는 대표선수는 식이섬유다. 이것이 가장 좋지 않다.

'식이섬유가 건강에 좋다.'라는 지식이 사람들 대부분의 머릿속에 있을 것이다. 결코 틀린 지식은 아니다. 건강한 사람은 식이섬유를 많이 먹고 대장을 청소하는 것이 좋다. 하지만 장에 염증이 일어나기 쉬운 사람에게는 정반대다.

건강한 사람에게는 마른 수건으로 피부를 문지르는 건포마찰이 좋지만, 피부에 염증이 있는 사람이 그런 걸 했다가는 큰일 나는 것과 비슷한 셈이다. 같은 것이 사람에 따라 건강에 좋기도 나쁘기도 하다.

'저잔류'라는 기준은 꽤 맞추기 까다롭다. 쓰레기를 배출하지 않는 생활이 어렵듯이 가스를 남기지 않는 음식을 찾기도 쉽지 않다. 주스 같은 음료에도 실은 물에 녹는 식이섬유가 듬뿍 들어 있다. 심지어 요즘에는 '건강을 위해서'라는 이유로 많은 식품에 일부러 식이섬유를 첨가한다. 저잔류 식단을 지켜야 하는 사람에게 지금 세상은 살아가기 어려운 곳이다.

입퇴원을 반복하던 무렵에는 거의 외식을 하지 않았다. 하지만 관해기가 이어지며 컨디션이 썩 좋아지면 밖에서 사람을 만나기도 했다.

약속 상대는 나를 배려해서 '건강식'을 파는 식당을 찾아주었다. 민감해진 내 혀가 그런 식당의 음식에 만족하긴 했다. 하지만 그보다 큰 문제가 있었다.

건강식 식당에서는 밥은 현미, 빵은 통곡물, 그 외에는 주로 채소가 재료였다. 심지어 채소는 부드럽게 충분히 삶기는 커녕 되도록 생으로 주었다. 즉, 식이섬유로 테이블이 가득했다. 사방을 둘러봐도 오직 적뿐. 사면초가였다.

그렇지만 '이런 식당은 괜찮지?'라는 듯한 표정을 짓는 상대방에게 "여기서 먹을 수 있는 건 하나도 없어."라고 말할 수는 없었다.

그런 일들에 고생깨나 했다.

지금은 수술을 받아서 전에 비해 훨씬 가리지 않고 먹을 수 있다. 건강식 식당을 가도 괜찮고, 다른 평범한 식당도 상관없다.

그 덕에 요즘은 사람을 쉽게 만나지만, 그 전에는 '먹을 수 없다'는 이유로 사람을 만나기가 매우 어려웠다. '만나기'와 '먹기'는 아예 다른 일이라, 만나서 먹지 않으면 그만이라고 생각했다. 하지만 그럴 수가 없었다. (이 점에 대해서는 4장을 전부 할애해서 이야기하려 한다.)

알던 음식이 미지의 음식으로

나는 '고단백질, 고미네랄, 고비타민, 고칼로리, 저지방, 저잔류'라는 큰 방침 아래에서 '삶의 질'과 '재연의 위험성'을 저울로 가늠하며 스스로 식생활을 결정해야 했다.

어떻게 결정했느냐 하면, 하나하나 먹으면서 시험하는 수밖에 없었다.

병원에서 방침을 배우기도 했고, 대표적인 음식에 관해서는 "이건 괜찮고, 저건 안 돼요."라고 듣기도 했다. 하지만 모든 음식을 일일이 물어볼 수는 없는 노릇이었다.

어떤 음식에 얼마나 단백질, 미네랄, 비타민, 지방이 있고, 열량이 얼마나 되는지, 잔류물을 남기는지, 좀처럼 알 수 없었다. 『식품성분표』라는 책을 사 보았지만 세세하게 나뉜 음식들을 전부 외우긴 어려웠다.

게다가 사람마다 차이도 있었다. 같은 병에 걸린 다른 환자가 괜찮았다고 해서 먹어보았지만 내게는 맞지 않는 음식도 있었다.

결국, 스스로 먹어보고 시험하는 수밖에 없는 것이다.

그렇지만 먹어보고 결과가 나쁘면 재연이 일어날 수 있고 무척 위험하다.

나이 든 분들과 버섯이나 나물을 캐러 가보면, 초보자인 내게는 전부 똑같아 보이는데 어떤 나물은 먹어도 되고 어떤 나물은 먹으면 안 된다고 한다. 저 버섯은 영양이 듬뿍 있고 맛있다는데, 다른 버섯은 독이 있다고 한다.

당시 내 상황은 그런 걸 전혀 모르는 애송이가 산속에 혼자 남겨져 앞으로 여기 있는 나물과 버섯만 먹고 살아가라는 이야기를 들은 것과 비슷했다. 애송이는 조심조심 하나씩 먹으며 괜찮은지 알아보는 수밖에 없다.

한눈에 독버섯인지 아닌지 구별해내는 할머니 같은 베테랑이 빨리 되고 싶었다.

베테랑 환자라니, 그리 되고 싶었던 것은 아니지만.

두부와 반숙란과 닭가슴살의 나날

그러던 와중에 가장 고마운 음식은 바로 두부였다.

단백질 덩어리인 데다 그만큼 이상적인 저잔류 식품은 거의 없다. 원재료인 콩에는 식이섬유가 많지만, 두부는 콩에서 섬유질을 제거한 것이다. 남은 섬유질 덩어리가 비지다. 두부를 만들면 비지가 몇 배 더 남는다.

건강한 사람은 식이섬유가 풍부한 비지를 먹으면 된다. 저잔류식이 필요한 나 같은 사람은 두부를 먹으면 된다.

버리는 것 없이 각자 사정에 맞춰 먹을 수 있으니 굉장하다는 말밖에 나오지 않는다.

메이지유신에서 활약한 의사이자 군사이론가 오무라 마스지로大村 益次郎와 관련해 다음과 같은 일화가 있다고 한다.

오무라 마스지로에게서 병법을 배운 제자가 전장에서 승리하고 돌아왔다. 제자는 스승이 어떤 진수성찬으로 축하해줄까 기대했는데, 두부 두 모뿐이었다. 마음이 상한 제자가 젓가락을 대지 않자 오무라 마스지로가 크게 화냈다.

"두부를 우습게 보는 자는 나라까지 망치고 만다!"

오무라 마스지로가 검소한 식생활을 중시하라고 그렇게 말했던 것은, 결코 아니다. 그저 그가 두부를 대단히 좋아해서 매일같이 두부만 먹었기 때문에 화를 낸 것이다.

이 일화를 듣고 나는 오무라 마스지로를 정말 좋아하게 되었다. 그만큼 내게 두부는 고마운 식품이었다.

반숙란도 좋았다.

날달걀은 소화가 어렵고, 삶은 달걀도 소화하기 쉽지 않다. 삶은 달걀을 소화하는 데 필요한 칼로리는 삶은 달걀로 섭취하는 칼로리보다 많다고 한다. 그래서 삶은 달걀이 다이어트에 좋은 것이다. 외려 내게는 칼로리 면에서도 알맞지 않았지만.

오직 반숙란이 소화도 잘되고 영양도 풍부하다. 단백질을 중심으로 비타민 역시 풍부하다. 역시 내게 고마운 식품이었다.

고기 중에서 고르라면 두말할 것 없이 닭가슴살이었다. 단백질 덩어리에 지방이 거의 없다. 다만, 요리할 때 조심하지 않으면 딱딱해진다. 그렇게 되면 소화하기 어렵다.

결국 내 종착지는 두부와 반숙란과 닭가슴살이었다. 언제나 그중 하나를 중심으로 식단을 짰고, 그 세 가지가 빙글빙글 반복되었다.

비타민과 미네랄을 보충하기 위해 과일과 채소를 먹어야 한다고 했지만, 과일은 마땅한 게 없었고 채소는 먹기 전에 섬유질을 제거해야 했다.

이 채소를 먹기 전의 준비가 꽤 중노동이었다. 상상 이상으로 번거로워서 땀까지 나는 노동이었다. 명백하게 채소로 섭취하는 칼로리보다 많은 칼로리를 소모했다. '섬유질 제거 다이어트'라는 게 있어도 좋을지 모른다.

심지어 준비를 마치면 놀라울 만큼 양이 줄어들었다. 그만큼 노력했는데 겨우 이거냐며, 고된 노동 끝에 저임금을 받고 당황하는 사람 같은 심정이었다.

이런 식생활로는 충족할 수 없는 영양분이 있기에 보조 차원에서 '에렌탈'이라는 경구영양제도 먹었다. 그 영양제는 가루 형태로 봉투에 들어 있고 따뜻한 물에 녹여서 마신다. 영양을 균형 있게 간편히 섭취할 수 있어서 큰 도움을 받았지만 그리 맛있지는 않았다. 토할 것 같아서 못 먹는다는 사람도 있다. 아무래도 약 같기 때문일 것이다.

그래도 맛이 달았기 때문에 디저트를 절대 먹어서는 안 되는 사람으로서 그 단맛이 무척 반가웠다.

씹기 지겨워

나는 13년 동안 계속 '두부와 반숙란과 닭가슴살의 나날'을 보냈다.

13년간 같은 것만 먹으면 어떻게 될까?

일단 싫증이 날 거라고 예상할 듯싶다.

전쟁 등으로 식량난을 겪으며 감자, 고구마, 호박만 먹은 사람 중에는 시간이 많이 지난 후에도 감자, 고구마, 호박을 정말 싫어하는 경우가 적지 않다. 굶주리고 있어도 같은 음식만 먹으면 싫증이 나는 것이다. 같은 음식만 먹다가 영양이 치우치지 않도록 우리 몸의 구조가 짜인 것 같다.

나 역시 싫증을 느낀 적이 물론 있었다. 그렇지만 내 경우는 감자, 고구마, 호박을 싫어하는 사람들처럼 격렬하지는 않왔다. 영양제 등으로 영양의 균형이 어느 정도 잡혀 있었기 때문일지도 모르겠다.

그보다 힘들었던 것은 '식감에 질리는 것'이었다. 부드러운 두부와 반숙란에는 그런 싫증을 느끼지 않았다. 그나마 씹는 맛이 있는 닭가슴살이 가장 지겨웠다.

닭가슴살은 조리법에 따라 식감이 달라진다. 부드럽게 탄력이 있기도 하고 질기기도 한데, 어쨌든 닭가슴살 특유의 식감이 있다. 껍질을 바삭하게 구운 닭다리와는 전혀 다르다. 닭가슴살이라는 것을 씹는 데 정말이지 질려버렸다.

질렸다고 하면 호강에 겨운 말로 들릴 수도 있겠다. 하지만 이런 식감일 거야 예상하고 역시 그런 식감이 들 때의 기분은 말로 표현할 수 없다. 아아, 하는 탄식이 나올 정도다.

씹는 느낌이 다른 것을 먹고 싶다고 진심으로 바랐다. 아마 턱과 치아의 욕구였을 테지만, 내 마음도 똑같이 바랐다.

사실 나는 지금도 닭가슴살을 질색한다. 많은 음식을 먹을 수 있게 된 뒤로는 한 번도 입에 대지 않았다. 먹었다가는 그 괴로운 감각이 뚜렷이 되살아나지 않을까 두렵기 때문이다.

출소한 사람의 맥주와 닭꼬치

당시는 배부름의 시대였다.

물론 전쟁 중처럼 사방에 먹을 거라곤 없이 홀쭉하게 야윈 사람들만 있는 상황이었다면 훨씬 무서웠을 것이다. 그러나 먹을거리가 넘쳐나고, 텔레비전을 틀면 연예인들이 각종 맛집에서 음식을 즐기며, 광고에서도 따끈한 김이 오르는 맛있는 식품을 보여주는 세상이었다. 살찐 사람들이 많아서 어떻게 하면 살을 뺄까 하는 것이 시대의 고민이 되는 그런 세상에서 빼빼 마른 몸으로 한정된 음식을 소량만 먹으며 항상 조금씩 허기를 느끼는 것 역시 불가사의한 느낌이었다.

나 혼자 다른 시공간에 갇힌 것 같았다.

실컷 먹고 마시는 사람들이 부러웠냐면, 분명 부럽긴 했다. 그러나 그들은 이미 내 손이 닿지 않는 영역에 있으니 하는 수 없다고 받아들였다. 그보다는 나와 비슷한 상황에 있었던 사람이 자유롭게 해방되는 순간을 맛보는 것이 진심으로 부러웠다.

예를 들어 교도소에서 출소한 사람을 부럽다고 생각한 적이 있다. 영화에서 그런 장면을 본 것이지만 말이다. (무슨 영화였는지 잊어버렸는데, 그 장면만 선명히 기억난다.)

교도소에서 나온 사람이 꼬치구잇집에 가서 '맥주'를 주문한다. 주문만 했을 뿐인데 눈을 크게 뜨고 온몸을 부들부들 떤다.

그토록 그리웠던 것이 순식간에 앞에 놓인다. 곧장 마시지는 않는다. 지그시 바라본다. 거품이 튀고 있다. 잔을 잡는다. 차갑다. 더욱 세게 잔을 잡는다. 천천히 입으로 가져간다. 냄새가 난다. 자연스레 잔을 눈앞으로 들어 올려 천천히 바라본다.

마침내 마신다. 한 모금 꿀꺽 마신다. 울대뼈가 위아래로 움직인다. 아직 맛은 모를 것이다. 오랜만의 자극을 가벼운 고통으로 느낄지도 모른다. 하지만 맛있다. 형언할 수 없을 만큼 맛있다. 눈물이 살짝 맺힌다.

그다음 닭꼬치를 주문한다. 변두리의 가게다. 그저 저렴할 뿐 맛있다고 할 만한 요리는 아니다. 하지만 맛있다. 고기가 딱딱하면 딱딱한 대로 맛있다. 흐물흐물하면 흐물흐물한 대로 맛있다. 씹으면 육즙이 입 안에 퍼진다. 탄내가 코를 찌른다. 여러 번 거듭해서 씹는다. 내가 기뻐하는지 턱이 기뻐하는지 모르겠다.

다시 맥주를 꿀꺽 마신다. 입 안에서 닭고기의 맛과 섞인 맥주가 목구멍 속으로 흘러든다.

뭐, 한마디로 이런 게 부럽다는 말이다.

출소하여 전과자로서 사회에 돌아가기란 정말 힘들 것이다.

낫지 않는 병 역시 퇴원해도 환자로서 사회 속에서 살아가야 한다. 희귀질환 환자와 전과자의 고생, 어느 쪽이 더 큰 일인지는 모르겠다. 적어도 환자는 잃어버린 평범한 식생활을 되찾을 수 없다. 이게 결정적인 차이점이다. 그래서 나는 부럽다.

변두리 가게의 맥주와 닭꼬치 같은 게 뭐가 부럽냐고 생각하겠지만, 한번 잃어보면 그게 참 부럽다. 평범한 사람은 별로 기뻐하지 않을 일이기 때문에 더더욱 빛나 보이는 것이다. 부끄럽지만, 남이 씹다 버린 껌조차 나도 모르게 홀린 듯이 한참 바라본 적이 있었다.

신기하게도 고급 레스토랑의 와인과 프랑스 요리보다 그렇게 하찮은 것들이 부러웠다.

씹고 뱉기 작전 실패

대장에 음식의 가스가 쌓이지 않으면 되는 것이니 입에서 우물우물 씹다가 뱉어버리면 괜찮지 않을까 생각했다. 전혀 먹지 않는 것에서 비해서는 훨씬 만족도가 높을 듯했다.

일단 삼키고 나중에 토해내는 방법은 하지 않으려고 했다. 위에 나쁠 게 뻔했고, 대장에도 영향을 미칠 것 같았기 때문이다.

케이크나 전통과자처럼 아주 조금은 실수로 삼켜도 괜찮은 것을 잔뜩 사 왔다. 커다란 그릇을 옆구리에 두고, 케이크와 과자를 실컷 입으로 혀로 치아로 턱으로 맛본 다음—더러운 얘기라 송구하지만―그릇에 뱉었다.

아주 좋았다. 오랜만에 맛보는 디저트는 본래 먹을 수 없는 것이라 더더욱 맛있었다. 단맛에 흠뻑 취했다.

그렇지만 그 뒤가 좋지 않았다. 이상한 느낌이 든 것이다.

머리만 왠지 욱신욱신했다. 신체에서 무척 기묘한 느낌이 들었다. 말로 표현하기 힘든데 또 몸에서 물음표를 발신하는 것 같았다. 입에서는 분명히 맛을 느끼는데 몸 안으로 아무것도 들어오지 않으니 신호의 불일치에 뇌와 몸이 혼란을 일으켰는지도 모른다.

이러다 안 좋은 일이 벌어질 것 같아서 몇 번만 하고 그만두었다. 그 뒤로는 그저 섭생에 열중하는 날들을 보냈다.

그것 말고 노력할 게 없을 때, 사람은 지나치게 노력한다

살을 빼서 보기 좋아지겠다는 것은 긍정적인 목표일 것이다. 하지만 나는 재연을 막기 위한 섭생, 즉 부정적인 결과를 피하는 것이 목표라 달성해도 그리 기쁘지 않다. 심지어 섭생에 힘써도 재연은 일어나는 법이라 허무하기까지 하다.

그래도 노력했다.

왜 노력했느냐면, 그 외에 노력할 일이 없었기 때문이다.

병에 걸리면 낫기 위해서 스스로도 무언가 하고 싶게 마련이다. 하지만 할 수 있는 건 조금밖에 없다. 대부분 의사에게 맡기고 약에 의존해야 한다. 그래서 나으면 상관없겠지만 낫지 않으니까 더더욱 무언가 하고 싶다.

식사에 신경 쓰는 건 할 수 있다.

그래서 그 일에 너무 노력해버린다.

돌이켜보면 나는 섭생이 지나쳤던 것 같다. 좀더 평범한 식사를 해도 괜찮았을지 모른다.

그렇지만 조금이라도 재연을 늦추고 싶었다. 또 그럭저럭 식생활을 즐기다 재연의 슬픔을 맛보느니 평소에 힘든 섭생을 하다가 재연의 고통으로 넘어가는 게 낙담을 줄이는 길이라고 생각했다.

같은 병에 걸린 환자 중에는 나보다 자주 재연이 일어나는데 나보다 훨씬 평범하게 식사하는 사람도 있다. 반대로 훨씬 엄격한 사람도 있다. 우동밖에 먹지 않는다고 하는, 누가 봐도 지나친 사람도 있다.

그렇지만 그들에게 '좀 지나치지 않나요.'라고 할 수는 없었다. 그런 건 당사자가 누구보다 잘 알고 있다. 그럼에도 불구하고 지나치게 하는 것이다.

사람은 노력 여하에 따라 많은 것을 바꿀 수 있을 때는 귀찮아하며 게으름을 피운다. 하지만 노력으로 어떻게 할 수 없는 일이 대부분이고 바꿀 수 있는 것이 아주 조금밖에 안 되는 상황이 되면 외려 지나치게 노력해버린다. 과한 노력은 때로 부정적인 결과까지 불러일으킨다.

먹는 것은 위험

아무튼 되도록 먹지 않는 게 병에 좋았다. 그렇지만 아예 먹지 않으면 죽어버리기에 조금은 먹었다.

이런 일을 오랫동안 계속한 결과 어떻게 되었을까?

'먹는 것 = 위험'이라는 구도가 몸에 배어버렸다.

나는 먹는 속도가 매우 느리다. 원래는 빨리 먹는 편이었지만 병에 걸린 후 무척 느려졌다. 잘 씹으려고 하기 때문이다. 하지만 이유는 그뿐이 아니다. 먹을 때마다 음식이 안전한지 일일이 가늠하며 음미하기 때문이다.

이건 먹어도 괜찮을까? 잘 씹으면 괜찮아. 이건 이제 그만 먹어야겠다. 이거는 좀더 먹어도 돼. 이건 절대로 안 돼!

이런 식으로 이러쿵저러쿵 생각하면서 먹는다. 그래서 느리다. 먹을 때는 항상 신호등의 노란불이 켜져 있는 셈이다.

병에 걸리기 전과 비교하면 정말 많이 달라졌다.

예전에는 위가 아프다거나 배탈이 난 적이 거의 없었기 때문에 무언가 입에 넣으며 주저한 적도 별로 없었다. 처음 접하는 별난 음식도 망설이지 않고 잘 먹는 편이었다.

어쩌다 위가 아프거나 배탈이 나기도 했지만, 오히려 드문 일이 일어났다며 조금 재미있게 생각했다. "설사쟁이가 돼버렸어."라며 웃기도 했다.

이렇게 써놓고 보니 예전과 비교해 너무 멀리까지 와버렸구나 새삼 깨닫는다.

만약 나쁜 음식을 당신의 배에 준다면, 배는 당신이 춤추도록 드럼을 두드릴 것입니다.

—아프리카의 속담[11]

살짝 건드리기만 해도 큰 소리를 내는 드럼이 조금도 소리를 내지 않도록 신중하게 살아갔다. 땅 아래에 묻힌 지뢰를 더듬더듬 찾는 것과 비교할 수는 없겠지만, 그래도 항상 바들바들 떨었다.

그런 생활이 오랫동안 이어지면 점점 이런 생각이 든다.

입 안에 무언가를 넣는다니, 실은 대단한 일 아닐까.

바깥에 있던 음식을 안쪽으로 넣는 것인데.

다들 잘도 그렇게 무서운 짓을 할 수 있구나. 어떤 위험이 있는지도 모르면서.

입부터 엉덩이까지 미지의 무언가가 통과하는 것이다. 생각해보면 꽤나 대담한 짓이다.

신체관통형이라는 사형 방식이 전 세계 곳곳에 있었다는데, 대체로 꼬챙이를 엉덩이부터 입으로 찌르거나 그 반대로 입에서 엉덩이를 향해 찔렀다고 한다. 이런 형벌이 있었던 이유는 애초에 그 구멍들이 있다는 인간의 신체감각과 무관하지 않을 것이다.

인간의 몸에는 입부터 항문까지 터널이 있다. 음식을 실은 전철이나 자동차나 오토바이가 그 터널을 통과한다. 좋은 것 나쁜 것 모두 흩뿌리면서.

그렇게 위험한 것이 몸의 중심에 뚫려 있다. 그 끝의 구멍은 바깥세상과 연결되어 있다. 위장은 외계로 이어지는 것이다.

유라유라제국이라는 록밴드의 노래 「동굴입니다」를 들었을 때, 다음 가사들에 무척 끌렸다.

"나는 동굴."

"바보 같은 아이가 까불면서 달려간다."

물론 이 곡에서 말하는 동굴은 마음속의 허무함 같은 것이겠지만, 내게는 그렇게 들리지 않았다.

'먹기는 위험해.'라는 의식의 속삭임

병이 없어도, 애초에 인간에게 먹는다는 행위는 항상 위험성을 동반하는 행위라고 생각한다.

먹으면 독이 되는 음식은 자연계에 수없이 많다. 그래서 사람에게는 무엇이 독이고 무엇이 영양인지 구별할 수 있는 지식과 경험이 필요하다. 또한 안전한 음식이라도 썩거나 기생충이 있는 경우가 있다.

'먹기는 위험해.'라는 의식이 모든 사람의 마음속 깊은 곳에 있을 것이다.

오늘날 상점에서는 먹어도 괜찮다고 보증을 받은 먹거리를 팔고 있다. 정해진 기한만 지키면 거의 문제는 일어나지 않는다.

현대인은 먹기의 위험성에서 해방되어 먹기의 즐거움만 누릴 수 있게 되었다. 바로 그 덕분에 포식의 시대이자, 비만의 시대가 도래했다. 그렇지만 이제는 첨가물의 문제 등이 대두되고 있다. 꼼꼼히 따지면 사실 요즘도 안전한 먹거리를 손에 넣기는 꽤 힘들다. 돈도 수고도 필요하다.

그 때문에 사람들은 대부분 사소한 위험은 신경 쓰지 않는다. 독을 약간 먹어도 괜찮다고 여긴다. 그럼으로써 아무런 불안 없이 뭐든 입에 넣을 수 있다. 이건 무척 대단한 일이다.

나도 전에는 그런 사람들의 일원이었지만, 더 이상 먹을 때 경계심을 풀 수 없게 되어버렸다.

먹지 못하는 것은
받아들이지 못하는 것

내 경계심은 점점 다른 것으로도 퍼져 나갔다. 밖에서 안으로 들어오는 모든 것에 말이다.

더러운 공기에 신경 쓰기 시작했다. 피부에 닿는 것도 주의하기 시작했다.

나아가 바깥세상 전체에 대한 경계심까지 고조되었다. 위험을 강하게 의식하며 받아들이지 않으려고 했다. 먹기의 괴로움이 삶의 괴로움으로 연결된 것이다.

이렇게 쓰면 너무 호들갑스럽다고 할지도 모르겠다. 혹은 섭생이 지나쳐서 정신까지 이상해진 것 아니냐고 생각할지도.

사실 나 역시 조금은 그렇게 생각한 적이 있다.

그렇지만 먹기에 문제가 일어난다는 말은 살아가는 것에 문제가 일어났다는 뜻이며, 먹지 못하는 음식이 늘어난다는 말은 그만큼 바깥세상과 단절되어버린다는 뜻이다.

나아가 먹지 못한다는 것은 현실을 받아들이지 못하는 것이라고도 할 수 있다.

이런 생각을 하던 때에 카프카와 만났다.

잘 살지 못하는 인간은
잘 먹지도 못한다

프란츠 카프카는 채식에 소식을 했으며, 간식은 먹지 않았고 알코올류와 자극이 강한 것은 되도록 피했다. 그만큼 극단적으로 식단을 조절했다.

건강을 위해서 그랬지만, 병에 걸렸던 것은 아니었다. 외려 극단적인 섭생 때문에 쇠약해지고 말았다.

그런 카프카가 평소보다 많이 먹을 때가 있었다. 바로 부친과 멀리 떨어졌던 때다.

늠름하고, 풍채가 좋고, 뭐든 잘 먹으며, 맥주도 단숨에 들이켜는 아버지. 그런 아버지 옆에서 카프카는 아주 조금밖에 먹지 못했다. 하지만 아버지와 떨어지면 잘 먹을 수 있었다.

태어나고 자란 프라하에서 떠났을 때도 평소보다 많이 먹을 수 있었다. 카프카는 프라하에서 나가길 바랐지만, 나갈 수 없을 것이라고도 생각했다. 프라하에 사로잡혔다고 생각했다.

그나마 여행 등으로 잠시 프라하에서 벗어나면 여느 때 먹지 못했던 것도 먹을 수 있었다.

파혼을 했을 때는 곧장 고기를 먹으러 갔다. 채식을 하던 카프카에게 고기를 먹는다는 건 대단한 일이었다. 약혼 중에는 결코 고기를 먹지 않았다.

마침내 정말로 병에 걸려서 계속 그만두고 싶었던 일을 그만두게 되고 좋아하던 시골에 요양하러 갔을 때도, 평소보다 잘 먹어서 외려 살이 쪘다.

현실을 거부하는 마음이 먹지 않는 것으로 이어졌다. 그래서 거부하는 마음이 약해질 때 잘 먹을 수 있었던 것이다.

카프카가 한 여성에게 한눈에 반했을 때, 중요한 이유 중 하나는 그 여성이 "끊임없이 먹는 인간만큼 싫은 것도 없어."라고 말했기 때문이었다. 뭐든 걱정 없이 우걱우걱 먹을 수가 없는 인간에게 카프카는 끌렸던 것이다.

삶을 사랑하는 사람이 건강하게 잘 먹는 사람을 근사하다고 생각하며 좋아하는 경우가 있듯이, 삶이 괴로운 사람이 식사를 거부하는 사람을 보고 마음이 끌리는 것도 있을 법한 일이다.

카프카는 「단식 광대」라는 단편소설을 썼다.

"왜냐하면 저는 제 입에 맞는 음식을 찾지 못했기 때문입니다.

만약 제가 그런 음식을 찾아냈다면

괜히 소동을 벌이지는 않았을 것이고,

당신이나 다른 모든 사람처럼 배불리 먹었을 겁니다."

—카프카, 「단식 광대」 중에서[12]

단식쇼를 하던 광대가 죽을 때 남긴 말이다.

카프카 자신의 가슴속에서 나온 토로라고 해도 무방할 것이다.

다른 사람들처럼 배불리 먹고 싶지만, 할 수 없다.

다른 사람들처럼 결혼하고 싶지만, 할 수 없다.

다른 사람들처럼 평범하게 살고 싶지만, 할 수 없다.

결코 다른 사람들처럼 하기 싫었던 것은 아니다.

카프카는 눈을 감기 전 병실의 침대에서 「단식 광대」의 교정쇄(책이 되기 전 수정하기 위해 임시로 인쇄한 것)를 확인하고 있었다.

그때 카프카는 병 때문에 먹지도 마시지도 못하는 상태였다. 그야말로 단식 상태였다. 너무나 먹고 싶었고 마시고 싶었다. 그는 간호사에게 자신의 눈앞에서 꿀꺽꿀꺽 물을 마셔달라 부탁하고 그 모습을 보며 조금이나마 마음을 달래기도 했다.

그럼에도 카프카는 이 단편소설을 부정하지 않았다. 자신의 작품을 책으로 낼 때마다 주저했던 카프카가 이 단편은 책으로 내려고 했다.

잘 살아가지 못하는 인간은, 잘 먹지도 못하는 것이 아닐까.
그리고 잘 먹지 못하는 인간은, 잘 살아가지도 못하는 것이 아닐까.

사회적 강자의 포식 자랑

카프카는 과민하고 극단적인 사례이지만 '먹기'와 '받아들이기' 사이의 연관 관계가 그에게만 해당하지는 않을 것이다. 나는 모든 사람이 그렇지 않을까 생각한다.

먹는 것은 현실을 받아들인다는 것이며, 먹지 않는다는 것은 현실을 받아들이지 않는다는 것이다. 또한 먹을 수 없다는 것은 현실을 받아들일 수 없다는 것이다. 이런 관련성이 분명히 있다고 생각한다.

싫은 일이 있거나 싫은 상대와 만나면 밥이 목구멍에서 막히는데, 그저 교감신경이 지나치게 활발한 탓이기만 할까?

충격적인 일을 겪으면 토하는데, 그저 위가 소화할 상황이 아니라고 판단했기 때문일까?

불안하고 받아들이기 힘든 현실을 살아가야 할 때, 사람은 종종 먹기에 어려움을 겪는다.

'마음먹다'라는 말은 참으로 절묘한데, 마음을 먹기 어려운 상황에 처하면 입으로도 먹기 어렵지 않을까.

라쿠고 중 「백천百川」이라는 이야기에는 "힘들어도 지금 '사태'를 잘 삼키길 바랍니다."라는 말을 듣고 '사태'고기를 꿀꺽 삼켰다 목이 막혀 눈알이 뒤집히는 장면이 있다.

발음이 같은 두 단어를 엮은 일종의 말장난인데,* '삼키다'라는 행위에는 이처럼 감내한다는 의미와 먹을 것을 목구멍으로 통과시킨다는 의미가 있다.

가리지 않고 먹을 수 있다는 것은 그만큼 현실을 받아들일 힘이 있으며 현실에 적응할 수 있다는 것을 뜻한다. 그래서 사회적 강자가 되길 원하는 사람들은 종종 자신이 얼마나 잘 먹고 마시는지 자랑하고 싶어한다.

"스테이크는 적어도 세 장 먹어야지." "아니, 나는 네 장도 적어." 등 이해할 수 없는 경쟁을 벌이기도 한다. 마치 많이 먹는 게 사회적 능력과 관계있다는 듯이.

---

*　　본래는 '상태를 꿀꺽'을 뜻하는 '구아이오굿토ぐあいをぐっと'를 일본 전통과 자 '쿠와이노킨톤くわいのきんとん'으로 잘못 듣고 삼키는 장면이다. 한국어로 이해하기 쉽게끔 수정했다.

왕성하게 일하던 사람이 위장병으로 입원하면, 다른 병에 걸렸을 때보다 심하게 낙담하고 초조함을 느낀다.

문병을 온 회사 동료들 역시 "나도 폭식하고 폭음은 조심해야겠어. 어제도 너무 먹고 마셔서 속이 쓰려."라며 은근슬쩍 (실은 그리 은근하지 않지만) 자신의 먹고 마시는 능력을 자랑한다. 또한 환자가 죽 같은 것만 먹으면 진심으로 기뻐하며 "겨우 그것만 먹어? 나는 도저히 못 견딜 거야. 대단하네."라고 왠지 의기양양한 표정을 짓는다.

먹기에는 영양을 섭취하는 것 외에 무언가 상징적인 의미가 있는 게 틀림없다.

살인자의 식욕

사람을 죽인 후에 식욕이 돋는다는 이야기를 듣고 꽤 놀랐다.

예를 들어 (영화 「태양은 가득히」에서) 톰 리플리가 필립 그린리프의 죽음 직후에 복숭아를 먹거나 프레디를 죽인 다음 닭을 먹는 것은 내가 수년 전에 읽은 경찰의 보고서에서 떠올린 장면이다. 범죄 후 살인범들에게서 일종의 폭식증이 나타난다고 경찰들에게 들은 적이 있다. 장례식의 만찬과 비슷한 것 아닐까. 삶이 죽음에 복수하는 것이다.

—르네 클레망, 「르네 클레망이 말하는 「태양은 가득히」 ②」 중에서[13]

하긴 장례식에서 사람들은 매우 많이 먹고 마신다. 타인은 죽었지만 나는 살아남았다고 흥분하는 것일까. 살려는 의욕이 식욕으로 이어지는 것일까.

이마무라 쇼헤이 감독의 영화 「복수는 나의 것」에서도 주인공 에노키즈 이와오는 사람을 찔러 죽인 후에 손에 묻은 피를 자신의 소변으로 닦아내고 그 손으로 감을 따서 한입 베어 문다.

그 장면을 보고 나는 부들부들 떨었고 감동했다. 실제와 다르지 않았기 때문이었을 것이다.

사람은 걸신들린 듯 먹는 모습을 천박하다고 여기기도 한다. 맛있는 음식을 먹으러 멀리까지 가는 모습을 한심하게 보기도 한다.

살려는 의욕을 두려워하기도 한다.

무코다 구니코가 각본을 쓴 텔레비전 드라마 「겨울 운동회」에는 사랑하는 사람을 갑작스러운 죽음으로 잃은 슬픔 때문에 아무것도 먹으려 하지 않는 노인이 등장한다.

주위에서 걱정하며 억지로 노인에게 김초밥을 권한다. 결국 그 김초밥을 먹은 순간, 노인의 눈에서 눈물이 흐른다.

왜 눈물이 넘쳤을까? 김초밥을 먹고 긴장이 풀린 걸까?

주인공 청년은 마음속으로 생각한다.

'할아버지는 슬펐던 것이다. 살아남은 인간은 살아가야만 한다. 살기 위해서는 먹어야만 한다. 그 사실이 너무나 분했던 것이다.'

—무코다 구니코, 『무코다 구니코 시나리오집 IV 겨울 운동회』 중에서[14]

살아간다는 것은, 사랑하는 사람이 죽어도 배가 고픈 것이다. 음식이 맛있다고 느끼는 것이다.

먹는다는 행위, 살려는 의욕이란, 퍽 슬픈 것이기도 하다.

야마다 다이치의 에세이집 『월일의 잔상』에 실린 「먹는 것의 수치食べることの羞恥」를 보면, 프랑수아 라블레가 『가르강튀아』에서 유토피아로 묘사한 수도원에는 부엌이 없다고 한다. 그에 대해서 문학자 와타나베 가즈오가 30여 년에 걸쳐 조사하고 있다고 한다.[15]

"각종 포도주, 각양각색 먹거리와 요리, 그리고 분뇨를 비롯해 상스러운 에피소드로 가득"했던(와타나베 가즈오, 「역시 부엌이 있었는가?」 중에서) 라블레의 이야기에서 그 유토피

아가 나오는 장에만 "음식과 식재료에 관한 자세한 서술이
단 한 줄도" 없고 "먹다, 마시다, 하는 동사가 두세 차례 보
일 뿐"(같은 글에서)이라고 한다.

그런 구석이 인간에게 있지 않을까. 먹을 것에서 도망칠
수 없다는 생각이. 먹지 않으면 살 수 없다는 비애가.

— 야마다 다이치, 『월일의 잔상』 중에서[16]

사람은 오로지 현실 속에서만 살아갈 수 있다. 현실을 받
아들이지 못하면, 살아갈 수 없다.

이 사실에 대해서도 똑같이 비애가 있지 않을까.

삶의 기쁨을 동경하지만…

먹는 것을 주제로 삼은 만화와 드라마는 정말 많고 인기도
있다.

잘 먹는 사람을 보면 기분이 좋다. 맛있게 먹는 사람을 봐
도 기분이 좋다. 그런 이들을 보면 현실에 대한 경계심이 풀리
는 것인지도 모른다.

맛있다고 감탄하며 행복해하는 주인공을 보면서 독자도 행
복을 느낀다. 어쩌면 그것은 세계와 화해하는 감각과 비슷하
지 않을까.

그렇지만 나는 더 이상 그렇게 화해하기 어렵다.

카프카의 「단식 광대」의 마지막 장면, 광대가 죽고 그 우리에 젊은 표범이 들어가게 된다. 그 표범은 "거의 터질 정도로 필요한 모든 것을 갖춘 고귀한 몸뚱이"를 지녔고 "그 아가리에서는 뜨거운 열기와 함께 삶의 기쁨이 흘러나왔다."고 한다.

그 표범이야말로 카프카가 동경했으나 될 수 없었던, 바깥 세상을 전혀 두려워하지 않고 받아들이며 삶의 기쁨을 토해내는, 현실에 완전히 적응한 강자일 것이다.

그렇지만 동경하면서 되고 싶어도 되지 못한 한편, 만약 될 수 있었다 해도 카프카는 결코 그렇게 되려 하지 않았을 것이다. 그는 끝까지 현실에서 불안을 느끼고, 거절하고, 먹지 않으며, 약자로 있으려 했다. 완고할 만큼.

단식 광대는 죽음을 맞이하면서도 "그의 흐려진 눈에는 더이상 자랑스러운 확신은 아니지만 계속 단식을 하겠다는 굳은 확신이 담겨 있었"던 것이다.

먹기와 커뮤니케이션

이번 장에서는 '현실' 대 '개인'의 구도에 대해 썼는데, '먹기'란 사람과 사람 사이를 이어주는 동시에 반대로 끊어버리는, 대단히 큰 역할을 하고 있다.

인간관계와 먹기가 그토록 밀접히 연결되어 있다는 사실을 나는 먹기가 자유롭던 시절에는 전혀 깨닫지 못했다. 깨닫고 보니, 두려울 정도였다.

다음 장에서는 그에 대해 이야기해보겠다.

4장

먹는 것과 커뮤니케이션
—'함께 먹자'는 압력

금세 '원만해질 수 있는 사람'은
'원만해질 수 없는 사람'을 비난하고 배제하기 십상이라서
무섭다고 한 것이다.

● 야마다 다이치, 『월일의 잔상』 중에서[17]

사람과 사람 사이에는 음식이 있다

'먹는 것'에 어려움을 겪으면, 영양 공급에 문제가 발생한다. 알고 있었다. 하지만 그것뿐이 아니라는 것은 모르고 있었다.

영양 공급은 내게 중요한 문제이지만, 타인에게는 상관없는 일이다. 나는 내가 잘 먹지 못하기 때문에 인간관계에 문제가 일어나리라고는 전혀 생각하지 않았다.

돌이켜보면, 내가 너무 물정에 어두웠다.

사람과 사람이 만날 때, 그 사이에는 대체로 음료가 놓인다. 누군가의 집에 가면 대부분의 경우 상대방이 커피나 차를 내준다. "괜찮습니다."라고 해도 "별거 아니에요."라면서 무언가를 주려고 한다.

예의라서 그러는 것이기도 하지만, 아무것도 없이 얼굴을 마주하기가 쉽지 않기 때문이기도 하다.

사이에 놓인 찻잔에서 오르는 따뜻한 김이나 차가운 유리잔에 맺힌 물방울이 상대와 얼굴을 마주할 때 드는 긴장을 완화해주는 것이다. 이따금씩 음료를 마시는 것이 어색함을 덜어주고 대화를 부드럽게 해준다.

심지어 아무것도 내놓지 않으면 상대방을 거절하는 의미가 되기도 한다. 또한 상대가 준 음료를 마시지 않는 것은 심한 결례로 여겨진다. 심지어 일본에는 '설령 원수의 집이라도 입을 적시지 않은 채 돌아와서는 안 된다.'라는 속담이 있을 정도다.

거기서 한발 나아가면 "다음에 한잔하자."라든가 "다음에 밥 한번 먹자."라는 말이 나온다. 먹고 마시는 것을 함께해서 관계에 깊이를 더하려는 것이다.

음식도 음료도 없이 깊은 인간관계를 맺는 게 오히려 더 드문 일이 아닐까.

성인뿐 아니라 학교에서도 점심을 함께 먹는 것이 '우리는 친구 사이'라는 일종의 증거가 된다. 함께 점심 먹을 사람이 없어서 홀로 먹으면, 친한 친구가 없음을 뜻하는 경우가 많다.

『천일야화』를 읽다 보면 다음과 같은 표현이 종종 눈에 띈다.

""우리 사이에 빵과 소금이 있었다는 사실을 잊어버렸습니까?"[18]

내가 준 음식을 당신이 먹었다. 즉, 함께 식사를 한 사이라는 뜻이다.

흔히 '한솥밥을 먹다.'라고 하는데, 영어에는 'To drink of the same cup.'(같은 컵으로 마시다.)이라는 표현이 있다고 한다. 야쿠자의 세계에서는 '술잔을 나누다.'라고 한다. 비슷한 표현이 아마 전 세계에 있을 듯하다.

먹고 마시는 것이 사람과 사람 사이를 잇는 것이다.

먹지 않는 것은
상대방을 거부하는 것

만약, 함께 한잔하거나 함께 식사하는 것이 불가능하면 대체 어떤 일이 벌어질까?

맺어지려 하던 것이 끊기게 된다.

술을 마시지 못하는 사람은 어느 정도 이해할 것이다. 술을 못 마신다는 이유만으로 사람과 어울리는 데 꽤 지장을 받은 적이 있을 테니까.

다만, 그런 경우에도 함께 식사를 한다는 선택지는 남아 있다. 그 '함께 식사'조차 어려워지면 불가사의할 만큼 사람과 소통하기가 어려워진다.

머리로 생각해보면 커뮤니케이션과 식사는 관계가 없다. 오히려 입으로 무언가를 넣으면 대화하기 어렵지 않은가. 젓가락이나 포크를 들고 있으면 몸짓으로 표현하기도 어렵다.

그럼에도 불구하고 식사와 커뮤니케이션은 실로 밀접하게 연관되어 있다.

왜일까?

그 이유는 앞에서 말했듯이 '먹는 것은 받아들이는 것'이기 때문이다.

살아가는 데 꼭 필요한 음식을 상대방에게 주는 것은 최고의 환대였을 것이다. 그 음식을 감사히 받아서 먹으면 관계는 더욱 깊어졌을 것이다. 생존하기 위해 필요한 식량을 서로 나누는 관계라는 뜻이니까.

이제 음식을 내어주는 것은 예전만큼 중요하지 않다. 하지만 먹는 것이 받아들이는 것이라는 사실은 변치 않았다.

상대방이 준 음식을 먹지 않는 것은 상대를 거부한다는 뜻이다. 부모에게 불만이 있는 아이는 부모가 차려준 밥을 먹지 않는다. 손에 올린 사료를 동물이 먹을 때, 인간은 신뢰를 느낀다. 어느 자리의 분위기에 적응하지 못할 때, 사람은 그 자리의 음식에 손을 대지 않는다.

"요리는 함께 먹는 사람에 따라 맛이 달라진다."라는 말이 있는데, 참으로 맞는 말이다. 그 때문에 먹지 못하기도 한다.

그래서 사람은 음식을 먹지 않는 상대방에게 짜증과 분노를 느낀다.

자신을 받아들이지 않겠다는 거절로 여기기 때문이다.

긴장하거나 배려하느라 먹지 않는 것은 문제없다. 하지만 그렇다 해도 계속해서 먹지 않으면 용납하지 못한다.

이 지점이 무섭다.

바나나라는 시험대

그 무서움을 훌륭하게 묘사한 글이 있다. 야마다 다이치의 「차 안의 바나나」라는 에세이다.

나는 이 에세이를 무척 좋아한다. 내가 처음 엮은 앤솔러지인 『절망도서관』에도 간곡히 부탁해서 수록했다.

야마다 다이치가 이즈伊豆에서 볼일을 마치고 완행열차로 돌아오던 길에 겪은 일이 쓰여 있다.

네 명이 마주 보고 앉은 좌석에서 넉살 좋아 보이는 중년 남성이 다른 승객들에게 말을 걸어 화기애애한 대화가 펼쳐지고 있었다.

그 중년 남성이 가방에서 바나나를 꺼냈다.

젊은 여성도 노인도 받았지만, 나는 거절했다. "사양할 것 없
잖아."라고 했다. "사양하는 게 아니라 먹고 싶지 않아."

—야마다 다이치, 「차 안의 바나나」 중에서[19]

중년 남성이 "아, 그래?" 하고는 바나나를 가방에 넣으면 그
걸로 끝이다. 하지만 이런 경우 대체로 상황이 그렇게 흘러가
지는 않는다.

그럼 어떻게 되느냐. 바로 다음처럼 된다.

"자, 여기에 둘 테니까 먹으라고." 하며 창가에 바나나 한 개
를 두었다.

그 뒤가 큰일이었다. 노인이 먹으니 "맛있지요?"라고 물었
다. "으응." 여성에게도 똑같이 물어봤다. "네, 네."

"이거 봐. 맛있으니까 한번 먹어봐." 하고 묘하게 끈질겼다.

한동안 잡답을 했다. 노인도 여성도 바나나를 모두 먹었다.

"왜 안 먹는 거야?" 하고 다시 내게 물었다.

노인이 나를 비난하기 시작했다. "먹어봐. 여행하면서 좋은
길동무가 얼마나 소중한데. 기껏 사이좋게 이야기하는데,
그러면 안 돼."

—같은 글 중에서

이 대목을 읽었을 때, 나는 진심으로 감격했다.

아, 이거다. 나는 지금까지 이런 장면을 몇 번이고, 정말 몇 번이고 겪어왔다. 그 장면을 실로 절묘하게 포착한 글이었다. 핵심이라 할 만한 요소들이 짧은 글 속에 전부 담겨 있었다.

거절하는데 "자, 여기에 둘 테니까 먹으라고." 하며 바나나를 두는 것.

'묘하게 끈질기게' 구는 것.

"기껏 사이좋게 이야기하는데, 그러면 안 돼."라고 노인이 비난하는 것.

그대로다. 그야말로 현실이 이렇다. 절묘하기 그지없는 글이었다.

사실 어디가 절묘하고, 무엇이 핵심이며, 내가 왜 감격했는지, 전혀 모르는 사람이 더 많을 것이다. 병에 걸리기 전의 나역시 그랬다.

잘 설명할 수 있을지 모르겠지만, 한번 설명해보겠다.

금세 '원만해질 수 있는' 사람들이 무서워

야마다 다이치는 바나나를 먹지 않은 이유를 다음처럼 밝혔다.

119

바나나를 받아서 먹은 사람을 비난할 생각은 없지만, 금세 '원만해질 수 있는' 사람들이 왠지 무서웠다.

—같은 글 중에서

중년 남성이 바나나를 꺼냈을 때, 그는 그저 '맛있는 걸 갖고 있으니까, 이 사람들에게도 나눠주자.'라고 생각했던 것인지도 모른다. 하지만 상대방이 먹을거리를 내 앞에 내놓으면 나는 자동적으로 '받는다' 또는 '받지 않는다' 중 하나를 결단해야 한다.

음식을 받는 것에는 내가 좋든 싫든 상관없이 '상대방과 이 자리의 분위기를 받아들인다'는 뉘앙스가 있다. 반대로 음식을 받지 않는 것은 '상대방과 이 자리의 분위기를 받아들이지 않는다'는 뉘앙스를 풍긴다.

둘 다 싫어서 망설이면, 자동적으로 후자가 된다.

그럼 받으면 되잖아, 하는 사람도 있을 것이다. 굳이 상대방을 불쾌하게 만들 필요 없다고. 어차피 오래 만날 사람들도 아니고 원만하게 시간을 보내면 더 낫지 않느냐고.

그래서 바나나를 그다지 좋아하지 않아도, 배가 불러도, 조금 무리해서 바나나를 받는 사람이 적지 않으리라 짐작한다.

그렇지만, 그리고 싶지 않은 사람도 있다.

게다가 받고 싶지만 받을 수 없는 사람도 있다.

처음 만난 사람끼리 금방 같은 음식을 나눠 먹는다. 서로를 받아들인다. 금세 원만한 분위기가 된다.

그게 무서운 것이다.

그게 어디가 잘못되었느냐고 반문하는 사람도 있을 것이다. 서로서로 받아들이는 게 좋지 않느냐고. 원만하게 지내는 게 낫지 않느냐고.

실제로 야마다 다이치의 에세이를 읽고 그렇게 생각한 사람들이 적지 않았다고 한다.

실은 이 에세이와 관련한 일화가 있다. 한 신문의 칼럼에서 이 에세이를 다루었는데, 독자들이 엽서와 전화로 "원만하게 지내는 사람이 왜 무섭다는 거냐."라고 했다는 것이다.

바나나가 더 이상 바나나가 아닐 때

왜 무섭다는 걸까?

이 질문에 대한 답은 앞서 인용한 대목에 있을 것이다.

기분 좋게 따라준 술을 상대방이 계속 마시지 않으면 "내가 준 술은 못 먹겠다는 거야!" 하고 화를 내게 마련이다. 처음에 그럴 의도가 아니었다 해도 결국 그렇게 전개된다.

'먹는 것은 받아들이는 것'이기 때문이다.

다른 사람이 바나나를 받아서 먹는데 야마다 다이치만 받지 않았을 때, 중년 남성은 불쾌해하며 바나나를 받도록 압력을 넣기 시작했다.

이때부터 바나나는 단순한 바나나가 아니게 된다.

야마다 다이치는 "점점 창가의 바나나가 시험대처럼 되었다."라고 썼다. 중년 남성을 받아들일지 말지, 이 원만한 분위기를 받아들일지 말지, 하는 것을 가리는 시험대 말이다.

이 사례처럼 음식은 너무 쉽게 그냥 음식이 아니게 된다. 그 때문에 더더욱 야마다 다이치는 바나나를 받지 않았던 것이다. 그리고 실제로 바나나는 시험대가 되었다.

상대가 압력을 가할수록 점점 받을 수 없게 된다. 그러면 거절하는 뉘앙스가 점점 강해진다. 악순환인 것이다.

중년 남성뿐 아니라 주위 사람들도 자신들을 거절한다고 생각한다. 그래서 노인까지 "그러면 안 돼."라고 비난한 것이다. 전형적인 전개다.

노인에게는 "기껏 사이좋게 이야기하는데" 그 분위기를 망친다는, 비난할 만한 대의명분이 있다. 하지만 분위기를 망친 사람은 대체 어느 쪽일까. 어려운 문제다.

모순된 이야기 같겠지만, 야마다 다이치가 바나나를 받지 않았을 때 중년 남성이 전혀 개의치 않고 다시 가방에 넣었다면, 그랬다면 야마다 다이치는 '바나나를 받아도 괜찮았겠다.'라고 생각했을지도 모른다.

그저 바나나를 건넨 것에 불과한 단순한 일도 이처럼 '금세 원만해지지 못하는 인간'에게 압력을 가하고 비난하는 결과로 이어질 수 있다.

내가 잘못 추측했을 수 있지만, 신문사에 엽서와 전화로 "원만하게 지내는 사람이 왜 무섭다는 거냐."라고 물은 사람들 역시 정말 궁금했다기보다는 그런 상황에서 바나나를 먹지 않는 인간을 용납할 수 없었던 것 아닐까. 그래서 엽서와 편지로 압력을 가한 것이 아닐까.

바로 그런 점이 무섭다.

야마다 다이치는 분명하게 적었다.

즉, 금세 '원만해질 수 있는 사람'은 '원만해질 수 없는 사람'을 비난하고 배제하기 십상이라서 무섭다고 한 것이다.
—야마다 다이치, 『월일의 잔상』 중에서[20]

정말 잘 써주었다. 속이 다 시원했다.

노파심에 덧붙이지만, 앞서 소개했듯이 야마다 다이치는 어린 시절에 극심한 식량난을 경험했다. 영화 속에서 가난한 가족이 식사할 때 감자 껍질을 벗기고 먹었다는 이유만으로 "왜 껍질을 벗기는가, 왜 남겼는가, 하고 불만스러울 뿐이다." 하며 영화 자체를 부정하는 사람이다. 영양실조로 고생하며 입에 넣을 수 있다면 뭐든 먹었던 과거를 잊지 못해서 지금도 음식을 절대 남기지 않는다는 사람이다.

바나나를 함부로 할 사람이 아니라는 말이다.

그럼에도 불구하고 그 바나나는 먹지 않았던 것이다.

병이라는 이유도 통하지 않는다

만약, 바나나를 받지 않은 이유가 '병 때문에 먹지 못해서' 라면 어떻게 될까?

그 이유라면 상대방은 자신을 거절한다고 생각하지는 않을 것이다. 병 때문에 먹고 싶어도 먹지 못하는 것이니까.

'지금 배탈이 나서요.' 하는 정도라면 받지 않으려는 핑계라고 생각할 수 있지만, '희귀질환이라서요.'라는 말까지 하는데 거짓말일 거라고 생각하지는 않는다. 그러니 병 때문이라고 하면 '그렇구나. 그럼 안 되겠다.' 하고 순순히 물러나서 비난도 압력도 없지 않을까.

이 역시 머리로 생각해보면 앞서 말한 대로 흘러갈 것 같다. 하지만 실제로는 그렇게 되지 않는다. 불가사의한데, 정말 그렇다. 순순히 물러날 때도 있지만, 오히려 드문 편이다.

역시 「차 안의 바나나」 같은 전개가 펼쳐진다. 바로 그래서 내가 야마다 다이치의 에세이를 읽고 감격한 것이다.

병에 걸리기 전, 나는 술도 마셨고 편식도 안 했으며 생소한 음식도 잘 먹는 편이었다. 그래서 누군가 무언가를 권했을 때 거절한 적은 거의 없었다. 그 때문에 야마다 다이치가 경험한 압력이나 비난은 존재조차 알지 못했다.

내가 무척 둔감했던 것이라고 생각한다.

야마다 다이치는 먹기에 아무런 어려움이 없는데도 그런 비난과 압력을 눈치채고 있었다. 대단하다고 할 수밖에 없다.

나와 타인을 잇는 통로, 식사

아베 고보安部 公房의 장편소설 『타인의 얼굴』에는 화학연구소에서 일어난 사고로 안면에 심한 화상을 입어 '얼굴'을 잃은 남자가 등장한다. 그는 사고를 당한 뒤 생각했다.

"인간이라는 그릇에 비하면 고작해야 극히 일부분에 지나지 않는 얼굴의 피부 정도에 그런 소란을 피우지 않으면 안 되는 것일까."

"인간이라는 존재 속에서 얼굴 따위가 그만큼 큰 비중을 차지할 리가 없다."

그렇지만 그는 "얼굴의 비중이 그러한 희망적 관측을 훨씬 웃돈다는 것을 너무나도 실감했고, 얼굴이 자기 자신과 타인을 잇는 통로"였다는 것을 깨닫는다.[21]

그와 마찬가지로 나 역시 먹는 것이 어려워진 다음에야 식사가 '나와 타인을 잇는 통로'였음을 알게 되었다. 그리고 불가항력적인 재해 때문이라 해도 그 통로를 쓸 수 없게 되면 타인에게서 대단한 압력과 비난을 받고 배제된다는 사실을 뼈저리게 깨달았다.

그 사실에 크게 놀랐다. 안 그래도 살아가기 어려워졌는데 사회생활까지 이렇게 힘들어지는 것이냐며 정신적으로 큰 피해를 입었다.

먹지 못하는 것을 공양받은 부처님

한번은 이런 일이 있었다.

그 사람과는 일 관련해 논의할 것이 있어 만났다. 내가 희귀질환에 걸린 건 그도 알고 있었다. 그 자리에는 그와 나 외에도 몇 명이 더 있었다.

좀 고급스러운 식당에서 "여기 좋죠?"라고 그가 말하기에 나도 "정말 좋네요."라고 빈말이 아니라 솔직하게 답했다.

그가 미리 추천 요리를 주문해두어서 자리에 앉자 음식이 나왔다. 커다란 접시에 담겨서 각자 자유롭게 덜어 먹는 방식이었다.

아쉽지만 내가 먹을 수 없는 것이었다. 당시에 나는 관해기라서 사람과 만날 수는 있되 식단을 조심하지 않으면 다시 병원으로 돌아가야 하는 상황이었다.

내가 손을 대지 않으니 그가 "이거 맛있어요."라며 권했다. 나는 하는 수 없이 "죄송해요. 먹을 수 없어서요."라고 사양했다. 내 병에 대해서 알고 있었기에 상대도 "아, 그렇군요. 아쉽네요."라고 물러나주었다.

그런데 잠시 후 마치 아무 일도 없었다는 듯이 그가 다시 요리를 권하고 들었다. 혹시 몰라서 "병 때문에 못 먹어요…"라고 다시 설명했다. 그래도 상대방은 "조금은 괜찮지 않아요?"라며 묘하게 끈질기게 권했다. 아예 작은 접시에 요리를 덜더니 내 앞에 두었다.

직접 만든 건 아니지만 어쨌든 추천하는 요리이니 조금이라도 맛을 보면 좋겠다는 마음은 나도 이해한다.

그렇지만 당시 그가 한 행동은 그런 것이 아니었다. 그 차이는 태도를 보면 알 수 있다.

술을 마시지 못하는 사람이라면 "한 방울도 못 마셔요."라고 해도 "자자, 따라만 둘게."라며 눈앞에 술잔이 놓인 경험이 있을 것이다. 그와 같은 경우였다.

먹지 못하는 것을 공양받은 부처님이 된 것이다.

그래도 내가 손을 대지 않자 주위 사람들까지 "이거 맛있어요."라든가 "조금은 먹어도 괜찮잖아요."라고 말하기 시작했다. 상황을 중재한다기보다는 고집 부리며 먹지 않는 인간에게 짜증을 내고 있었다.

내가 그 요리를 조금 먹는다고 해서 다른 사람들에게 뭔가 좋은 일이 일어나지는 않았다. 내 장이 조금 해를 입을 뿐이었다. 그런데 모두가 그렇게 되길 원하고 있었다. 압력을 가하고 비난했다.

참으로 이상한 일이었다.

그는 내게 꼭 일을 부탁하고 싶다며 여러 차례 말했다. 그리고 그때마다 조금이라도 음식을 먹으라고 권했다.

나는 결국 먹지 않았다.

그 뒤 일에 관한 연락은 오지 않았다.

먹는 환자가 좋은 환자

내가 직접 체험한 것 외에도 병원에 입원한 동안 다른 환자들이 비슷한 일을 겪는 광경을 종종 목격했다.

문병객이 병의 증상에 대해 잘 몰라서 먹을 수 없는 것을 선물로 가져오는 경우가 있다.

환자가 "죄송해요. 지금은 먹을 수 없어서."라고 말하면, 당연하지만 문병객도 자신이 잘못했다는 식으로 말한다. 누구도 "기껏 사 왔는데, 그러지 마."라고 하지는 않는다.

그렇지만 조금 지나면 상황을 알면서도 "조금은 괜찮지 않아?"라고 말을 꺼낸다. 환자가 거절해도 접시 등을 꺼내서 "여기 둘 테니까, 나중에라도 먹어."라고 한다.

문병을 와서, 환자가 몸에 좋지 않다고 하는데, 왜 굳이 먹이려고 하는가. 당시에 그 광경을 보며 이해하기 어려웠다.

도움을 받아야 식사할 수 있는 환자의 경우에도, 환자가 맛있게 먹는 것을 바람직하게 여기는 경향이 있다. 그런 경향은 환자에게 중압감을 주고, 그 때문에 억지로 맛있는 척하며 먹는 환자가 꽤 있다. 안 그래도 몸이 불편하고 괴로운데 연기까지 해야 하는 것이다.

물론 식사를 돕는 건 번거로운 일이다. 맛있다고 하는 환자가 먹이는 보람이 있어 선호되는 것도 당연하지만, 이유는 그것만이 아니다. 역시 '내가 차려준 음식을 상대가 받아들여서 먹는다.'라는 관계의 성립이 중요하기 때문이 아닐까. 나는 그렇게 생각한다.

'먹기'로 연결되길 바라는 압력은 희귀질환이라는 장애물까지 넘어버린다. 그만큼 강력한 것이다. 상대가 병 때문에 먹지 못해도 먹기를 강요한다. 먹지 못하는 사람은 압박을 받고, 비난을 받고, 배제된다.

편식 탓에 엉망이 된 결혼식

단순한 편식도 꽤 호된 일을 겪는다.

예전의 나는 음식을 가리지 않았지만, 친구 중에 편식이 심한 녀석이 있다. 나는 곁에서 그를 보며 겨우 편식 때문에 저런 꼴을 당해야 하는 건가 싶어 깜짝 놀랐다.

그는 바다와 산에서 나는 것을 먹지 못했다. 즉, 어패류와 산나물을 전부 먹지 못했고 결국 먹는 건 대부분 고기였다.

어린 시절부터 알던 사이였다. 어린아이답지 않게 예의 바르고 착했는데, 친구 집에 놀러 갈 때도 꼭 작은 선물을 갖고 가서 부모님께 똑바로 인사를 했다. 그래서 어른들은 처음에 그를 무척 마음에 들어했다.

그렇지만, 그 호감도 식사하기 전까지였다.

예컨대, 그가 우리 집에 놀러 왔을 때 어머니는 이런저런 재료를 넣고 김으로 만 초밥을 주었다. 일단 그는 김을 먹지 못하기에 김부터 벗겼다. 그리고 표고버섯도 먹지 못하기에 가운데에서 빼냈다. 박고지도 먹지 못하니 탈락. 밥에 묻힌

생선가루도 먹지 못해 가루가 묻은 부분을 골라냈다. 그러고
는 밥과 계란과 오이 등 괜찮은 것만 먹었다.

어머니의 김초밥은 무참하게 분해되어 잔해만 남았다.

나는 초밥 자체를 거부하지 않고 자신이 먹을 수 있는 부
분만 노력해서 먹는 그에게 감탄했다. 그는 노력가였다.

그렇지만 내 어머니는 역시 못마땅하게 봤다.

그가 사회생활을 하면서 고생하고 있으리라 짐작했다. 하지
만 그는 취직 후에 회사에 관해서 즐겁게 이야기했다.

이따금씩 상사가 초밥집에 데리고 간다고 했다. 자기는 초
밥집에서 계란이나 오이밖에 먹을 게 없지만, 그래도 이런저
런 이야기를 들으면 즐겁다고. 상사의 이야기를 진심으로 즐
겁게 듣는 직원은 드물 테니 상사가 아껴주는 모양이라고 생
각했다.

그가 결혼할 때 나를 포함해 어릴 적 친구들도 결혼식에
참석했다. 축사를 하는 사람이 "저는 그를 종종 초밥집에 데
리고 갔습니다만…"이라고 시작해서 '아, 저 사람이 그 상사구
나.'라고 생각했다. 그런데 그 상사의 축사는 "그는 계란과 오이
밖에는 먹지 못합니다. 편식이 무척 심해서 아무래도 응석받
이로 자라난 것 같다고…"라며 이어졌다.

그 뒤로 편식은 응석을 받아준 탓이며 좋지 않다는 이야기
가 한참 동안 계속되었다.

축사를 듣던 그의 부모님은 점점 고개를 숙였다. 좀 전까지 행복해 보이던 모습은 자취를 감추고 말았다.

결혼식 막바지에 신랑과 신부가 각자의 부모님께 지금까지 길러주어 감사하다는 메시지를 전하고 그에 대해 부모님이 덕담을 하는 차례가 되었다. 감동적인 분위기가 무르익어야 하는데, 그의 아버지가 "우리는 결코 아이를 응석받이로 기르지 않았으며…"라고 시작해버렸다. 얼마나 분했을지, 아버지의 말투로 짐작할 수 있었다.

'편식'이 하객에게 가장 강한 인상을 남긴 결혼식이 되어버렸다.

편식을 하면 철없다고 여겨지곤 한다.

병이나 알레르기 때문이 아닌데 어떤 음식을 못 먹는다고 하면, 호강에 겨운 소리라고 응석받이로 자랐거나 버릇없기 때문이라고 한다. 심지어 "편식이 심한 녀석은 일도 제대로 못 해."라는 사람도 있다.

그렇지만 실제로는 그렇게 단정할 수 없다. 내 친구의 경우도 성격은 철없는 것과 정반대였다. 착한 녀석이었고, 성적도 좋았고, 일도 잘했다.

상사도 분명히 친구에 대해 제대로 알았을 것이다. 그럼에도 불구하고 트집을 잡았다. 그만큼 '무언가 먹지 못한다'는 사람을 마주하면 비난하고 싶은 것이다.

누군가 무엇을 먹든 무엇을 먹지 않든, 다른 사람이 상관할 일은 아니다. 그 누군가의 식단을 책임지는 사람이라면 몰라도, 다른 사람이 뭐라 불평할 이유는 없다.

그렇지만 용서할 수 없는 것이다. 가만둘 수 없는 것이다. 그래서 비난하고, 먹이려 한다.

먹기와 커뮤니케이션, 그리고 '함께 먹기'

'먹기 커뮤니케이션'이라고 인터넷에서 검색해보면, 처음에는 대형 광고회사 덴쓰電通의 홈페이지가 나온다. 그 외에도 여러 사이트에서, 예컨대 정부, 지방자치단체, NPO, 기업, 일반 블로그까지 다양한 곳에서 먹기와 커뮤니케이션의 관계에 대해 비중 있게 다루고 있다.

"식사는 단순한 영양 공급이 아니라 커뮤니케이션과 밀접한 관계가 있다."라고 말이다.

물론 '무척 좋은 것'으로 간주하고 있다.

혼자 먹지 말고 함께 먹어서 식사를 통한 커뮤니케이션으로 '다 같이 연결되자.' 하는 것이다.

일본어에는 오래전부터 '공식共食, 교쇼쿠'이라는 단어가 있었

던 모양이다. 『다이지린大辭林』*의 제3판에는 다음처럼 뜻풀이
가 쓰여 있다.

"① 신에게 바친 제물을 다 함께 나눠 먹는 것. 같은 불로
조리한 음식을 나눠 먹음으로써 신과 인간의, 또는 신을 모시
는 사람들끼리의 정신적·육체적 연대를 굳건히 하는 것. (…)

② 가족이나 친구와 함께 식사를 즐기는 것."**

여기서 "정신적·육체적 연대를 굳건히 하는 것"에 주목하
여 "가족이나 친구와 함께 식사를 즐기는 것"을 장려하는 것
같다.

참고로 덴쓰 산하의 여론 연구기관 덴쓰소켄電通総研에서는
'공식연共食緣'이라는 단어까지 만들어냈다. 함께 먹음으로써
생겨나는 사람들의 네트워크(연緣)를 뜻한다고 한다. 먹기가
인기 있는 이유는 사람과 사람 사이를 연결해주기 때문이라고
까지 한다.

이런저런 정신적 문제와 병의 원인이 혼자 밥을 먹기 때문

---

*   출판사 산세이도(三省堂)가 발행하고 있는 일본의 국어(일본어)사전. 일본
          의 대표적인 사전 중 하나다.

**   한국의 표준국어대사전에도 '공식'이 등재되어 있다. 그 뜻은 다음과 같다.
          "토템이나 숭배 대상에게 제물로 바쳐진 동식물을 함께 나누어 먹던 미개
          인의 의식. 이를 통하여 동일 종족끼리 융합이 이루어지고, 또 숭배 대상과
          도 생명의 융합이 이루어진다고 생각하였다."

이라며 함께 먹으면 해결된다고 주장하는 사람까지 있다. 심지어 예전에는 가족이 함께 식사했는데 요즘 들어 점점 개별로 먹게 된 것(이를 '개식個食, 고쇼쿠'이라 부른다고 한다.*)이 다양한 사회 문제의 원인이라고 진단하는 사람도 있다.

거기서 더 나아가 섭식장애처럼 먹기 자체와 관련이 있는 병과 장애까지 함께 식사함으로써 치료할 수 있다고 주장하는 사람까지 있다.

먹으면서 커뮤니케이션을 하여 모두와 연결되는 것이 과연 좋은지, 함께 먹으면 온갖 심신의 문제가 정말 해결되는지, 나는 알지 못한다. 하지만 나는 적어도 이것만은 말할 수 있다. 병과 장애 등으로 어려움을 겪는 사람은 함께 먹기에 참가할 수 없다.

또한 함께 먹기에 참가하고 싶지 않은 사람 역시 분명히 있을 것이다.

현재 나는 거의 평범하게 식사할 수 있기에 마음만 먹으면 함께 먹기에 참가할 수 있다. 하지만 함께 먹기에서 배제되는 괴로움을 알기에 이제 와서 다시 돌아가고 싶지는 않다. 대수롭지 않게 바나나를 받아서 금세 원만해질 수 있는 사람은,

*   한국에서 '혼밥'이라고 하는 것과 유사하다.

더 이상 되고 싶지 않다. 앞으로도 계속 그러려고 한다.

회식 공포증

사실 대형 광고회사가 굳이 밀어주지 않아도 '함께 먹어라. 먹으면서 커뮤니케이션을 해라.' 하는 압력은 앞서 적었듯이 애초부터 강하게 존재해왔다. 오히려 그 압력 때문에 일어나는 문제가 더 많고 심각하지 않을까 생각한다.

예를 들어 '회식 공포'.

혼자라면 아무런 어려움 없이 식사할 수 있는데, 누군가와 함께 식사하게 되면 이상하게 긴장하고 가슴이 두근거리면서 숨 쉬기 힘들고 욕지기가 올라오는 것을 세간에서는 '회식 공포'라고 부른다.

정신과 의사인 지인의 말로는 '회식 공포'를 겪는 사람이 생각보다 많으며 매일 두 명 정도는 외래 진료에 온다고 한다. 병원에 갈 정도가 아닌 사람도 적지 않을 테니, 결국 회식 공포에 시달리는 사람이 꽤 많다는 뜻이다.

함께 먹기를 미는 쪽에서 보면 '혼자 먹으니까 그렇게 되는 거야.'라고 할지도 모르겠다.

그렇지만 식사가 단순한 식사라면 공포에 빠지지는 않을

것이다. 함께 먹자는 압력과 먹으면서 하는 커뮤니케이션이야말로 회식 공포증을 일으키는 원인이라고 해야 하지 않을까.

　회식 공포증인 사람들 대부분은 혼자 식사할 때는 아무렇지도 않다고 한다.

　소설가 오쿠다 히데오奧田 英朗는 야마다 다이치와 했던 대담에서 이런 말을 했다.

　(야마다 다이치 씨가 각본을 쓴 드라마) 「남자들의 여로」에서도 모모이 가오리 씨와 미즈타니 유타카 씨가 스키야키를 먹으며 "더 먹어." "누가 있으면 난 별로 먹지 않는데. 혼자 있으면 많이 먹지만" 하고 말하는 대화가 있습니다. 고등학생 때는 별로 생각하지 못했는데 어른이 되어 각본을 다시 읽다 보니 이 부분이 가슴에 남더군요. 저도 다른 사람과 같이 있으면 긴장해서 잘 먹지 못하는 구석이 있거든요.
　—오쿠다 히데오, 『버라이어티』 중에서[22]

　이런 사람이 적잖이 있지 않을까.

　「남자들의 여로」에서 "누가 있으면 난 별로 먹지 않는데. 혼자 있으면 많이 먹지만"이라고 했던, 모모이 가오리가 연기한 등장인물 에쓰코는 자살을 시도했던 여성이다. 야마다 다이치는 그런 일을 겪은 여성을 함께 먹기를 꺼려하고 혼자 먹기를 선호하는 인물로 묘사했다. 그 묘사가 그저 편견일 뿐이라고 단정할 수는 없을 것이다.

에쓰코의 사례를 들며 '그러니까 혼자 먹는 건 좋지 않고, 함께 먹는 게 소중한 거야.'라고 말할 수도 있다. 함께 즐기면서 식사를 하면 자살 같은 건 시도하지 않을지도 모른다.

그렇지만 자살을 시도할 정도로 민감하기 때문에 함께 먹기를 어려워한다고 할 수도 있다. 또한 무언가 거절하는 마음이 함께 먹기에 대한 거부감으로 드러난 것이라 그저 밥을 같이 먹는다고 해결되는 문제가 아닐 수 있다. 더 나아가 함께 먹자는 그 압력이 에쓰코를 막다른 곳으로 몰았는지도 모른다.

'혼자 먹기'가 먼저였을까, 아니면 '함께 먹자는 압력'이 먼저였을까?

같은 음식을 먹는 것부터 진정한 관계가 시작된다?

다큐멘터리를 만드는 방송국 감독에게서 이런 이야기를 들은 적이 있다.

그는 커뮤니케이션을 하기 어려운 사람과도 잘 친해지는 것으로 유명했다. 그 덕에 깊이 파고드는 다큐멘터리를 찍을 수 있다고. 그는 자신의 비결을 다음처럼 말했다.

"같은 음식을 먹으면 돼요. 예를 들어 홈리스를 만났을 때는 그 사람들이 사용하는 더럽고 이 빠진 그릇으로 같은 걸 먹고 마시면 금세 마음을 터놓을 수 있어요."

그렇구나 생각하면서도 마음은 복잡했다.

'같은 음식을 먹는 것부터 진정한 관계가 시작된다.'라는 말은 사실 무척 수상쩍지 않은가.

적어도 나는 같은 음식을 먹지 않는 것부터 시작하는 관계를 훨씬 신뢰할 수 있다.

나는 왠지 여행기를 싫어하는데, 다나카 마치田中 真知가 쓴 『어쩌다 보니 자이르, 또는 콩고たまたまザイール、またコンゴ』偕成社 2015만은 무척 좋아한다. 그 책을 읽고 여행기가 이렇게 재미있는 것이었구나 처음 생각했다.

나는 병 때문에 여기저기 여행을 다니기 어려운 처지이니 본래는 여행기에 마음이 끌려야 할 것이다. 그래서 사람들도 선물로 여행기를 주곤 했다.

그런데 왜 나는 여행기를 싫어할까? 왜 다나카 마치의 책만 좋아할까? 스스로도 신기해서 이유를 생각해보았는데 한 가지 마음에 짚이는 것이 있었다. 바로 다나카 마치가 좀처럼 현지의 음식을 먹지 않는다는 것이다.

통나무배를 타고 노를 저어 콩고강을 내려가는 위험천만한 일은 하면서도, 그는 현지의 음식을 먹으려 하지 않았다. 나방과 원숭이로 만든 요리를 거듭해서 거부했다. 웬만해서는 먹지 않았다. 동행한 일본인이 "마치 씨, 여기까지 왔는데 안 먹어요?"라고 말할 정도였다.

당연히 그의 여행기에는 함께 먹기는커녕 먹으면서 하는 커뮤니케이션도 없다.

그렇다면 그의 여행기가 얄팍하고 재미없느냐. 오히려 반대다. 현지 사람들과 금세 사이가 원만해지는 보통 여행자는 결코 쓸 수 없는 것이 쓰여 있다.

그 점에 내가 공감하고 신뢰했다고 생각한다.

먹지 않는 걸 봐주는 사람

먹지 않는 것을 용납해주는 사람은 정말로 드물다.

미야코섬에 사는 지인과 처음 함께 식사했을 때의 일이 강한 인상으로 남아 있다.

내가 미야코섬에 갔을 때 그는 진수성찬을 눈앞에 차려주었다. 그리고 "자, 많이 먹어요."라고 했다. 정말이지 먹지 않으면 큰일 날 듯한 상황이었다. 외지 사람이 현지 음식에 손을 대지 않는다는 것은 꽤 문제 삼을 만한 일이니까.

아직 미야코섬의 식재료를 잘 모르던 나는 무엇을 먹어도 되는지, 무엇이 위험한지 구별할 수 없어서 음식을 먹기가 어려웠다. 그 섬에 병원이 있는지 없는지도 잘 모르던 때라 더욱 신중할 수밖에 없었다.

거의 먹지 않았기 때문에 이제 슬슬 압력이 들어오겠다고 생각했는데, 시간이 지나도 그럴 기미가 없었다. "자, 사양하지 말고 드세요."라는 말조차 없었다. 상대는 평범하게 먹으면서 평범하게 계속 이야기를 했다. 험악한 분위기라고는 전혀 없었고 그저 즐겁게 대화가 이어졌다.

마지막까지 그랬다.

내가 먹지 않는 걸 이상하게 생각했을 테고, 실제로 음식도 남아버렸다. 하지만 그에 대해서는 전혀 언급하지 않고 "또 같이 밥 먹어요."라고 했다. 실제로 그 뒤에도 여러 번 나를 초대해주었다. 그와는 지금도 친한 사이다.

정말 몇 안 되는 경험이다.

나중에 알았는데, 그도 희귀질환 환자였다. 그렇다 해도 나와는 다른 병이었고, 먹는 데 아무런 지장이 없는 병이었다. 그래서 술도 잘 마시고, 음식도 뭐든 먹는다. 먹지 못하는 괴로움에 대해서는 모를 터였다.

그렇지만 그는 다른 괴로움을 알고 있었다. 그 때문에 사람들과 어울리지 못한 적이 있을지도 모른다. 어딘가에서 배제된 경험이 있을지도 모른다.

그런 경험을 한 사람은 타인에게 따뜻해지는 경우가 있다. 상대의 행동이 불쾌하다 해도 '이 사람 나름 사정이나 이유가 있을지 몰라.'라고 생각한다. 상대가 나와 같은 색으로 물들지 않는다고 해서 배제하지 않는다.

비슷한 경험이 내게도 있다. 영화관에 갔는데 앞자리 여성이 모자를 쓴 데다 그 모자 위로 커다란 꽃이 튀어나와서 시야를 심하게 가린 적이 있었다.

한순간 어이가 없어서 '저런 모자를 쓰고 있으면 어떡해.'라고 생각했지만, 바로 '아냐, 벗지 못하는 이유가 있을지도 몰라.'라고 생각을 고쳐먹었다. 혹시 머리카락이나 두피에 문제가 있을지도 모른다. 그 문제를 메우려는 마음이 너무 강해서 꽃이 튀어나온 화려한 모자를 쓰고 있는지도 모른다. 만약 그렇다면, "모자 좀 벗으세요."라고 주의를 주는 것은 영화관에 가고 싶다는 마음까지 없앨 만큼 여성에게 가혹한 일일지 모른다.

그렇게 생각하니 아무 말도 할 수 없었다. 그리고 신기하게도 점점 모자에 익숙해져서 영화 관람에 그다지 방해받지 않았다. 방해하는 것은, 모자가 아니라 모자에 화를 내는 내 마음이었던 것이다.

종교는 왜 '먹을 수 없는 것'을
설정하는가

지금까지 이야기한 것은 주로 처음 만나는 상대, 또는 그리 친하지 않은 사람이 음식을 내준 경우였다.

그렇다면, 이미 굉장히 친한 사이에서 그런 상황이 벌어지면 어떻게 될까?

굳이 식사에 의존하지 않아도 커뮤니케이션은 충분히 해왔다. 그러니 먹지 못한다고 해도 아무런 문제가 없지 않을까? 함께 먹자는, 먹으면서 커뮤니케이션을 하자는 압력도 없지 않을까?

머리로 생각하면 없을 것 같지만, 실제로는 있다.

종교를 예로 들어 생각하면 이해하기 쉬울 듯싶다. 대부분의 종교에는 '이건 먹으면 안 돼.' 하는 계율이 존재한다. 음식에 관한 제한은 종교의 부록 같은 것이다.

신흥 종교에서도 그렇다. 내 지인 중에 신흥 종교에 들어간 사람이 두 명 있다. 한 명은 파티를 주최할 정도로 인맥이 넓었다. 다른 한 명은 그 정도는 아니었지만 마음이 통하는 친구가 많았고 인품이 좋아 많은 사랑을 받았다.

두 사람 다 신흥 종교에 빠지면서 친구들 대부분을 잃었다.

신흥 종교에 들어갔다는 사실 자체로도 친구가 떠나갔지만, 사실 그 때문에 떠난 친구는 그리 많지 않았다. 끈질기게 포교하지 않는 이상 종교만으로는 관계를 끊지 않게 마련이다.

그럼에도 결국 친구들이 점점 줄어든 이유는 바로 식사와 결정적인 관련이 있다.

예컨대 신흥 종교에 들어간 친구가 다른 친구의 집에 놀러 갔을 때 식사로 국수가 나왔다고 한다. 그런데 소스에 종교의 계율상 먹으면 안 되는 재료가 들어가 있었다. 그래서 그는 음식에 손을 대지 않았다.

겨우 그런 사소한 일이었다. 그런 일로 신흥 종교에 빠진 걸 알고도 지속되던 친구 관계가 흐지부지 끝났다.

사소한 일, 하찮은 일이지만 동시에 대단히 강한 일이다. 같은 음식을 먹지 못한다는 것이 말이다. 내어준 음식을 먹지 않는다는 것이 말이다.

신흥 종교에 들어간 친구 입장에서도 마찬가지다. 바깥 사람들과 만나면 이런저런 문제를 겪지만, 같은 종교 사람들과는 그런 문제가 일어나지 않는다. 아무런 문제 없이 같은 음식을 먹고, 같은 음식을 피할 수 있다. 무척 편하게 함께 식사할 수 있다.

그러다 보니 결국에는 기존 친구들보다 같은 종교 사람들과 만나는 게 즐거워졌다.

그렇구나, 종교가 음식을 제한하는 데는 이런 이유가 있구나.

나는 그렇게 생각했다. 다른 사람들과 먹는 것이 일치하지 않으면서 그들과 거리를 두게 되고, 같은 음식을 먹는 종교 사람들과 더욱 긴밀한 관계를 맺는 것이다.

물론 종교가 음식을 제한하는 이유는 그것만이 아닐 것이다. '더 중요한 이유가 있어.'라고 화내는 사람도 있을 것이다.

그렇지만 그런 작용을 하는 것은 분명한 사실이고, 신흥 종교 중에는 그 효과를 노리고 음식에 관한 계율을 정하는 곳도 분명히 있으리라 생각한다.

먹기와 커뮤니케이션, 함께 먹기에는 친하지 않은 사람들을 잇는 강력한 힘이 있다. 그리고 동시에 이미 친한 사람들의 관계를 끊어내는 힘 역시 강하다.

'안 겪으면 모른다'는 장벽

처음 만나는 상대든, 절친한 친구든, 내가 건강하든, 병에 걸렸든, 그런 요소들과 상관없이 함께 먹으면서 커뮤니케이션을 하자는 압력은 늘 존재하고 강렬하게 작용한다.

그 때문에 잘 먹지 못하는 인간은 인간관계도 잘할 수 없게 된다.

먹기에 문제가 발생한 뒤 이런 깨달음을 얻고 나는 무척 큰 충격을 받았다. 병에 걸린 뒤 내가 겪은 어려움 중 큰 비중을 차지하고 있다.

다만, 내가 함께 먹자는 압력을 가하는 사람들을 책망하는 것은 아니다.

그런 압력을 일부러 의식적으로 가하는 사람이 있지만, 대부분은 그렇지 않다. 먹기라는 행위를 함께하며 즐겁게 연결되길 바랄 뿐이다.

야마다 다이치가 각본을 쓴 다른 드라마 「고원으로 오세요」에 나오는 장면을 예로 들어보겠다.

어떤 할머니가 다른 사람들에게 화가 나서 식사를 하지 않는다. 자기 접시에 놓인 빵도 원래 있던 바구니에 다시 넣는다.

그런 할머니에게 한 등장인물이 자신의 진심과 사정을 절절하게 이야기한다. 그에 감동해서 화해할 마음이 싹튼 할머니는 빵을 집어서 다시 자신의 접시에 놓는다. 겨우 그 동작만으로도 모두가 할머니의 마음을 알고 안도하며 미소를 짓는다.

나에게 음식을 권하는 사람이 원하는 것은 바로 이런 광경이다. 결코 나를 탓하는 것이 아니라.

나 역시 타인에게 어떤 압력을 행사해버리는 경우가 있을 것이다. 그저 자각하지 못하는 경우가 많아서 지금 예로 들지 못할 뿐이다. 사실 자각하지 못하는 게 진짜 문제이지만.

먹기와는 관계없지만 한 가지 생각나는 것이 있다. 나는 학창 시절 자전거로 통학했다. 나이 든 분 옆을 지나칠 때면 절대로 부딪치지 않도록 충분히 거리를 두었는데, 그래도 깜짝 놀라거나 얼굴을 찌푸리는 분들이 있었다. 그럴 때는 좀 불쾌했다. '잘 피했는데, 뭐야.'

내가 수술을 하고서야 그 이유를 알았다. 개복 수술을 한 다음에는 걷는 게 좋다고 하기에 (그래야 장폐색이 일어나지 않는다고) 적극적으로 산책에 나섰다. 하지만 어쨌든 배의 상처가 완전히 낫지 않았기 때문에 빠르게 움직일 수 없었다. 혹시라도 자전거와 부딪치면 큰일이었다.

산책 도중에 내 옆을 자전거가 지나치면 정말 무서웠다. 나는 아직 젊은 데다 옷을 입고 있으면 갓 수술을 마쳤는지 알수 없기에 자전거 탄 사람은 나를 전혀 조심하지 않았다.

그때, 부딪치지 않도록 피하는 정도로는 부족하다는 사실을 깨달았다. 자전거가 갑자기 옆으로 쓰러져도 괜찮을 만큼 나와 멀리 떨어져서 달려주길 바랐다. 자전거가 쓰러지면 나는 재빨리 피하지 못하고, 만약 부딪치기라도 하면 아픈 정도로 끝나지 않기 때문이었다. 내가 자전거에게 바란 것은 꽤 먼 거리였다.

나이 든 분들도 비슷할 게 틀림없다. 민첩하게 움직일 수 없고, 부딪쳐서 넘어지면 어딘가 부러지기 십상이다. 골절을 계기로 누운 채 생활하게 되는 경우도 드물지 않다. 그래서 건강한 사람이 '제대로 피했는데.' 하는 정도로는 무서워서 깜짝 놀라든지 얼굴을 찌푸리고 마는 것이다.

그런 경험을 한 뒤로 나이 든 분들 옆을 자전거로 지나칠 때는 내가 바랐던 만큼 떨어져서 달린다. 그렇게 했을 때 기분 나쁜 표정을 짓는 노인은 한 명도 없었다.

경험하지 않으면 모른다.

아무리 상상력을 동원해도 제대로 짐작할 수 있는 것은 극히 일부에 불과하고, 반드시 커다란 구멍이 있게 마련이다. 비슷한 일을 체험해봐야 비로소 잘 이해할 수 있다. 이건 어쩔 도리가 없는 일이다.

노인이든 환자든 대부분 "겪어보지 않으면 몰라."라고 한다. 그 말은 정말로 절대적인, 넘을 수 없는 장벽이라 생각한다.

그렇지만 지금 내가 쓴 것과 같은 글을 읽으면, '아, 그렇구나.' 하면서 이제부터라도 상상력을 활용할 수 있지 않을까.

자세하게 설명할 기회가 없고, 설명을 들을 기회도 없다는 것이 '안 겪으면 모른다'는 결과를 초래한 원인 중 하나일 것이다.

에세이스트 산노미야 마유코三宮 麻由子의 강연회를 다녀온 사람이 '경험의 선각자'라는 말을 알려주었다. 어릴 적에 시력을 잃은 산노미야 미야코가 종종 그 말을 쓴다고 한다. 원래는 방송작가 겸 작사가인 에이 로쿠스케永六輔의 말인데, 그는 '선각자'가 아니라 '선배'라는 단어를 썼다고.

경험하지 않으면 알 수 없는 것을 겪은 사람이 있다. 그의 경험을 그저 한번 들어보고 싶지 않은가?

환자와 장애인의 고생담, 세상에 대한 원한, 감동적인 이야기 등을 말하는 것이 아니다. '경험의 선각자'가 자신의 경험을 들려주고, 다른 사람들이 그 이야기에 귀를 기울여보는 것이다.

그렇게 하면 이런저런 것을 새롭게 발견할 수 있지 않을까? 병과 장애에 아무런 관심이 없던 사람도 무언가 '재미'를 느끼지 않을까?

마치 높은 산을 등정하거나 깊은 바다에 잠수하거나 미지의 땅을 탐험한 이야기가 나 자신이 나중에 그런 경험을 할 가능성이 전혀 없음에도 불구하고, 여러 면에서 흥미롭고 내 인생에 영향을 주듯이 말이다.

'먹기'가 어려워진 뒤 경험한 일들에 대해 내가 이리 길게 적은 것도 무언가 불만과 주장이 있어서가 아니다. '경험하지 않으면 모르는 일'에 대해 힘닿는 만큼이라도 써서 그중 극히 일부라도 경험하지 않은 사람에게 전달된다면, 무척 재미있는 일이 아닐까 생각하기 때문이다.

아주 조금이라도 '재미있다'고 생각해준다면 다행이겠다.

반가운 먹기, 애달픈 먹기

함께 먹기의 즐거움을 내가 모르는 것은 아니다. 가족, 친구와 함께 먹고 마시면서 즐거웠던 추억이 내게도 많다.

어린 시절 여름방학 때 놀러 간 시골집 툇마루에서 형, 누나와 함께 수박을 먹고는 푸푸푸 하며 마당으로 씨를 뱉어 날렸던 일을 떠올리면, 반가운 동시에 마음이 따뜻해진다.

그렇지만 한편으로는 이런 일도 생각난다.

병에 걸린 후 가족끼리 수박을 먹게 되었다. 나는 못 먹는다고 했는데, (씨를 삼킬 가능성이 있는 과일은 금지당했다.) 차가워서 안 되는 줄 착각한 누군가가 "따뜻하게 해서 먹으면 되잖아."라고 했다. 그 말에 "그러면 맛없잖아."라면서 다들 웃음을 터뜨렸다.

나는 웃지 못했다.

내가 사람의 무리에서 제외되었다고 느낀, 최초의 사건인지도 모르겠다.

대수로운 일도 아니었는데 아직도 또렷이 기억난다.

먹기는 추억과 쉽게 연결된다.

그 때문에 반갑고, 애달프다.

코로나 팬데믹으로 역전되었지만…

2019년 11월에 신종 코로나 바이러스의 발생이 확인되었고, 2020년에는 팬데믹이 일어나 일본에서도 '긴급사태선언'이 이뤄졌다. 그에 따라 생활이 급격하게 변했고 수많은 습관과 가치관이 크게 전환되었다. 먹기와 관련해서도 지금까지와 양상이 전혀 달라졌다.

지금껏 바람직하게 여겨졌던, 여럿이 모여 시끌벅적하게 하는 식사는 삼가야 하는 일이 되었다. 되도록 적은 인원이 최대한 간격을 두고 대화하지 않으며 먹는 것이 장려되고 있다.

그렇지만 곰곰이 생각해보면 오래전 일본에서는 예절에 따라 그렇게 먹어야 했다. 밥상 주위에 둘러앉아 다 함께 식사하기 시작한 것은 생각보다 최근의 일로 1920년대 후반부터 세간에 널리 퍼졌다. 그 전에는 '메이메이젠銘銘膳'이라고 해서 각자 자신의 밥상에 놓인 음식만 먹었다. 대략 8세기부터 20세기 초까지 그랬으니 메이메이젠이 훨씬 역사가 길다.

또한 말을 하며 밥 먹는 건 예절에서 어긋난다고 배우며 자란 사람이 지금도 적지 않을 것이다. 그러니 오래전의 식사 방식으로 돌아간 것이라고 할 수도 있다.*

---

* 한국 역시 조선 시대의 양반은 특수한 경우를 제외하고 독상이 일반적이었으며 밥상머리에서 말이 많아서는 안 된다고 했다. 지금처럼 상 주위에 둘러앉아 함께 음식을 먹는 방식은 20세기 초부터 서서히 자리를 잡았다.

일본에서는 본래 인사할 때 상대를 건드리지 않았고, 경솔히 건드리는 것은 결례라고 여겼다. 바닷물이나 강물로 몸을 깨끗이 씻는 '미소기禊ぎ'라는 의식도 있었다.

그런 과거의 풍습이 전염병 때문에 비롯된 것인지는 확실하지 않지만.

아무튼 함께 먹기보다 혼자 먹기가 감염 위험성이 없어서 바람직한 것이 되었다는 말이다. 그간 주위의 눈치를 보며 주눅 들어 지냈던 '혼밥파' 사람들은 조금 속이 시원할 수도 있겠다.

그렇지만 함께 먹자는 압력은 어떤 상황에서도 없어지지 않는다. 그게 좋은지 나쁜지와 상관없이.

모두 집에 머물러야 해서 모일 수 없자 곧장 온라인 회식이 유행하기 시작했다. 컴퓨터와 스마트폰 화면을 통해서까지 함께 먹고 싶은 것이다.

다만, '입으로 미지의 무언가가 들어갈지 모른다.'라는 공포를 많은 사람들이 공유한 것에는 큰 의미가 있다고 생각한다. 물론 애초부터 모두가 그런 공포를 마음속 한구석에 품고 있었겠지만, 코로나 팬데믹을 계기로 분명히 의식하게 되었다. 자신의 손가락조차 입에 대면 위험하다는 공포.

함께 먹는 것이 좋다는 풍조가 돌아온다 해도 전과 다르게 약간 망설임이 있을지 모른다. 홀로 식사하는 모습은 전처럼 따가운 시선을 받지 않아도 될지 모른다.

'나를 바이러스 취급하는 거야!'라며 더더욱 함께 먹기를 강요하는 사람이 나타날지도 모르지만….

5장 ———

싸는
것

비극이란
스스로 수치스러운 소행을
굳이 해야 하는 것이다.
그러니
만인에게 공통된 비극이란
배설 작용을 하는 것이다.

● 아쿠타가와 류노스케, 『주유의 말』 중에서[23]

'싸는 것'과 '수치'

루이스 부뉴엘 감독의 영화 「자유의 환상」에는 다음과 같은 장면이 있다.

배설은 다 같이 테이블을 둘러싸고 당당하게 하고(테이블 주위에는 의자가 아니라 변기가 놓여 있다), 밥은 각자 작은 방(화장실 같은 공간)에 숨어서 먹는다. 즉, 식사와 배설의 '수치스러움을 역전'시킨 것이다.

먹는 모습은 숨고 싶을 만큼 부끄러운 것이고, 배설은 모두들 하는 평범한 행위다. 이런 식으로 통념을 뒤흔드는 것이다.

확실히 이치를 따진다면 욕망을 있는 그대로 드러내는 행위인 식사가 부끄러운 일이고, 그에 비해 배설은 생리현상이니 부끄러운 점이 없다고도 할 수 있다.

실제로 동아프리카의 이크족은 배설하는 모습을 남에게 보여도 개의치 않는다고 한다. 즉, '싸는 것'과 '수치'의 관계는 모든 인간에게 절대적으로 적용되지 않는다는 뜻이다.

그렇지만 대부분의 문화권에서는 싸는 것이 수치와 연결된다. 이 사실에도 무언가 의미가 있을 것이다.

분뇨를 똑바로 처리하지 않으면 전염병 등이 일어날 위험성이 있다. 그러니 분뇨를 더럽게 여기며 피하려 하는 것은 이치에 맞는다고 할 수 있다.

그렇다면 자신의 엉덩이에서 더럽고 피해야 하는 것을 내보내는 셈이니, 배설을 수치라고 여기는 마음은 자연스러운 것인지도 모르겠다.

'싸는 것'과 '웃음'

오래전 더 드리프터즈*의 멤버 가토 차는 대변과 남성 성기에 관한 말장난으로 큰 인기를 끌었다.

『짱구는 못말려』에도 부리부리용사**라는 인기 캐릭터가 있는데, 특기가 '닦지 않은 엉덩이 공격'이다. 또한 『똥 한자漢字 드릴』이라는, 예문이 전부 똥과 관련 있는 한자 학습서는 출간되고 2개월 만에 약 150만 부, 2020년 현재까지 500만 부

---

*　　　　1970년대를 대표하는 일본의 음악 밴드이자 코미디 그룹.
**　　　本래 이름은 '부리부리자에몬'으로 한국어판에서는 부리부리용사, 부리부리몬, 꿀꿀 꿀꿀 등으로 번역이 통일되어 있지 않다.

이상 판매되며 큰 인기를 끌고 있다.

화장실 유머는 오래전부터 언제나 인기가 있었다. 특히 초등학생 남자아이들에게.

배설은 그 자체만으로 웃음을 불러일으킨다.

아이들에게는 더럽고 냄새 나는 것이 자신과 다른 사람의 몸에서 나온다는 사실이 신기하고 재미있는 모양이다.

오래전 초등학교에서는 남자아이가 화장실에서 큰 볼일을 보고 있으면 위에서 양동이로 물을 부어버리기도 했다. 학교폭력은 아니었다. 당시에는 학교에서 대변을 보면 그런 꼴을 당하는 게 당연하다고 여기는 풍조가 있었다.

물을 뒤집어쓰지는 않았지만, 나도 초등학생 때 큰 볼일이 마려워서 난처했던 적은 있다.

쉬는 시간에 화장실을 가면 다른 아이가 몇 명 있게 마련이라 대변기로 향했다가는 곧장 들킬 수밖에 없었다. 들키지 않으려면 외려 수업 중에 가는 게 나았다.

수업 중에 선생님께 "화장실에 다녀와도 될까요?"라고 물어보면, 그 말만으로도 키득키득하는 웃음이 일어났다. 그래도 그러면 작은 볼일인 척할 수 있었다. 비웃음도 그만큼 작았다.

그런데 어느 날, 친구가 "어, 나도."라며 손을 들더니 따라왔다. 낭패라고 생각했지만 어쩔 수 없었다. 둘이 함께 화장실에 가서 소변을 보고는 "나는 조금 땡땡이치고 돌아갈 테니까 넌 먼저 가 있어."라며 친구를 교실로 보냈다.

친구가 보이지 않을 때까지 기다린 다음 나는 허둥지둥 대변기로 가서 볼일을 봤다. 휴, 간신히 안 들켰어. 안도하며 교실로 돌아가 문을 열었는데, 그 순간 교실 안에 폭소가 터졌다. 남자아이도 여자아이도 모두 웃고 있었다.

한순간 무슨 영문인지 몰랐다. 아까 같이 화장실에 갔던 친구가 나를 가리키며 크게 웃었다. "너, 똥 쌌지? 뭔가 수상해서 돌아가는 척하고 계속 보고 있었어!"

"뭐야! 너희도 다 아침에 집에서 똥 싸고 왔잖아! 학교에서 싸면 왜 안 되는데! 똑같잖아! 웃을 거면, 똥 싼 적 없는 사람만 웃어!" 이렇게 받아쳤다면 좋았겠지만, 물론 그렇게 말하지는 못했다.

한 방에 정신이 나가떨어져서 어쩔 줄 모르는 채 대꾸도 못 하고 비틀비틀 내 자리에 앉아 고개를 푹 숙이기만 했다.

실은 그 친구와 지금도 친한데, 무척 마음이 따뜻한 녀석이다. 그런 녀석도 초등학생 때 대변과 얽히면 그런 짓을 하는 것이다. 절대 놓칠 수 없는 웃음거리인 것이다.

물론 어른이 되면 대변을 보러 가는 사람이 있어도 개의치 않고 비웃지도 않는다. 하지만 똥에 어딘지 웃긴 구석이 있다는 느낌은 어른이 된 뒤에도 계속 남아 있지 않을까.

'싸는 것'과 '고독'

식사에는 '모두 함께 먹는다.'라는 성질이 있다. 그것이 '먹기'의 어려움과 관련이 있다고 앞서 이야기했다.

배설의 경우 그런 어려움은 없다. 아주 어릴 때면 몰라도 어느 정도 자라면 배설은 홀로 해결하는 일이 된다. 꽤 나이가 들어서까지 부모와 함께 목욕을 하는 아이라도 화장실은 그보다 훨씬 앞서서 혼자 갈 것이다.

여러 사람과 함께 식사를 할 때도 "잠깐 실례할게요."라며 자리에서 일어나 홀로 화장실이라는 작은 방에 틀어박혀서 모두에게 숨긴 채 홀로 배설을 할 것이다.

앞서 소개했듯이 루이스 부뉴엘 감독의 영화 「자유의 환상」은 그런 통념을 뒤집었다. 배설은 다 함께 테이블 주위에 둘러앉아 당당하게 하고, "잠깐 실례할게요."라며 일어나서 작은 방에 들어가 혼자 숨어서 식사를 한다. 그리고 입을 씻고 모른 체하며 (이 경우 그야말로 적절한 표현이다.) 다른 사람들에게 돌아간다.

그렇게 뒤집어서 보면 지금껏 당연하다고 여겼던 '배설은 혼자 숨어서 한다.'라는 상식이 왠지 전과 달리 이상하게 느껴진다.

　배설은 은폐되어 있다. 당사자 말고는 아무도 모른다.

　전혀 문제가 없다면 그게 가장 좋은 상태일 것이다. 하지만 일단 무언가 문제가 일어나면 매우 고독해진다. 좁은 공간에서 자기 혼자 비밀리에 고통을 겪게 된다.

　다른 사람들에게 알아달라고 하기도 어렵다.

'싸는 것'과 '돌봄'

　드라마와 영화에는 먹는 장면이 많이 나오지만 배설 장면은 별로 없다. 그걸 자연스럽지 않다고 생각하는 사람도 별로 없다. 주인공이 결박되어 갇혀 있어도 탈수로 쇠약해질지언정 분뇨를 여기저기 묻히는 경우는 없다.

　그렇지만 일단 병이나 사고나 장애로 움직일 수 없게 되면, 가장 곤란해지는 일은 배설이다.

　음식은 지인에게 사다 달라고 부탁하면 된다. 하지만 배설과 관련한 돌봄은 꽤 친밀한 사이라 해도 선뜻 부탁하기 어렵다.

　그래도 누워서 움직일 수 없는 상태가 되면 어쩔 도리가 없다. 배설을 언제까지나 하지 않을 수는 없기 때문이다. 그동안 경시했던 배설 때문에 가장 괴로워하며, 그걸 어떻게 할지 고민하느라 머릿속이 가득해진다.

결국 참지 못해서 지려버리고, 그걸 스스로 깨끗하게 처리할 수 없으면 꽤 비참한 사태가 벌어진다.

사람은 태어나서 한동안 계속 지리면서 지낸다. 태어나자마자 대소변을 가리는 아기란 존재하지 않는다. 그리고 나이를 많이 먹으면, 다시 지리기 시작한다. 인생의 처음과 마지막에는 지리는 것이다. 다만, 처음과 마지막에는 꽤 큰 차이가 있다.

아기일 때 부모님이 대소변을 치워주어서 마음 아팠다는 사람은 없을 것이다. 하지만 노인 중에는 가족과 간병인이 배설을 도와주는 것에 굴욕감을 느끼는 사람이 있다. 사고나 병이나 장애로 젊은 나이에 배설과 관련한 돌봄을 받아야 하는 경우에도 굴욕을 느끼는 사람이 있다.

돌보는 사람도 아기라면 애정을 품고 뒤처리를 하지만, 상대가 어른이나 노인일 때는 좀처럼 그러지 못한다. 인간은 성장하지 않는 것에 애정을 품기 어렵다.

배설을 한 달에 한 번 한다면 훨씬 편하겠지만, 그럴 수는 없다. 배설은 매일 있는 일이다. 살아 있는 이상 계속 반복된다. 오늘은 바쁘니까 건너뛰겠다고 할 수는 없는 것이다.

그나마 소변은 낫다. 대변이 정말 큰일이다.

스무 살에 입원했을 때, 배설과 관련해 간호사들이 얼마나 큰일을 하는지 얼핏 보기만 했는데도 크게 놀랐다. 이런 일을 맡아서 해내다니 정말 천사가 아닐까 감탄했을 정도다.

홍자성의 『채근담』에 나오는 문장이 떠오르기도 했다. "깨끗한 것은 항상 더러움 속에서 태어나며, 빛이 반짝이는 것은 항상 암흑 속에서 태어난다."

내 할아버지는 내게 무척 따뜻했지만, 젊은 시절에는 밥상을 뒤엎으며 화를 내는 폭군이었다고 한다. 만화 속에나 있는 줄 알았던 사람이 가까이 실존했다는 사실에 깜짝 놀랐다. 어린 아버지와 할머니는 종종 둘이서 껴안고 울었다고.

할머니가 병으로 쓰러져서 누군가 배설을 도와주고 뒤처리를 해야 했을 때, 의외로 할아버지가 모든 일을 맡았다. 할머니가 눈감을 때까지 몇 년 동안 계속.

보통 그런 일은 며느리가 해야 한다고 여기던 시대였다. 하지만 할아버지는 며느리에게 시키지 않았다. 며느리가 나의 어머니인데 어머니도 "그건 좀 신기했어."라고 말했다. 당시에는 그런 남성이 별로 없었다고 한다.

할머니가 굴욕감을 느끼게 둘 수 없었다는 것 같다. 그렇게 따뜻한 마음이 있다면 애초에 밥상을 뒤집지 말지, 왜 하필 배변에 관해서만 그토록 거리꼈는지, 잘 모르겠다.

밥상을 뒤집는 남자의 태도까지 전혀 달라질 만큼, 배변 돌봄에 무언가 있다는 뜻일까.

'싸는 것'과 '지리는 것'

'싸는 것'과 '지리는 것'은 같은 배설이라도 전혀 다르다.

'싸는 것'의 수치스러움은 '지리는 것'에 의해 정점에 달한다.

가령 회사에 가서, 자신의 직장에서, 함께 일하는 동료들 앞에서 대변을 지렸다면, 어떻게 될까. 심지어 설사라서 치마든 바지든 아래로 흘러나와 바닥 전체에 내 변이 퍼져버렸다면… 그럴 때 내 심경이 어떨지 주위 반응은 어떨지 한번 상상해보자.

최악이라는 말밖에 할 수 없다.

만약 구토를 해서 바닥에 토사물을 게워낸 경우라면 그나마 낫다. 물론 구토도 꽤 빈축을 살 것이다. 악취도 심하고 더러워서 치우기도 힘드니까. 병이 전염되는 경우도 있다. 하지만 병 때문에 토했다면 동정을 받을 테고, 만약 과음 탓에 토했다면 비난과 비웃음이 쇄도하겠지만 회사를 그만둘까 고민하지는 않을 것이다.

그렇다면 대변일 때는 어떨까? 직장의 바닥에 내 변이 홍건하다면, 설령 병이나 식중독 때문에 어쩔 수 없었다 해도 도저히 회사로 돌아갈 수 없지 않을까.

물론 그걸 이유로 그만두라고 하는 사람은 없을 것이다. 하지만 스스로가 너무 수치스러워서 암만해도 출근을 못 하지 않을까. 주위 사람들도 어떻게 대하면 좋을지 난감해할 것이다.

병과 식중독이 원인이라면 주위에서는 동정해줄 것이다. 책망하는 사람은 없으리라 생각한다. 하지만 다른 사람들이 나를 이전처럼 대해주는 데는 상당한 시간이 필요할 것이다. 자칫 잘못하면 아예 이전으로 돌아가지 못할 수도 있다. 서로에게 트라우마가 될 수도 있다. 서로 멀리 떨어지지 않는 이상 좀처럼 벗어날 수 없는 트라우마.

왜 유독 '지리는 것'이 그토록 사람에게 심리적 피해를 입힐까.

구토는 그래도 '먹는 것'에 속한다. 다른 사람이 내 앞에서 해도 간신히 용납할 수 있는 아슬아슬한 선에 있다. 그에 비해 대변을 '지리는 것'은, 본래 혼자 방에서 하는 비밀스러운 행위인 배설을 타인 앞에서 해버리는 것이다. 누구나 감추는 그것이 적나라하게 드러난 셈이다. 주위 사람들은 그 광경을 보고 마음속 한구석에서 조바심이나 분노를 느낄 것이다. 더이상 참고 견디기도 어려울 것이다.

모두 잘 제어하고 있는데 제대로 하지 못했다며 경멸도 할 것이다. 동시에 동정을 느낄지도 모른다.

그리고 웃음. 특히 초등학생 남자아이들은 화장실에 가기만 해도 크게 폭소할 정도니 그 앞에서 지렸다가는 계속 이야깃거리가 될 게 틀림없다.

실제로 내가 목격한 사례가 있다. 고등학생 시절 공부도 운동도 잘하는 데다 잘생기기까지 했던 반장이 문제를 일으킨 다른 남학생에게 주의를 준 적이 있다. 그런데 그 남학생이 "자꾸 잘난 척하는데, 너 유치원 때 똥 싼 적 있잖아!"라고 받아치자 반장은 아무 말도 하지 못하고 입을 꾹 다물어버렸다. 그 뒤에도 비슷한 일이 몇 번인가 더 있었다.

유치원 때 똥을 싸는 정도야 누구나 겪을 수 있고 그다지 수치스러워할 일은 아니다. 그럼에도 불구하고 "너, 옛날에 똥 쌌잖아."는 잘못한 게 명백한 쪽이 올바른 말을 하는 사람을 입 다물게 만들 수도 있는 폭로였다.

똥을 지린다는 건 정말 무서운 일이구나 생각했다.

어른이 되어 지리면 주위에서 웃지 않는다. 오히려 '웃어넘길 수 없다'고 느끼지 않을까.

'웃어넘길 수 없는' 일을 저질러버렸다는 것은 당사자에게 대단히 큰 굴욕이다. 주위 사람들에게도 대단히 거북한 일이다.

지린 사람은 더 이상 자랑스레 자신의 능력을 뽐내기도 어려울 것이다. 입 밖으로 내지 않더라도 '똥 싼 주제에.'라고 생각하는 사람이 틀림없이 있게 마련이다. 적어도 당사자는 '틀림없이 그렇다'고 느낀다.

그런 점에서는 아마 어른도 아이도 큰 차이가 없을 것이다.

수치심과 복종심

흥미로운 심리 실험이 있었다.

화장실에서 나온 사람에게 무언가를 부탁해보았다. 돈을 빌려달라든가, 무언가 가져와달라든가. 그렇게 해보니 다른 장소에서 부탁했을 때보다 현저하게 높은 확률로 승낙해주더라는 것이다.[24]

왜 그럴까? 앞서 말했듯 배설은 부끄러운 일이다. 즉, '타인 앞에서 창피를 당하면, 타인에게 쉽사리 복종하게 된다'는 것이다.

이 심리 실험에 대해 알았을 때, 중학생 시절을 떠올렸다.

한 여학생이 수업 중에 화장실을 갔다. 한계까지 참았는지 금방이라도 쌀 듯한 걸음걸이였다. 화장실에 다녀온 그 학생은 부끄러운지 수업 내내 고개를 숙이고 있었다.

수업이 끝나고 쉬는 시간, 한 남학생이 다가가 여학생의 앞자리에 앉았다. 남학생은 여학생을 똑바로 바라보면서 "일요일에 영화관 가자."라고 데이트를 신청했다.

평소 여학생은 그 남학생을 상대도 해주지 않았다. 손댈 수 없는 절벽 위의 꽃이었던 것이다. 남학생을 보고 모두가 하필이면 이런 때에 데이트 신청을 하느냐고 생각했다.

그런데 여학생이 작은 목소리로 "…응."이라고 답했다.

주위의 동급생들이 전부 놀랐다. '왜?' 무언가 굉장히 불가사의한 느낌이었다. 아무도 목소리를 내지 못했다.

지금 돌이켜보면, 그 타이밍에 고압적인 태도로 데이트 신청을 한 남학생은 인간 심리에 통달한 무서운 인물이었다.

창피를 당하면 잘 복종하게 된다는 사실은 다른 심리 실험으로도 증명되었다고 한다.

병사가 포로를, 또는 교도관이 수용자를 욕보이는 사건이 이따금씩 일어나는데, 그렇게 창피를 주어야 수용자가 얌전히 말을 듣고 다루기 쉬워진다는 것을 경험적으로 알기 때문이다.

지배욕을 채우려 하는 사람은 자연스레 상대에게 망신을 주려고 한다. 학교 폭력을 하는 아이들도 그렇고 여성을 능욕하려 하는 남성도 마찬가지다.

예전에는 신입사원이 환영 회식에서 부끄러운 장기 자랑을 해야 했는데, 그 역시 한번 창피를 당해야 고분고분해지기 때문이었다. 그 때문에 윗사람은 신입사원이 장기 자랑을 하지 않는 것을 용서하지 않았다.

망신을 당하면 거만한 태도를 취할 수 없다는 걸 모두가 잘 알고 있다. "뭐 저렇게 거만해. 망신 좀 당해봐야겠어."라는 험담도 그래서 하는 것이다.

이처럼 '수치'란 실로 무섭다.

그리고 배설과 수치는 밀접하게 연결되어 있다.

두려운 고백

밀란 쿤데라Milan Kundera의 평론집에 다음과 같은 문장이 있다.

1972년이었다. 우리가 빌린 프라하 교외의 한 아파트에서 나는 어떤 젊은 여자를 만났다.

(…) 두려움은 사흘 전부터 그녀의 내장을 뒤흔들었다. 그녀는 안색이 무척 창백했으며, 우리가 대화하는 동안 화장실에 가기 위해 끊임없이 방을 나가곤 했다. 덕분에 우리의 만남 내내 저수조를 채우던 물소리가 함께했다.

나는 그녀를 오래전부터 알았다. 그녀는 지성적이었고, 기지가 가득했으며, 자신의 감정을 완벽하게 조절할 줄 알았고, 언제나 완전무결하게 옷을 입었기에 그녀의 치마는 그녀의 행동과 마찬가지로 한 치의 나신도 짐작하게 하는 것을 허락하지 않았다. (…)

화장실 저수조를 채우는 물소리가 거의 그치지 않는 와중에, 나는 돌연 그녀를 강간하고 싶은 욕망을 느꼈다. 나는 내가 무슨 말을 하는지 잘 안다. 그녀를 강간하고 싶은 욕망이지 그녀와 사랑을 나누고 싶은 욕망이라고는 하지 않았다. 나는 그녀의 애정을 바라지 않았다.

― 밀란 쿤데라, 『만남』 중에서[25]

이토록 두려운 고백이라니.

이 글을 읽고 쿤데라를 싫어하게 된 사람이 있을지도 모르겠다. 나도 설사와 사이가 가까운 사람이다 보니 기분이 나빠져서 이 책을 여기서부터 더는 읽지 못했다.

평소에 빈틈이라곤 없는 여성이 눈앞에서 창백한 얼굴로 몇 번씩 화장실을 가는 모습에, 계속 들리는 물소리에, 그는 강렬한 정복욕, 지배욕 같은 것에 사로잡혔다. 누구도 이 작가처럼 솔직하게 말하지는 못하겠지만, 마음속 한구석에 그런 심리가 숨어 있지 않을까.

화장실에 다녀와서 부끄럽다는 말은 하찮기 그지없어 보이지만, 결코 그렇다고만 단정할 수는 없다.

희극적인 비극은 괜히 더 비극

내 병의 기본적인 증상은 설사다.

라쿠고가 가쓰라 베이초桂 米朝는 「묘일의 참배卯の日詣り」라는 라쿠고의 서두에서 다음처럼 말했다.

병에도 색기가 있거나 없거나 합니다만.

―『베이초 라쿠고 전집 증보개정판 제1권』 중에서[26]

정말로 맞는 말이다.

예컨대 신센구미新選組*의 오키타 소지沖田 総司는 병 때문에 기침이 심했는데, 그 점에서 성적 매력을 느낀다는 사람이 많다. 만약 기침이 아니라 설사였다면, 칼부림 중에 콜록거린 게 아니라 지렸다면, 색기고 뭐고 없을 것이다.

병에 성적 매력이 있는지 없는지 그걸 따질 겨를이 있냐고 생각할지 모르겠다. 하지만 비극인데 왠지 희극 같은 것은 당사자에게 한층 더 비극적인 법이다.

오래전 텔레비전에서 방영한 영화가 떠오른다. 제목은 기억

---

* 　　　에도 막부 말기에 활동한 무사 조직. 주로 당시 수도였던 교토의 치안 유지를 맡았고, 막부가 무너진 뒤에도 새로운 정부군과 맞서 싸우다 소멸했다.

나지 않는다. (분명히 영국 영화였다. 배우 루퍼트 에버렛이 주인공이었던 것 같은데 찾아봐도 알 수 없으니 아닐지도 모른다.) 주인공 청년의 마음속에는 소년 시절에 아버지를 여읜 것이 계속 상처로 남아 있다.

주인공이 사는 집 맞은편 아파트에는 베란다에서 돼지를 기르는 사람이 있었는데, 어느 날 크게 자라난 돼지의 무게를 견디지 못해 베란다가 무너졌고 돼지가 아래로 추락했다. 그런데 하필 그 아래를 걷고 있던 한 남자가 돼지에 깔려서 죽고 말았다. 죽은 남자가 바로 주인공의 아버지다.

아버지가 눈감은 것도 슬픈데, 하늘에서 떨어진 돼지에 깔려 죽었다는 사연은 웃음이 나올 수밖에 없는 것이었다. 나는 슬픈데, 사람들은 웃는다. 그 때문에 주인공은 한참 동안 아버지의 죽음으로 인한 슬픔을 극복하지 못했다.

주인공은 좋아하는 여성이 생길 때마다 아버지의 죽음을 들려주었다. "어렸을 때 아버지가 돌아가셨는데…"라고 이야기를 시작하면, 상대방은 "저런." 하고 동정하며 그를 따뜻하게 쓰다듬고 위로해주었다. 하지만 돼지가 등장한 순간, 모두 웃음을 터뜨렸다. 그러면 주인공은 크게 실망해서 그 여성과 다시 만날 마음이 사라졌다.

어느 날, 그는 한 여성을 진심으로 사랑하게 되었다. 그런데 이번에는 좀처럼 아버지의 죽음을 이야기할 수가 없었다. 또 웃으면 어떡하지. 그래도 마침내 마음먹고 아버지가 돼지에 깔려 죽었다는 이야기를 했다. 상대방은 웃지 않았다. "너무 슬퍼…"라며 눈물을 흘리고 그를 안아주었다. 주인공은 진심으로 감동한다.

사랑하는 여성이 눈물을 흘려준 덕에 주인공은 처음으로 아버지의 죽음을 뛰어넘어 행복한 결말을 맞이한다.

'무슨 영화가 그래?'라고 생각할 수도 있겠다. 나 역시 희한한 영화라고 생각했다. 이번에 글을 쓰면서 인터넷에서 이래저래 찾아봤지만 제목조차 알아내지 못했다. 평가가 별로 좋지 않았기 때문일 것이다.

그렇지만 나 자신이 희귀질환이라는 비극에 빠졌을 때, 그런데 하필 그 질환이 설사를 지리는 희극적인 것이었을 때, 나는 이 영화를 떠올렸다.

주인공 청년의 마음이 무척 잘 이해되었다. 울어주는 사람이 있다면, 그야 감동할 법도 하지.

필사적이니까 웃는다

병에 걸렸을 때, 처음에는 얼마나 심각한지 몰랐다. 그저 심한 설사인 줄 알았기에 스스로도 희극적이라고 생각했다. "설사쟁이가 돼버렸어."라며 웃기도 했다.

그러다 점점 심해져서 피가 보이기 시작했고, 변에 피와 점액이 섞였고, 나아가 아예 피밖에 안 보였고, 고열과 통증에 몸부림치며 벽을 긁어대다가 친구에게 끌려 병원에 갔다. 앞서 적은 대로다.

그런 병이니 화장실과 가까운 병실이면 좋았을 텐데 갑작스러운 입원이라 그러기 어려웠던 것 같다. 내 병실은 화장실과 꽤 떨어진 곳이었다. 그리고 24시간 내내 점적주사를 맞았다. 즉, 주사액이 매달린 스탠드를 끌고 화장실까지 가야 했다. 혼자 가도 제때 화장실에 도착하지 못할 것 같은데, 스탠드라는 귀찮은 동행이 붙은 것이다.

게다가 그 스탠드가 낡았는지 바퀴에서 끼익끼익 애달픈 소리를 내며 잘 굴러가지 않았다. 좀 빨리 움직이려 하면 바퀴가 걸려서 쓰러질 것 같았다.

스탠드는 위쪽에 주사액이 매달려 있기 때문에 흔들면 쉽게 넘어진다. 내 경우에는 항상 두세 개가 매달려 있었는데, 그중 하나는 유리병이었다. 심지어 팔에 바늘을 꽂은 게 아니라 가슴 속으로 관이 들어가 있는 중심정맥영양이었다. 잘못해서 스탠드가 넘어지면 큰일 나지 않을까 불안했다.

스탠드가 넘어지지 않도록 손에 꾹 힘을 주었다. 설사를 필사적으로 참으면서 서둘렀기 때문에 도중에 바퀴가 걸리면 바로 지릴 것 같았다. 게다가 스탠드까지 넘어질 것 같아서 혹시라도 놀라며 힘을 주면 진짜로 위험했다.

하는 수 없이 스탠드를 조금 들어 올려서 창처럼 잡고 화장실로 달려갔다. 복도에서 마주친 노인들은 깜짝 놀라 "젊은 사람은 기운이 넘치네."라며 부러워했다.

말도 안 되는 소리. 건강해서 이러는 게 아냐. 애초에 나이 들어서 입원한 당신들이 나보다 훨씬 건강한 거라고!

그런 생각을 했지만 당연히 대꾸할 여유는 없었기 때문에 그저 화장실만 목표해 나아갔다.

그때만큼 찰리 채플린의 말을 실감한 적이 없다.

인생은 가까이서 보면 비극이지만, 멀리서 보면 희극이다.

혈액 검사를 위해 채혈하기만 해도 정신을 잃을 만큼 빈혈이 극심하고, 26킬로그램이나 체중이 줄었으며, 수화기를 든 손이 벌벌 떨릴 만큼 쇠약해진 인간이 주사액이 두세 개 매달린 스탠드를 들고 화장실로 뛰어간 것이다. 누가 보면 꽤 웃긴 모습이었을 것이다. 그래서 내게는 더더욱 비극이었고.

선물은 가져오는 사람의 것

문병을 오며 선물로 꽃을 가져온 사람에게 "꽃 같은 건 됐으니까 윤활제 좀 사다 줘."라고 부탁하면 대부분 웃기만 하고 좀처럼 들어주지 않았다.

나는 필사적으로 원하는데, 부조리하게도 사주지 않는 것이다. 문병을 오는 사람들은 문병다운 것을 가져오고 싶은 건지, 내 요청은 접수하지 않는다.

나는 원래 줄기를 잘라낸 꽃을 싫어한다. 그래서 "아픈데 시드는 모습을 보고 싶지 않고, 버리기도 아까우니까."라고 이유를 대며 거절해도 왠지 또 꽃다발을 가져왔다.

내가 고집을 꺾고 "그럼 꽃다발이 아니라 화분으로 갖다 줘. 그건 바로 시들지 않으니까."라고 해도 "화분은 '뿌리 내린다'는 의미가 있어서 환자한테 주는 게 아니래."라며 일반적인 매너를 우선하고 내 희망 사항을 무시했다.

대부분의 사람들이 그러는 것에 깜짝 놀랐다. 문병 선물이라는 게 이토록 맘대로 되지 않는 것이었나 싶었다. 문병 선물은 나를 위한 것이니 내 것이라고 생각했는데 그렇지 않았다. 어디까지나 가져오는 사람의 것인 듯했다.

병과 상관없는 여담이지만, 나중에 한 여성이 "내가 원하는 게 아니라 자기가 주고 싶은 선물을 주는 남자가 많다니까."라고 말해서 크게 공감한 적이 있다. 입원 중에 문병을 경험하면서 당신이 주고 싶은 게 아니라 그냥 내가 원하는 것을 달라고 무척 강하게 바랐기 때문이다.

그래서 나는 좋아하는 여성이 "샤워기를 갖고 싶어."라고 했을 때, 그대로 샤워기를 선물했다. 친구는 어이없다는 듯 내게 "너 분명히 차일 거야."라고 했지만, 그런 일은 일어나지 않았다.

아무튼 당시에 내가 바란 대로 윤활제를 사다 준 사람이 있었는데, 나는 그 사람이 정말 대단하다고 생각한다. 그런 사람은 정말 드문 귀중한 존재다.

그 윤활제를 바퀴에 발라서 스탠드가 부드럽게 움직이게 되었을 때는 진심으로 감동했다. 인간이란 궁지에 몰리면 작은 바퀴가 잘 굴러가는 것만으로도 큰 행복을 느낀다.

사실 나 스스로도 입원 중에 왜 윤활제를 뿌리고 있는지, 꽤 기이했다만.

목적지 앞에서 방심하지 말 것

입원한 동안 하루에 20회 이상 화장실로 달려갔다. 그것만으로도 이미 녹초가 되었다. 보통 설사보다 훨씬 심했다. 그리고 좀 느낌이 다르다.

건강하던 시절에 가족 모두가 생굴을 먹고 탈이 나 며칠 동안 나란히 누워 지낸 적이 있다. 그 뒤로 우리 집에서는 아무도 생굴을 먹지 않는다. 그만큼 넌더리 나는 설사였다. 그 설사와 비교해도 궤양성 대장염이 심할 때 하는 설사는, 굉장하다.

보통 대소변이 마려울 때는 파도가 밀려왔다 물러나고, 다시 좀더 높은 파도가 밀려왔다 물러나는 식으로 조금씩 파도가 높아지면서 반복된다. 즉, 마려워도 조금은 뒤로 미룰 수 있다.

궤양성 대장염의 설사는 느닷없이 집채만 한 파도가 닥친다. 노크도 없이. 조금이라도 좋으니 시간을 달라고 얼마나 바랐던가.

그래도 노력해서 참았다. 되도록 화장실을 가지 않고 참아야 증상이 좀 나아지는 듯했다. 침대에 누워서 이어지는 변의를 계속 참았다.

더는 무리야, 이대로는 위험해, 하는 생각이 들면 천천히 일어났다. 이게 퍽 어렵다. 부드럽게 움직이지 않으면 둑이 터지기 때문이다.

일어나면 변의가 급격하게 심해졌다. 중력 때문이었을까. 그때부터는 여유 부릴 수 없었다. 최대한 서둘러야 했다. 당연하지만 대담하게 달릴 수는 없었다. 참는 중이었기 때문에 동작에 한계가 있었다.

사실 무서운 것은 따로 있었다. 진정한 위험은 화장실에 도착한 다음 시작되었다.

일본에는 '백 리 길을 가는 이는 구십 리에 이르러 반쯤 갔다고 생각하라.'라는 속담이 있다. 그때만큼 그 속담이 몸에 와닿은 적이 없다. 아슬아슬하게 화장실에 들어가 대변기가 있는 문 앞에 섰을 때가 가장 위험했던 것이다.

병에 걸리지 않았더라도 비슷한 경험을 해봤을 것이다. 화장실까지 간신히 참았는데, 변기 앞에서 지릴 것 같았던 적이라든가.

이미 손이 벌벌 떨려서 문도 열기 어렵고, 스탠드까지 있어서 들어가기가 더 번거롭다. 덜컹덜컹 스탠드를 이리저리 부딪치면서 바지와 속옷을 난폭하게 단숨에 내린다. 이렇게 해서 늦지 않으면 그래도 다행이다. 평범한 상황이라면 안심해도 괜찮을 것이다.

그렇지만 병 때문에 하는 설사는 그때부터 또 다른 고통이 이어졌다. 평범한 설사도 배가 무지근해서 힘들 때가 있지 않은가.

병 때문에 하는 설사는 정말이지 지독하다. 배설해서 시원하기는커녕 그 뒤가 고통의 정점이라 해도 무방하다. 이제 피밖에 나오지 않는데, 배변을 끝낼 수가 없다. 피를 흘리기 싫지만 맘대로 할 수 없다. 배가 아파서 몸을 비틀며 괴로워한다. 신음소리가 새어 나간다. 진땀이 흐른다.

간신히 고통에서 탈출해도 장이 손상된 느낌이 오랫동안 남는다. 그래서 되도록 배설을 하지 않으려고 했다.

아아아아

건강한 사람의 경우에는 꽤 심한 설사를 해도 지리는 일은 없지 않을까. 지릴 것 같더라도 어떻게든 간신히 참을 듯싶다. 그렇지만 병 때문에 하는 설사는 그럴 수 없었다.

화장실에서 먼 병실에 배정되고 점적주사를 맞기 시작할 때부터, 언젠가 제때 화장실을 가지 못해 지리지 않을까 불안했다. 그랬는데 결국 그 일이 현실이 되어버렸다.

지렸을 때 얼마나 마음이 아팠는지, 상상 이상이었다.

화장실까지 갔지만 대변기에 앉을 수 없었다. 스탠드와 점적주사의 관이 얽혀 있었다. 배변을 참는 상태로는 풀 수 없었고 그대로는 변기에 앉을 수 없었다. 그렇다고 주사를 난폭하게 뽑을 수도 없는 노릇이었다.

'아아아아.' 이렇게 생각하는 사이에 지리고 말았다. 조금이라면 견뎌서 어떻게든 해보려 했지만, 꽤 많이 나와버렸다. '아, 이제 끝이다.'라고 생각했다. 그렇게 포기해버린 것일까, 아니면 일단 기세가 붙어서 멈출 수 없었던 것일까, 그것도 아니면 이렇게 된 이상 밑바닥까지 떨어져버리겠다고 자학적인 마음을 먹었던 것일까. 나도 당시 어땠는지는 잘 모르지만, 어쨌든 마지막까지 전부 내보내버렸다.

그 뒤의 마음은 뭐라 형언할 수 없다. 현실 같지 않았다. 하지만 틀림없이 현실이었다. 굳이 볼을 꼬집을 필요도 없이 변으로 범벅이 된 하반신의 느낌이 현실이라고 뼈저리게 일깨워주었다. 뭐 이런 현실이 있나 싶었다.

한밤중이었다. 나 말고는 화장실에 아무도 없었다. 화장실 밖도 어둡고 꽤 조용했다. 아무도 본 사람이 없었다. 내가 지린 사실을 아는 사람은 아직 없었다.

그렇지만 지려버린 이상 나 혼자 뒤처리를 할 수는 없었다. 스스로, 내가 지렸다는 사실을 알릴 수밖에 없었다. 누군가 다른 환자가 봐서 시끄러워지기 전에 내가 먼저 간호사에게 알리는 게 낫겠다고 생각했다.

마침 한 간호사가 나타났다. 대변기 앞에서 지린 채 서 있는 나를 보고는 간호사도 "아!" 하고 놀랐다.

젊은 여성 간호사였다. 굉장히 난처해하는 표정을 지었다. "혼자 처리할 수 있으세요?"라고 물었다. 나는 이대로 내버려지면 안 된다고 조바심이 나서 서둘러 "닦고 싶은데 따뜻한 물과 수건을 주실 수 있을까요?"라고 부탁했다. 잘도 이렇게 냉정히 부탁하는구나 하고 스스로도 놀랐다.

그런데 "이렇게 밤중에 물을 데울 수는 없어요."라고 거절당했다. 지금 돌이켜보면 이상한 답이었다. 오래전이지만 어딘가 찾아보면 따뜻한 물을 구할 수 있었을 텐데. (낡은 병원이라 화장실에서는 찬물밖에 나오지 않았다.)

나는 "찬물도 괜찮아요."라고 양보했다. 추운 계절에 찬물은 힘들 텐데 내심 걱정했던 걸 기억한다. "그럼, 이걸 드릴게요." 간호사가 그 자리에서 화장실 청소용 양동이에 물을 받더니 그 양동이에 걸쳐 있던 걸레를 함께 내 발밑에 두었다. "이걸로 깨끗하게 해주세요." 간호사는 그 말을 남기고 떠나갔다.

당시 나는 결벽증은 아니었지만, 화장실 청소용 양동이와 걸레로 내 몸을 닦으라니 아무리 그래도 너무하지 않나 생각했다. 하지만 다른 방법이 없었다. 화장실을 그대로 두면 다른 사람에게도 피해가 갔다. 나는 어쩔 수 없이 양동이와 걸레로 어찌어찌 뒤처리를 했다. 몸이 덜덜 떨렸다. 물이 차가워서인지, 지려서 동요한 것인지, 잘 몰랐다.

더러운 걸레로 내 발에 묻은 변을 닦으면서, 내가 울고 있지 않나 생각했다. 하지만 눈물은 나지 않았다. 울지 않는구나. 좀 신기하다고 생각했다.

'지리는 것'과 '존엄'

그 일을 겪고 나는 '감정표현불능증'에 빠지고 말았다.

정식 진단을 받은 건 아니고, 내가 나중에 찾아보고 그랬던 거구나 생각했을 뿐이지만.

아무튼 모든 감정이 사라져버렸다. 병 때문에 슬펐는데, 더 이상 슬프지 않았다. 그럼 편해졌느냐면 그렇지도 않았다. 웃을 수 없었고 미소조차 지을 수 없었다. 감정이라는 게 없었다. 눈물도 분노도 웃음도 아무것도 없었다. 완전히 백지였던 것이다. 이건 기묘하다고, 이상하다고, 스스로도 생각했다.

다른 사람이 뭐라 말을 걸어도 그저 무표정하게 있을 뿐이었다. 주위에서도 뭔가 좀 수상쩍다고 여겼을 것이다.

평정한 상태와는 전혀 달랐다. 평정이란 비유하면 물결이 잔잔한 바다와 비슷하다. 사람 마음이 그렇다면 더 없이 좋은 상태라 할 수 있다.

나는 그게 아니라 아주 고요한 상태, 해수면에 파도가 전혀 없고, 바람도 불지 않고, 아무 소리도 없는, 그런 상태였다. 만약 그런 바다와 마주한다면 내가 죽은 것 같은 느낌이 들지 않을까.

겨우 지렸다고 감정표현불능증이라니, 한심하다고 나약해 빠졌다고 하는 사람도 있을 것이다. 나도 그런 생각이 아예 없지는 않다.

그렇지만 아직 스무 살에 전도양양했는데, 갑자기 희귀질환에 걸려서 화장실에서 지리고 청소용 양동이와 걸레로 그 뒤처리를 해야 했다. 그러면 아무래도 견디기 어려울 수밖에 없다.

지린다는 것에는 사람의 존엄을 눈에 띄게 손상시키는 무언가가 있다.

쓰쓰이 야스타카筒井 康隆의 단편소설 「콜레라」에는 사람들 앞에서 설사를 지린 여성이 등장한다. 작가는 다음처럼 묘사했다.

"아, 아, 아아아, 아."
인간이 이 세상에서 가장 귀중하다고 여기는 것을 잃은 순간 무의식중에 구강에서 새어 나가는 비통한 탄성과 한숨이, 그녀의 입에서도 새어 나갔다.
―쓰쓰이 야스타카, 「콜레라」 중에서[27]

물론 쓰쓰이 야스타카는 독자의 폭소를 유도하려고 이렇게 썼겠지만, 이 문장에는 일말의 진리가 담겨 있다. "이 세상에서 가장 귀중하다고 여기는 것"까지는 아닐지 모르지만, 지리는 순간 무언가를 잃어버린다는 것이다.

그 무언가에 가장 가까운 것은 '존엄'이라고 생각한다.

지린 정도로 사람의 존엄을 잃었다고 호들갑을 떠는 것 자체가 희극적이지만, 앞서 적었듯이 '수치'라는 것은 사람에게 그만큼 큰 영향을 미친다.

화내려면 여유가 필요하다

병원 화장실에서 지리고 간호사가 건네준 청소용 양동이와 걸레로 몸을 닦은 경험은 『절망 독서』이지수 옮김, 다산초당 2017 라는 책에 조금 적은 바 있다.

여러 독자들이 "간호사가 너무 못됐어요!"라고 감상을 전해 주었는데, 사실 좀 당황했다.

나는 간호사들에게 무척 감사하고 있기 때문이다. 대단한 분들이 정말 많았다. 얼마나 도움을 받았는지 이루 말할 수 없다. 감사한 마음을 언젠가 제대로 쓰고 싶었는데, 그런 에피소드만 소개해버렸으니 마치 간호사를 비난하는 모양새였다. 독자의 반응이 내 본심과 전혀 달랐기 때문에 당황했던 것이다.

당황한 이유는 하나 더 있는데, 나는 그 간호사가 못됐다고 조금도 생각하지 않았기 때문이다. "못됐다고 생각하지 않고, 원망도 하지 않아요."라고 감상을 전해준 분께 말했는데, 문득 나도 의아했다.

왜, 원망하지 않을까?

아무리 생각해도 그 간호사의 대응에는 문제가 있었다. 설사를 지린 남자의 뒤처리를 하기 싫은 건 당연하지만, 따뜻한 물 정도는 마련해줄 수 있지 않았을까? 적어도 화장실의 양동이와 걸레는 좀 너무하지 않나?

그럼에도 나는 전혀 원망하고 싶지 않다. 내가 호인인 척하는 게 아니라 티끌만큼도 원망하는 마음이 들지 않는다.

왜 그럴까?

아마도 당시 내게는 누군가를 원망할 여유가 없었던 것 같다. 내 일만으로도 벅차서 다른 사람을 원망할 여유가 없었던 것이다. 타인에게 화를 내거나 타인을 원망하려면 어느 정도 정신적 여유가 필요한 듯하다.

일이 벌어진 순간 화를 내지 못하면, 시간이 지나도 화나지 않는 모양이다.

지금 그때 일을 떠올리면 머리로는 간호사가 심했다고 생각하지만, 감정적으로 분노가 치밀지는 않는다. 지금도 전혀 화나지 않는 것이다. 불가사의한 느낌이다.

잊을 리 없는 걸 잊다

그 간호사를 원망하지 않는 이유가 하나 더 있는 것도 같다.

내게 심한 짓을 한 간호사는 그 사람밖에 없는 줄 알았는데, 이 원고를 쓰다 보니 당시 겪은 이런저런 일이 떠오르며 꽤 못된 짓을 한 간호사가 두세 명 더 있었던 게 기억났다.

전혀 기억하지 않고 있었다. 하지만 잊을 만한 일은 아니었다. 그러니 아무래도 내가 기억을 봉인하고 있었던 것 같다. 스스로도 꽤 의외였다. 남에게 숨기는 것이면 몰라도 자신에게까지 숨기는 일이 있는 줄은 몰랐다.

내가 기억을 봉인한 것에는 유괴 피해자가 유괴범을 좋은 사람이라고 여겨버리는 것과 비슷한 심리가 작용했는지도 모르겠다.

간호사는 실제로 의료 처치를 하는 사람들이며 환자의 목숨을 좌우할 수도 있다. 그런 사람들 중에 좋지 않은 사람이 있다고 생각하고 싶지 않다. 다들 좋은 사람들이면 좋겠다. 못된 사람은 한 명도 없었으면. 이런 심리가 작용했을 수 있다. 지금 현재도 간호사들에게 매우 의존하고 있으니 더더욱 말이다.

그렇지만 사실 몇 명밖에 안 되긴 했다. 나는 지금껏 실로 많은 간호사들을 만나왔다. 그중에 몇 명이니 극히 적은 셈이다. 어느 집단을 봐도 그보다는 못된 사람이 많을 것이다.

그리고 진심으로 깜짝 놀랄 만큼 대단한 간호사는 몇 명
수준이 아니라 훨씬 많았다.

간호사에게 고마워하는 마음, '간호사'라는 단어를 입에 담
기만 해도 따뜻해지는 마음, 이것들이야말로 거짓 없는 진짜
내 마음이라고 생각한다.

평범하게 대해줄 때의 안도감

사실 지린 것은 그 화장실에서 했던 한 번만이 아니었다.

어느 날 아침, 일어나서 세면장에 이를 닦으러 가는데 복도
에서 다른 환자가 "엉덩이 쪽이 더러운데요."라고 알려주었다.
나는 뭔가 묻었나 보다 생각했는데, 그 환자가 꽤 말하기 껄
끄러워하는 분위기였다. 눈부신 무언가를 보듯이 눈길을 피하
는 낌새였다.

불현듯 혹시나 하는 생각이 들었다. 서둘러서 병실에 돌아
가 옷을 벗고 확인해보니, 지려 있었다….

속옷과 옷에만 묻었길 기도하며 침대를 확인했는데, 시트
엉덩이 부근이 얼룩져 있었다. 다시 시트에만 묻었길 기도했지
만, 그 기도 역시 이뤄지지 않았고 매트까지 더러워져 있었다.

적은 양이었지만, 잠든 사이에 지린 것이었다.

엉덩이 부근이 더러워진 것을 다른 환자가 봤다는 사실도

부끄러웠지만 자다가 모르는 새 지릴 정도가 되었다니 이제 제어할 수 없는 건가 싶어서 마음이 침울해졌다.

그대로 둘 수 없는 노릇이라 간호사에게 알렸다. 귀찮아하면서 정기적인 시트 교체까지 기다리라고 할 줄 알았는데, 이번 간호사는 그러지 않았다. 네, 네, 하면서 척척 시트를 갈아주었다. 매트는 그대로 쓰라고 할 거라 각오했는데, 그러지 않고 매트 역시 교환해주었다.

심지어 무척 사무적이었다. 그저 흔한 일처럼 작업해주었다. '할 수 없네요.'라고 불쾌해하지도 않았고, 반대로 '부끄러울 것 없어요.'라면서 달래주지도 않았다. 그저 흔한 일로 대하며 대수롭지 않게 처리해주었다.

그래주어서 무척 기뻤다. 흔한 일처럼 대해주니 나도 흔한 일로 여기게 되었다. (스무 살 남자가 자는 사이에 큰 볼일을 실수했으니 절대 흔한 일은 아니지만.) 갈아준 시트 위에 누우니 갓 세탁한 감촉이 기분 좋았다.

한 가지 더, 타인이 지려서 엉덩이 쪽이 더러운데 본인은 모르고 있을 때, 그걸 알려주기란 퍽 어렵다. 당사자는 충격을 받을 테고 수치스럽기도 할 것이다. 하지만 그대로 두면 더더욱 수치스러울 뿐이다. 다들 '아아…' 하며 애처롭고 당황하는 표정을 짓지만 좀처럼 알려주지 못한다. 누군가 알려주는 사람이 나타나길 바랄 뿐이다.

그러니 그날 복도에서 내게 알려준 환자는 용기 있는 고마운 사람이었다. 지렸다는 사실에 충격을 받아서 어떤 사람이었는지 거의 기억나지 않지만.

할머니의 부끄러움

사다 마사시의 노래 「새너토리엄」의 가사는 종합 병동에 입원한 젊은 청년이 한 할머니와 친해졌다가 먼저 퇴원하면서 할머니를 걱정한다는 내용을 담고 있다.

나는 이 노래를 들을 때마다 어쩔 수 없이 눈물을 흘리는데, 실제로 내가 입원 중에 한 할머니와 사이가 좋았기 때문이다.

본래 남녀 병실은 분리되지만, 그 병원에서는 식사 시간이 되면 걸을 수 있는 환자들이 식당에 가서 남녀 상관없이 자유롭게 앉아 먹었다. 나는 오랫동안 단식을 했기 때문에 식당에 갈 수 있었던 건 증상이 많이 호전된 뒤였다.

거기서 그 할머니와 만났다. 무척 기품 있는 분이었다. 수수했지만 늘 몸차림이 단정했고 싱글싱글 미소를 지으며 조용했다. 깔끔하게 성실히 살아온 분이라는 인상이 들었다. 배우와 비교한다면 야치구사 가오루와 비슷한 느낌이었다.

간에 병이 있었던 것으로 기억한다. 벌써 몇 개월이나 입원해 지냈는데, 앞으로 몇 개월은 퇴원하지 못한다고 했다.

당시 내가 읽던 책 『일본 장편소설 수작선日本掌編小說秀作選』大西 巨人(編), 光文社文庫 1987 상권을 드리자, 매우 기뻐했다. 그 책은 장長편 소설이 아니라 손바닥掌만큼 짧은 소설을 엮은 것이라 몸 상태가 나쁠 때도 읽기 쉬웠다. 또한 나름 무게감 있는 작품들이 많아서 병에 걸렸을 때 읽을 만했다.

그 할머니가 어느 날 내게 부탁이 있다고 했다.

"뭔데요?"라고 묻자 부끄러워하면서 좀처럼 말을 하지 않았다. 저런 연령이 되어도 부끄러워하며 볼이 빨개지는구나 하고─몹시 실례되지만─의외라고 생각했다. 그래도 부끄러워하는 모습이 어울리는 분이었다.

마침내 할머니가 말을 꺼냈다. "기저귀 좀 사다줘."

나는 좀 의아했다. "가족들에게 부탁하실 수는 없어요?"라고 무심결에 묻고 말았다.

할머니는 부끄러워서 부탁할 수 없다고 했다.

생판 타인인 젊은 남자에게 부탁하는 게 더 부끄럽지 않을까 싶었지만, 뭐, 당시의 나도 부끄러워하면서 기저귀를 차던 사람이었다.

나는 배변에 어려움을 겪으면서도 처음에는 기저귀를 아예 떠올리지 못했고, 성인용 기저귀가 있다는 사실조차 몰랐다.

그러다 병원 내 매점을 갈 수 있게 되어서 기저귀를 발견했을 때 "오오!"하며 기뻐했다. 이것만 있으면 지려도 문제없다고. 물론 그 직후에 스무 살 남자가 기저귀를 찬 모습을 객관적으로 상상하고는 너무 한심해서 풀이 죽었지만.

아무튼, 할머니가 부탁했을 때 나는 이미 기저귀에 해박한 사람이 되어 있었다.

기저귀를 차지 않는 가족보다 기저귀를 애용하는 환자가 부탁하기 덜 부끄러웠을 것이다. 생판 타인이 부탁하기 좋을 때도 있는 법이다.

그래도 나이가 들었고 환자이기도 하니 기저귀를 차는 정도는 이상한 일이 아닐 텐데, 이렇게 부끄러워하고 가족에게 숨기고 몰래 사달라고 부탁하는구나 하고 나는 왠지 감개가 깊었다. 할머니가 한층 더 귀엽게 보여서 이건 반드시 사 와야겠다고 마음먹었다.

매점에서 기저귀를 사서 마치 내 것인 양 병실로 돌아가 다른 종이봉투에 옮겨 담았다. 할머니를 불러낸 다음 되도록 인적이 적은 곳으로 가서 마치 러브레터라도 건네듯이 기저귀를 드렸다. 할머니는 또 볼을 빨갛게 물들였지만, 무척 기뻐했다. 종이봉투를 받고 웃으면서 고맙다고 했다.

지리는 것은 수치스러운 일이다. 병에 걸렸으니, 나이가 먹었으니, 수치스러워할 필요는 없을지 모르지만, 그럼에도 역시 수치스러운 일이다.

그 수치가 환자를 더욱 괴롭히지만, 그때 나와 할머니는 서로 수치를 공감함으로써 마음이 연결되었다. 우리 둘은 더욱 친해졌다.

사다 마사시의 노래처럼 내가 먼저 퇴원하게 되었다.

앞으로 누가 할머니에게 기저귀를 사다 드릴까 마음에 걸렸다. 할머니는 가족에게 부탁하면 된다고 했다.

『일본 장편소설 수작선』 하권을 선물로 드리자 기뻐하며 양손으로 받고는 소중히 읽겠다고 했다.

지리는 것에 관해서는 싫은 기억밖에 없지만, 그 할머니만은 항상 반갑게 떠올릴 수 있다.

변의 바다에 서다

퇴원하여 집에서 요양하게 된 뒤에도 설사는 계속 이어졌다.

출혈은 멈췄고 웬만큼 식사도 할 수 있으니 전보다 나았지만, 마려운 느낌에는 여전히 골머리를 앓았다. 임대한 작은 집이라서 화장실은 가까웠지만 그래도 제때 맞추지 못하는 경우가 있었다.

화장실에 가는 횟수는 적을수록 좋았기에 누운 채로 참았다. 도저히 참지 못할 때 화장실로 가는데, 앞서 적었듯이 일어나면 더욱 변의가 강해져서 가까운 화장실이 굉장히 멀게 느껴졌다. 일본 속담에 '반한 상대에게 가는 길은 천 리가 일 리 같다.'라는 것이 있지만, 내 경우에는 '쌀 것 같을 때 화장 실로 가는 길은 일 리가 천 리 같다.'였다.

집에 있었으니 조금 지리는 정도는 어떻게든 수습했지만, 매우 심하게 싼 적이 한 번 있었다.

화장실로 가는 도중 주방 근처에서 더는 참지 못해 성대하 게 싸버리고 말았다. 그때는 변에 피가 섞여 있지 않았지만, 점액이 꽤 섞여서 보통 변과는 확연히 달랐다. 그리고 '세상 에, 이렇게나 잔뜩.'이라 생각할 만큼 많이 나왔다. 발밑에 살 짝 고이기는커녕 바닥 전체를 뒤덮었다. 말도 안 되는 양이었 다. 대장은 2미터까지 늘어난다지만 아무리 그래도 이만큼 들 어갈 수 있을까 싶었다.

내 변의 바다에 서 있는 듯했다. 다만, 병으로 인한 것이라 그런지 내 변이라는 느낌이 들지 않았다. 불결함은 별로 없었 는데, 그 대신 이상하다는 느낌이 강했다.

아무튼 망연자실했다. 한동안 서 있기만 했다. 이렇게 많은 걸 어떡하지 생각했다.

어떡하긴 어떡해, 스스로 청소할 수밖에 없었다. 그 청소가 정말 큰일이었다. 새삼 너무 많아서 놀랐다. 주방은 바닥 재질 덕에 흔적이 남지 않았지만, 그 옆의 거실로도 조금 퍼져서 그 곳에는 거무스름한 얼룩이 남았다.

그 얼룩을 내려다보면서 생각했다.

만약에 밖에서 이렇게 지려버린다면….

아는 사람이 있었다면 그 사람과는 그날로 끝일 테고, 만약 모르는 사람만 있었다 해도 다시는 그곳에 가지 못할 것이다. 한 곳만 못 가는 데에 그치지 않고 너무 무서워서 더 이상 어디도 못 가지 않을까….

그런 일이 벌어지지 않게 하려면, 애초에 밖에 나가지 않는 수밖에 없다. 외출을 무서워하게 되지 않을까. 어디도 못 가는 사람이 되지 않을까.

이런 불안감에 휩싸였다.

그리고 실제로 그렇게 되어버렸다.

그에 대해 다음 장에서 자세히 이야기해보겠다.

6장

틀어박히는
것

나는 칩거하고 있습니다.
그러려고 의도한 것은 전혀 아니고,
그렇게 되리라고는 생각지도 않았는데.
이제는 자물쇠가 잠기지도 않았고,
문은 열려 있는데,
바깥으로 나가는 게 거의 두려울 정도입니다.

● 너새니얼 호손[28]

원인이 사라져도 계속되는 은둔

집에 은둔하는 것의 무서운 점은 설령 처음에 은둔한 이유가 없어진다 해도 더 이상 쉽게 외출할 수 없다는 것이다.

명백한 원인 탓에 은둔을 시작한 경우, 흔히 그 원인이 없어지면 다시 밖으로 나올 것이라 예상하지만 실제는 그렇지 않다. 틀어박힌 기간이 길면 길수록 다시 밖에 나가기란 매우 어려워진다.

그 어려움은 당사자도 이해할 수 없는 것이다.

나는 스스로 틀어박히길 바라지 않았다. 병 때문에 할 수 없이 집에 은둔했다. 그래서 너무나 외출하고 싶었다.

원래는 밖에 나다니길 좋아하는 편이었다. 이른바 '집돌이'는 아니었다.

만약 다시 외출할 수 있게 되면, 높은 산에 오르자, 깊은 바다에도 잠수해보자, 전 세계의 다양한 곳에 가보자. 그런 꿈을 종종 꾸었다.

그랬지만 수술을 받고 거의 평범한 생활이 가능해져서 외출해도 괜찮아졌을 때, 나는 내가 이미 외출을 두려워하는 사람이 되었다는 것을 깨달았다.

집에만 있는 게 지긋지긋했기 때문에 기뻐서 밖으로 뛰쳐나갈 줄 알았다. 장마철에 한동안 산책을 못 했던 개가 오랜만에 맑은 날 햇빛 속으로 뛰쳐나가 멍멍 짖으며 뛰어다니듯이.

그렇지만 나라는 개는 문이 열려도 웅크린 채 밖으로 나가려 하지 않았다. 눈부신 햇빛을 그저 바라볼 뿐, 오히려 어둑어둑한 실내로 뒷걸음질을 쳤다.

깜짝 놀랐다. 이리 한심할 수 있나 생각했다.

나는 나라는 개의 주인이었지만, 웅고집인 개는 주인조차 어떻게 해볼 수 없었다. 목줄을 강하게 잡아당겨도 요지부동이었다.

주인과 개는 어쩔 줄 모른 채 열린 문으로 바깥을 바라보았다. 한참 동안 그대로….

바깥에는 귀신이 있다

나는 13년 동안 입원과 퇴원을 반복했는데, 보통 3~4개월 입원하고 비슷한 기간 동안 자택 요양을 할 때가 많았다. 각각의 기간은 그때그때 조금씩 달랐지만.

집에서 지낸 기간도 꽤 길었다. 외출을 금지당한 때가 있었지만, 외출이 허용된 때도 있었다. 그러나 외출이 허용된 기간 에도 밖에는 거의 나가지 않았다.

그 이유는 크게 두 가지였다.

첫 번째는 프레드니솔론이라는 약 때문이었다.

치료를 위해 거의 대부분의 기간 동안 약을 사용했다. 재연 이 일어나면 복용량을 늘리고, 점점 줄이면서 되도록 약을 적 게 복용하는 기간을 최대한 유지하려 노력한다. 이런 과정이 반복된다.

프레드니솔론이라는 약은 면역을 억제하는 작용을 한다. 즉, 다른 병(전염병)에 걸릴 위험성이 높아진다. 그래서 복용량 이 많을 때는 병원에 입원해서 항생제를 동시에 투여한다.

프레드니솔론 복용량이 어느 정도 줄어들면 퇴원하지만, "아 직 복용량이 꽤 많으니까 되도록 외출은 삼가세요."라고 의사 가 주의를 준다. 거기서 약을 더 줄이는 데 성공하면 "이제 외 출해도 괜찮지만, 되도록 사람 많은 곳은 피하세요."라고 의사 가 외출을 허락해준다.

문제는 툭하면 다른 사람의 병이 옮는다는 것이다. 전철 옆 자리 사람이 콜록하기만 해도, 바로 감기에 걸리고 만다.

감기에 걸려버리면 거기서 그치는 게 아니라 병에도 영향 을 미쳤다. 그러면 다시 프레드니솔론 복용량이 늘어났다. 자 칫 잘못하면 입원으로 이어졌다.

그게 무서워서 좀처럼 외출하지 못했다.

아무리 외출을 삼가도 병원은 꼭 다녀와야 했는데, 병원에서도 꽤 자주 병이 옮았다. 그러다 다른 병으로 입원한 적도 있었다.

내 병은 절대로 다른 사람에게 전염되지 않았다. 그런데 다른 사람의 병은 내게 옮았다. 일방적으로 피해만 받는 것이다.

흔히 '병이 하나쯤 있어야 자기 몸을 잘 돌봐서 장수한다.'라고 하는데, 나는 병 하나 때문에 수많은 병에 걸려버렸다.

'외출하면 병이 옮는다.'라는 것은 부모가 아이에게 "맘대로 밖에 나가면 무서운 귀신이 쫓아와."라고 겁을 준 것과 비슷했다. 그만큼 효과가 탁월했다.

실제로 밖에 나가보면 수많은 사람이 감기나 인플루엔자에 걸렸는데도 불구하고 '일이 있어서' 전철을 타고 다닌다. 심지어 마스크도 쓰지 않고 거침없이 기침하는 사람이 많다. 나는 그런 귀신들이 무서워서 아예 외출하지 않게 되었다.

이제 코로나 팬데믹으로 인해 많은 사람들이 그때 내 마음을 이해할 수 있을 것이다.

예전에는 전염병이 무섭다고 외출하지 않는 사람은 극소수였다. 그런데 이제는 전 세계 사람들이 그러고 있으니, 원래 그랬던 사람으로서는 놀라운 일이다.

지린다는 공포

외출하기 어려웠던 또 다른 이유는 지릴까봐 불안했기 때문이다. 주된 이유는 이것이었는지 모르겠다.

다른 사람에게서 병이 옮는 게 무서울 뿐이었다면, 마스크를 꼼꼼하게 쓰고 사람이 적은 시간을 골라 공원을 산책하든가 한산할 때에 서점이나 편의점을 가는 등 조금은 외출을 즐겼을 것이다.

그 정도 외출도 한참 동안 병원에서 누워 지낸 인간에게는 더할 나위 없이 즐거운 일상의 대모험이다. 교도소에 들어가 있는 사람이 겨우 운동장 산책을 기대하듯이 말이다.

그렇지만 지릴지 모른다고 생각하니, 방 밖을 나설 때조차 큰 용기가 필요했다.

일단 이불을 덮고 누워 있다 일어서기만 해도 변의가 고조된다. 그 단계에서 못 참겠는 경우가 있다.

외출하기 위해 옷을 갈아입다 보면 더욱 마려워진다. '이제 밖으로 나간다.'라는 생각에 긴장되기 때문인지도 모른다. 왜 화장실에 가면 안 된다고 생각할수록 더 화장실에 가고 싶지 않은가. 사람의 마음이란 왜 그렇게 움직이는지, 난처하기 짝이 없다.

드디어 밖으로 나가려고 현관 앞에 서면 더더욱 화장실에 가고 싶어진다. 현관문의 차가운 손잡이를 잡고 힘껏 여는 순간이 가장 위험하다.

문을 열면 밖에서 확 공기가 밀려 들어와 바깥의 냄새가 난다. 드디어, 밖이다. 지리면 정말 큰일이야. 그나마 혼자 정리할 수 있는 집 안과는 달라. 뭐, 이렇게까지 생각하지는 않았지만, 그래도 긴장감이 단숨에 팽팽해졌다.

현관문 밖에서 자물쇠를 잠글 때 손이 떨린 적도 있다. 긴장 때문에 떨린 것이 아니었다. 평범한 사람이라도 설사 등을 참을 때 비슷한 경험을 해봤을 것이다. 그럴 때 열쇠를 구멍에 끼우는 섬세한 작업을 하기란 참으로 어렵다.

떨고 있는 내 손을 보면 역시 더더욱 긴장된다.

엘리베이터도 위험한 곳이다.

거기서 지리면 건물 입주민 전체에게 큰 피해를 끼친다. 그렇게 생각하면 심장이 두근두근 뛰었다. 또한 하계로 내려가기 위한 마지막 결단의 장소라는 비장한 느낌도 정신적으로 좋지 않았다.

그런 과정을 거쳐 마침내 밖으로 나갔다.

막상 나가보면 의외로 아무렇지 않은 경우도 있었다. 하지만 처음부터 마려운 느낌이 엉덩이를 쿡쿡 찔러서 위험하기 그지없던 날도 있었다.

아무튼, 나는 설사 상태였기 때문에 절대로 방심할 수 없었다. 길을 걷는데 맞은편에서 누군가 다가올 때 '지금 여기서 지리면 저 아주머니는 엄청 놀랄 거야.' 같은 생각을 하면 좋지 않았다. 최대한 화장실에 대한 걸 잊어야 했다.

물론 잊을 수는 없었다.

"서점에 가면 화장실을 가고 싶어진다."라는 말을 자주 듣는데, 정말로 그렇다.

내 경우에도 서점은 특히 위험했다. 애초에 나는 책을 읽는 사람이 아니었는데, 입원했을 때부터 즐겨 읽기 시작했다. 그래서 서점에 책을 사러 가고 싶었지만, 책장 앞에 서면 곧장 변의가 치밀어 올라서 무척 위험한 상태가 되곤 했다.

진땀을 흘리며
생리적 감각과 싸우다

'집에서 나가기 전에 화장실을 가면 되잖아.'라고 생각하는 사람이 있을 것이다.

앞서 적었지만 화장실에 가는 횟수는 적을수록 좋았다. 의사가 그러라고 하지는 않았지만, 내 경험상 그랬다. 여러 차례 화장실을 가면 장에 안 좋은 영향이 가는지 몸 상태가 나빠졌다. 화장실에 가는 횟수를 최소한으로 줄여야 컨디션이 괜찮았다. 그래서 외출하기 위해 화장실에 가는 횟수를 늘릴 수는 없었다.

그리고 설사는 한 번 화장실에 간다고 해서 괜찮아지는 것이 아니다.

'밖에서 화장실을 가고 싶을 때 가면 되잖아?'라고 생각하는 사람도 있을 것이다.

서점 등에는 화장실이 있으니 거기로 가면 그만이긴 하다. 그렇지만, 앞서 말했듯 화장실에 가는 횟수를 늘리고 싶지 않았다.

게다가 화장실에 가는 것 자체가 퍽 위험한 일이다. 이 역시 앞서 적었지만, 화장실에 다 왔다고 생각하여 마음을 놓는 순간이 가장 위험하다. 화장실에 도착해 대변기 앞의 문을 열고 들어가는 순간, 가장 지릴 위험성이 높은 것이다.

그나마 지체 없이 바로 대변기에 앉을 수 있으면 다행이다. 만약 모든 칸에 사람이 들어가 있어서 기다려야 한다면, 그보다 힘들 수가 없다. '더는 못 참아. 화장실에 가자.'라고 단념해 버린 상태이기 때문에 거기서 더욱 '기다리라'고 해도 훈련이 덜 된 개처럼 못 기다린다. 나도 모르게 목소리를 내며 몸부림을 칠 만큼 괴롭다.

"그래요. 저도 지금, 소변을 참고 있습니다. 뭐가 문명입니까. 인간은 동물입니다. 소변 본능만으로도 정신이 이상해지는 단세포동물인 겁니다. 똑바로 아십시오." 그는 양손으로 자신의 볼을 할퀴고, 가슴을 강하게 때리며, 허리를 격렬하게 앞뒤로 흔들기 시작했다.

—쓰쓰이 야스타카, 「공중배뇨협회」 중에서[29]

대소변을 참는 것은 개그에서 종종 등장한다. 몸을 이리저리 꼬며 대소변을 참는 모습은 언뜻 보면 웃음을 참기 어려운 장면이다. 그렇지만 사실 당사자는 진땀을 흘리면서 자신의 생리적 감각과 싸우고 있는 것이다.

쓰쓰이 야스타카의 소설에 나오는 "뭐가 문명입니까. 인간은 동물입니다. 소변 본능만으로도 정신이 이상해지는 단세포동물인 겁니다."라는 구절을 읽고 나는 크게 감동했다.

무방비한 하반신

평범한 속옷과 바지만으로는 너무 무방비한 듯해서 무서웠다. 조금만 지려도 엉덩이에 얼룩이 생겨서 큰일 나니까. 인간은 소변이든 대변이든 언제 지릴지 모르는 존재인데, 왜 하반신을 가리는 속옷과 바지는 이렇게 얇은 거냐! 분개까지 했다.

건강할 때는 생각조차 하지 않은 일이었다만.

모두들 이렇게 무방비한 상태로 잘도 걸어 다닌다고, 처음 스커트를 입고 할 법한 감상을 평범한 남성의 옷차림에 대해 품었다. 다들 똑바로 배설을 제어해내는 것이었다. 나는 더 이상 제어하지 못한다는 사실을 새삼 뼈저리게 깨달았다.

아무튼 밖에서 사건을 일으키면 마음이 산산조각으로 부서질 위험성이 있었기 때문에 그것만은 피하고 싶었다.

병원에서는 성인용 기저귀를 이용하기도 했지만, 밖에서는 기저귀를 떠올리지 못했다. 왜 그랬는지 잘 기억나지는 않는데, 아마 그때는 지금처럼 기저귀가 얇지 않았고 꽤 부피가 컸기 때문이었을 것이다. 엉덩이가 두툼하게 부풀어 있으면, 그건 그것대로 이상하니까. 특히 그 무렵 나는 철사처럼 말라 있었다.

생리대를 쓰면 좋다고 가르쳐준 사람은 의사였다. 처음 들었을 때는 어떻게 저리 생각 없이 말하느냐고 생각했다. 남성인데 여성의 생리대를 차고 밖을 다니라니, 그렇게 변태 같은 짓을 추천하다니, 점점 더 내가 비참해지는 것 같았다.

그런데 텔레비전 등에서 나오는 생리대 광고를 보면 "많은 날도 안심"이라든지 "흡수력 업" 같은 말이 들렸다. 나도 모르게 '그렇구나…' 하고 신경이 쓰였다. 그러다 불현듯 정신이 들면 생리대의 성능에 귀 기울이는 나 자신이 한심했다.

이와 비슷한 하찮은 갈등을 거친 끝에 나는 마침내 생리대를 시험해봤다.

엄청나게 어색했다.

여성이 매달 며칠씩 사용하는 물건이니 훨씬 거슬리지 않게 진보했을 줄 알았다. 남성과 여성의 신체 구조가 다른 탓일 수도 있지만, 엉덩이로 느껴지는 어색함은 착용한 사실을 절대로 잊을 수 없게 했다. 여성은 힘들겠구나, 하고 진심으로 생각했다.

애초에 여성은 매달 출혈을 겪는 것이다. 물론 병 때문이 아니라 정상적인 것이니 내가 겪는 출혈과는 전혀 다르다. 하지만 여성은 정기적으로 피를 보는 데다 생리대를 반드시 써야 한다.

생리대 광고에서 "새지 않아요." 같은 카피가 쓰이는 이유는 여성들이 샐지 모른다는 불안을 느끼기 때문이다. 그런 상태를 수십 년이나 계속 겪는 것은, 정말 큰일이다.

내 멋대로 착각한 것일 수 있지만, 그때부터 여성을 향한 존경심이 훨씬 강해졌다.

생리대와 함께 밖으로

그런 과정을 거쳐 부끄럽지만 생리대를 착용하고 외출한 적이 있다. 그리고 생리대에 큰 도움을 받은 적도 있다.

지금도 생생히 기억하는 것은 한 커다란 빌딩의 사무실에 들어갈 수밖에 없었던 날이다.

그날 길을 가다가 더 이상 변의를 억누를 수 없게 되었다. 이러다 큰일 나겠다 싶었다. 하는 수 없이 근처의 전혀 모르는 사무실로 뛰어들어서 남녀 공용 화장실로 들어갔다. 다행히 아무에게도 들키지 않았다.

생리대에 조금 묻어 있었다. 충격이었다. 한편으로는 생리대를 사용하길 잘했다고, 부끄러움을 참은 보람이 있었다고, 기쁨도 느꼈다.

그런데 갑자기 문이 덜컹덜컹 열리려 했다.

"어? 누구 들어간 사람 없지?"

"뭐, 아무도 없을 텐데! 뭐야?"

여성 사원인 듯한 두 사람의 목소리가 들렸다. 사무실 사람이 아무도 들어가지 않았는데 화장실 문이 잠겨 있으니 수상할 만했다.

문은 잠겨 있었지만 여성들이 수상해하는 소리에 더욱 사람들이 모여들었다.

"뭐야, 이상해."

그런 소리도 들렸다. 변태가 들어가 있지 않을까 불안해했다.

문 너머에는 생리대를 손에 든 남자가 바지와 속옷을 내린 채 있었다. 변태로 보일 수밖에 없었다. 이게 현실인가 싶을 만큼 새파랗게 질렸다.

그 뒤에 어떻게 되었는가.

실은 잘 기억나지 않는다.

간신히 옷차림을 정돈하고 억지로 웃음을 지으며 문을 획 열고 화장실에서 나갔다. 거기까지는 분명하다.

그 뒤가 모호하다.

여성 몇 명이 앗, 하고 뒤로 물러났는데, 다행히 나는 양복 차림이라 수상쩍은 사람 같지는 않았을 것이다. "죄송해요. 배탈이 좀 나서요…"라고 웃으면서 고개를 숙이자 상대도 변태가 아니라고 안심했는지 딱딱하게 굳었던 표정을 풀고 웃어주었다. 그렇게 무사히 지나갔다.

─이런 기억이 있지만, 마음을 지키기 위해서 내가 나중에 만들어낸 기억 같기도 하다. 그런 가짜 기억에 기대야 할 만큼 마음에 깊은 상처를 남긴 일이 있었는지도 모른다.

어쨌든 경찰이나 경비원을 부르지는 않았던 것 같다.

굳이 책에 써야 할 만한 사건은 아니겠지만, 왠지 내게는 꽤 강한 인상을 남겼다. 손에 땀을 쥐는 상황이었다. 더욱 크고 중요한 일에 마음이 동요하는 사람도 있는데, 내 정신을 뒤흔드는 것은 배설과 관련한 일들이었다.

은둔형 외톨이 시작

그런 일들을 겪으며 나는 차츰 자택 요양 중에도 외출을 거의 하지 않게 되었다.

퇴원할 때는 자유롭게 나다니고 싶은 바람이 무척 강했지만, 변의를 계속 참고 지릴지 모른다는 불안을 계속 견뎌야 한다는 것을 떠올리면 주저하는 마음이 점점 강해져서 '오늘은 관두자.'라며 포기해버렸다. 그런 날들이 한참 동안 이어졌다. 다른 사람의 병이 옮을 위험성도 있어서 집에 틀어박히는 편이 안전했다.

나는 방에 혼자 있어야 합니다.
바닥에서 자면 침대에서 떨어질 염려가 없는 것처럼
혼자 있으면 아무 일도 일어나지 않습니다.
—카프카[30]

밖에 나가지 않으면, 밖에서 지릴 일도 없다. 병에 전염될 일도 없다. 당연하지만, 한번 이 생각에 빠져버리면 좀처럼 벗어날 수 없다. '밖에 나가봤자 딱히 재미있는 일도 없고.'라며 자기 합리화를 하는 심리까지 작용한다. 집에 있는 게 더 즐거운 듯한 느낌까지 든다.

집에 틀어박히는 것은,

가장 귀찮지 않고, 아무런 용기도 필요 없다.

그 외의 일을 하려고 하면,

아무리 해도 이상한 일이 일어나버린다.

—카프카[31]

그래도, 지리면서도, 밖에 나가는 것을 동경했고 그럴 수 있길 바랐다.

쓰치다 요시코가 지은 만화 『쓰루히메다~!』의 에피소드 「소풍을 갔지만…」을 보면 주인공 쓰루히메는 소풍에서 돌아가는 길에 설사를 한다.

"에잇, 할 수 없어. 착실하게 화장실을 찾다가는 해가 져서 위험해. 가면서 조금씩 쌀까."

이러고는 싸면서 걸어간다.

돌아가는 길은 쓰루히메밖에 몰라서 모두 쓰루히메를 뒤따라간다.

도중에 쓰루히메와 떨어져버린 바람에 "길 잃었나. 어떡하지." "어두워졌어." "무서워."라며 모두들 술렁거리는데, 한 명이 미끄러져서 넘어진다.

"아, 쓰루히메의 똥이다."

"와, 이제 살았어."

"다행이다, 다행이야."

"얘들아, 얼마 안 남았어. 힘내. 이걸 따라가면 산에서 내려 갈 수 있어."

얼마 안 가서 다량의 변이 봉긋이.

"와, 이만큼이나 쌌어."

"오, 긴장이 풀렸다는 증거야. 이제 산기슭이 코앞이야."

그렇게 모두 무사히 돌아간다.

이 에피소드를 읽고 정말 진심으로 부러웠다.

지리면서 걸어도 이렇게 받아들여준다면, 얼마나 좋을까….

당시 소녀만화계에서 쓰치다 요시코는 잘도 이런 만화를 그렸구나 감탄했다.

단순한 화장실 유머와 달리 형언하기 힘든 매력이 있어서 많은 기운을 얻었다. 아무튼 쓰루히메가 툭하면 싸는 캐릭터 라서. 누군가 이런 사람이 있길 바랐다.

그렇지만 현실은 만화와 다르다.

방에 적응 = 외부에 부적응

카프카의 「변신」에서 해충이 되어버린 주인공 그레고르 잠 자는 점점 취향과 습성이 변해간다. 해충으로 변했기 때문이 겠지만, 방에서 나가지 않고 계속 틀어박힌 것도 원인이었을 것이다.

나 역시 한참 동안 방에 틀어박혔던 탓에 취향과 성격이 꽤 여러 면에서 변했다. 감각도 방이라는 환경에 적응했는데 그 결과 바깥세상에 적응할 수 없게 되었다.

하기오 모토가 지은 단편만화 중 「슬로 다운」이라는 것이 있다.

주인공 청년은 감각 차단 실험의 피험자가 된다. 아무것도 없는 방에 갇혀서 열흘 동안 지낸다.

무사히 잘 견딘 끝에 실험은 종료.

"자, 텔레비전 볼 거야. 음악 들을 거야! 여자애랑 만날 거야. 디스코텍에도 갈 거야! 열흘짜리 자극! 자극을 줘."

그렇지만 바깥세상에 나와도 분명한 현실이라고 실감할 수가 없다.

"이상해… 전부 다… 실감이 안 나… 환상 같아…"

"확실한 건… 아무것도 없어… 아무것도 없는 그 방과 똑같아!"

나는 이 만화를 읽고 크게 감동했다. 내가 느꼈던 당혹감, 바깥세상을 대하며 느낀 불가사의한 비현실감, 그 느낌이 잘 담겨 있었다.

다른 사람에게 추천해봤지만 "그렇게 재밌어?"라든가 "잘 모르겠어." 하는 반응이 돌아왔다. 하기오 모토의 작품 중에서도 그렇게 유명하지는 않은 듯하다.

그래도 이 작품은 대단하다. 나는 굉장히 좋아한다.

풍경이 뒤로 움직인다

장기간 은둔형 외톨이였던 사람이라면 아마 '맞아, 맞아.'라며 공감해줄 듯한데, 오랜만에 외출하면 놀라운 것이 많다.

우선, 머리 위에 하늘이 있다는 데 놀란다.

너무 당연한 사실이고 하늘이야 방 안에서도 얼마든지 볼 수 있지만, 아무래도 밖에서 보는 하늘은 좀 다르다.

무엇보다 내 머리 바로 위에 있다. 내 정수리 위에 다른 건 없고 오로지 끝 모르고 높은 하늘만 있는 것이다. 그 하늘조차 내 눈이 있다고 보는 것일 뿐 실제로는 공기의 층에 지나지 않는다. 즉, 내 머리 위에는 아무것도 없다는 말이다. 끝없이, 끝없이, 아무것도 없다.

꽤 두려운 사실이다. 그래서 정신이 아득해진다.

가장 놀라운 사실은 내가 걸으면 주위 풍경이 뒤로 움직인다는 것이다.

이 역시 당연한 사실이다. 내가 앞으로 나아가면 주위 풍경은 뒤로 흘러가게 마련이다. 지극히 당연하다. 그렇지만 깜짝 놀란다. '오오!' 하고 말이다. 마치 3D 영상 같다.

여러 소리가 들리는 것도 놀랍다. 360도에서 소리가 들려오는데, 그야말로 서라운드다. 현대음악에는 자연음을 재구성해서 음악으로 만드는 '구체 음악musique concrète'이라는 장르가 있는데, 마치 그 음악을 듣는 듯하다.

이런저런 냄새도 난다. 바깥세상이라는 곳에 나가면 실로 수많은 냄새를 맡는다. 병이 옮을까 걱정되어 착용한 마스크를 인적 없는 곳에서 벗으면 한꺼번에 수많은 냄새가 들이닥친다.

세상은 이토록 냄새로 가득한 곳이었구나 놀랐다. 좋은 냄새든 불쾌한 냄새든, 전부 신선한 '세계의 냄새'라 흥미롭다. 세계가 풍요로워지는 듯한, 다채롭게 채색되는 듯한 느낌이다.

아기 같은 발바닥

전철역까지 10여 분을 걸어갔을 뿐인데, 장딴지에 근육통이 왔다.

다리라는 부위는 걷지 않으면 금세 약해진다. 이렇게 빨리 약해질 필요가 있을까 궁금할 정도로. 일주일 동안 내내 누워서 지내면 근력이 10~15퍼센트 저하된다고 한다. 은둔형 외톨이에게는 이 근력 저하가 심각한 문제다.

걷지 않으니까 발바닥은 점점 깨끗해진다. 각질화한 부분 따위는 아예 없어지고, 아기의 발바닥처럼 불그레하고 부드럽고 매끈매끈해진다. 발 모델도 할 수 있을 것 같았다.

신발을 신지 않기 때문에 무좀과도 전혀 연이 없게 된다.

오랫동안 입원했던 시인 나카조 후미코는 다음과 같은 시를 남겼다.

말라가는 발바닥 부드러워 개미 한 마리조차 밟은 적 없는 듯

—나카조 후미코, 『아름다운 독단』 중에서[32]

한참을 침대에 누워서 걷지 않다 보니 발바닥이 아무것도 밟은 적 없는 것처럼 되었다, 이런 뜻이 아닐까.

지금까지 살펴봤듯이, 집에 틀어박혀 있으면 정신적으로도 육체적으로도 여러 가지 변화가 일어난다.

강제적 고립에서 자발적 고립으로

그로부터 시간이 지나 나는 수술을 받았고, 지릴 걱정이 없어졌다. 프레드니솔론 복용량도 많이 줄어들어서 타인에게서 병이 옮을 위험성도 낮아졌다.

그러니 이제는 자유롭게 외출해도 상관없다.

붙잡는 것도 없고, 주저할 필요도 없다.

문은 열려 있다.

그렇지만 좀처럼 밖에 나갈 수 없다.

왠지 집에 있고 싶다.

모처럼 문이 열렸는데 나가려 하지 않는 것이다.

환자 생활 때문에 성격이 변한 탓이다. 기분 나쁜 일이다.

가능한 병에 걸리기 전의 나로 돌아가고 싶다.

그런데 간단히는 돌아갈 수 없다.

이제는 '집에 있는 게 좋아.'라는 마음이 마치 본심인 듯이 내면에서 끓어올라 나를 붙잡고 있다. 이성으로는 본심이 아니라는 걸 알지만, 좀처럼 나 자신을 설득할 수가 없다.

작가인 너새니얼 호손은 12년 동안 집에 틀어박혀서 생활했다고 한다.

나는 13년, 호손과 비슷하다.

호손 역시 밖에 나가기가 무섭다고 했다.

아마 오랫동안 집에서만 지낸 사람에게는 공통된 심리일 것이다.

오늘날에는 중년 이상의 은둔형 외톨이가 많다고 한다. 그중 많은 수가 젊은 시절부터 오랫동안 은둔형 외톨이로 지낸 사람들이다.

그런 사람들이 다시 밖으로 나가기 위해서는 원인부터 해결하는 것이 물론 필요하다. 그리고 밖에 나가 생활할 수 있도록 지원 체제도 갖춰야 한다.

그렇지만 그 일들에 만전을 기한다 해도 많은 은둔형 외톨이들이 나가려 하지 않을 것이다.

그러면 은둔형 외톨이를 위해 노력하고 지원한 사람들은 화를 낼지도 모른다. 감옥의 자물쇠를 부수고 문을 열어주고, 심지어 밖에 자리까지 마련해줬다. 그런데 대체 왜 나오지 않는 거냐. 화가 날 법도 하다.

그렇지만 나가고 싶어도 나가지 못하는 것이다. 그 이유는 당사자들도 잘 설명하지 못할 것이다.

영화 「쇼생크 탈출」에 이런 장면이 있다.

오랫동안 교도소에 갇혀 있던 사람이 가석방되어 자유로워졌는데, 바깥세상에 적응하지 못하고 끝내 '불안에서 해방되고 싶다.'라며 자살한다. 교도소에서 그 소식을 들은 다른 수용자가 담벼락을 가리키며 말한다.

"저 담을 봐. 처음에는 증오하고, 점점 익숙해지다가, 오랜 시간이 지나면 의지하게 돼."

병에 걸리지 않았다면, 그리고 병 때문에 방에 틀어박히지 않았다면, 지금 나는 대체 어떤 식으로 자유롭게 바깥세상을 즐기고 있을까. 이제는 상상하기도 어렵다.

코로나 때문에 다시 은둔형 외톨이로

현재 나는 간신히 은둔형 외톨이에서 벗어났다. 아직 완전히 전과 똑같지는 않지만….

…이런 문장을 쓰고 있었는데, 코로나 팬데믹 탓에 다시 방에 틀어박히게 되었다. 두더지가 땅속으로 되돌아갔다.

오랫동안 방 안에 틀어박혀야 하는 상황을 많은 사람들이 처음 경험했을 것이다.

집에만 있기 힘들다고 하는 사람들을 보니 꼭 오래전의 내 모습 같았다. 다들 강제로 틀어박히게 된 것이다.

이 장의 내용이 조금이나마 참고가 된다면 다행이겠다.

7장

질병이라는
악덕 기업

아아, 신이여. 환희의 하루를 나에게 주십시오.
저는 한참 동안 마음속 깊은 곳에서
우러난 기쁨을 누리지 못했습니다.
언젠가 다시 그럴 날이 돌아올까요?
더 이상 절대 없을까요?
그럴 수가! 너무나 잔혹합니다.

● 베토벤[33]

병도 쉬는 날이 있다면

"내가 가기는 귀찮으니까 대신 화장실 좀 갔다 와."

이런 시시한 농담.

다른 일은 대신해달라고 할 수 있는데, 화장실은 그럴 수 없다. 당연하긴 한데, 어쩐지 좀 신기하기도 하다.

병 또한 다른 사람이 대신해줄 수 없다.

그래도 "조금만 대신해줘."라고 말하고 싶다. 엄청 말하고 싶다. 농담이 아니라 진심이 담긴 절실한 소원으로 "아주 잠깐이라도 좋으니까 대신해줘."라고 말하고 싶다.

왜냐하면 병은 쉬지 않기 때문이다. 병에 걸린 동안에는 계속 환자다.

감기 때문에 일주일 동안 열이 계속되어 누운 채 지내다 보면 '아, 좀 쉬고 싶다.'라고 생각하지 않는가? 몇 분이라도 좋으니 잠깐 숨 좀 돌리고 싶다고 생각한 적은 없는가?

병에 걸린 상태가 일주일은커녕 1개월, 1년, 10년 계속되면 절실하게 휴식을 원하는 것도 당연하다. 그동안 매일매일

24시간 내내 쉬지 않고 아팠으니까. 어떤 악덕 기업도 이보다 지독하지는 않을 것이다.

병에는 휴가를 달라고 호소할 곳도 없다. 시위를 벌여도 소용없다. 환자인데 과로사할 듯한 상황을 그저 견뎌야 하는 것이다.

오랫동안 병과 함께한 사람은 첫 번째 소원으로 병이 낫기를 빌 테고, 두 번째 소원으로는 아주 잠깐이라도 좋으니 '병의 휴일'이 있기를 원하지 않을까.

병의 고통을 계속 견뎌왔던 시인 마사오카 시키는 이런 문장을 남겼다.

바라건대 신이 일단 내게 하루의 여유를 주시어 24시간 동안 자유롭게 몸을 움직일 수 있다면 부식副食을 있는 대로 탐하겠다.

—마사오카 시키, 『묵즙일적』 중에서[34]

아이가 병에 걸리면 부모는 "내가 대신 아파주고 싶다."라고 한다. 그런 말을 듣고 정말 그럴 수 있으면 얼마나 굉장할까 생각한다.

계속 대신해주지 않아도, 일주일에 하루라도 괜찮다. 일주일에 단 하루는 병을 타인에게 넘겨주고 나는 건강해지는 것이다. 가고 싶은 곳에 가고, 하고 싶은 걸 하면서 그날만은 내가 환자라는 사실을 잊고 내 몸에 대해서도 전혀 신경 쓰지 않고 생활한다.

정말 달콤한 꿈같은 하루다.

나를 대신해준 사람에게는 형언할 수 없을 만큼 감사할 것이다.

『도라에몽』을 그린 후지코 F. 후지오의 단편만화 「미래 도둑」에는 병으로 누워서 지내는 나이 많은 대부호가 등장한다. 대부호는 건강이나 젊음보다 돈을 우선하는 중학교 3학년 학생과 합의하여 신체를 교환한다.

당연히 중학생은 크게 후회한다. 대부호는 젊고 건강한 육체를 손에 넣고 무엇을 해도 즐거워서 "정말 행복해…."라며 눈물을 흘린다.

그렇지만 결말에서 대부호는 육체를 소년에게 돌려준다. "겨우 며칠 동안 바꿨을 뿐이지만 내게는 수십 년만큼 꽉 찬 날들이었어."라며 만족감을 품고 죽음을 기다린다.

이 단편을 처음 읽었을 때는 '나 같으면 절대로 몸을 돌려주지 않을 거야.' '이 결말은 너무 착한 거 아냐?'라고 생각했다. 영 언짢았다. 후지코 F. 후지오를 정말 좋아했지만 '환자의 마음을 전혀 몰라.'라는 생각도 했다.

그렇지만 병과 함께한 시간이 길어질수록 그 결말이야말로 진실이라는 것을 깨달았다.

겨우 며칠이라도 완전히 건강하게 보낼 수 있다면, 얼마나 감동하고 얼마나 만족할까. 그동안 괴로웠던 만큼 감동도 클 것이다. 그리고 그런 며칠을 준 소년에게 잔인한 짓을 할 수는 없을 것이다.

후지코 F. 후지오는 역시 대단했다.

몸을 돌려주는 장면이 있기에 몇 번을 읽어도 눈물이 흐른다.

병을 잊고 싶어

오래전, 요시와라*에서 이름을 날리던 기녀 다카오 다유가 센다이의 영주인 다테 쓰나무네에게 편지를 보냈다.

잊은 적이 없기에 떠올린 적이 없사옵니다.

당신을 떠올리지는 않습니다. 왜냐하면 한시도 잊은 적이 없으니까요. 이 편지에 다테 쓰나무네는 몹시 감격했다고 한다.

병도 그야말로 "잊은 적이 없기에 떠올린 적이 없"는 것인

*　　　吉原. 에도 시대에 수도 외곽에 조성된 정부 공인 유곽 거리.

데, 잠시도 잊을 수가 없어서 떠올릴 필요가 없다.

이 '병에 걸린 것을 잊는 순간'이 없다는 점이 무척 고통스럽다.

예전에 한 의사와 사적인 자리에서 만난 적이 있다. 명의였고 인격도 훌륭했다.

만성 통증에 시달리는 환자들을 많이 진료한다고 했다. 그런 환자들은 초조해하는 경우가 많아서 의사는 고함치며 화내는 환자들에게 자주 사과한다고 했다. 힘들겠다고 생각했다.

"(그런 환자들은) 자기만 힘든 줄 알아. 누구나 힘든 일을 겪고 있는데, 그걸 몰라."

그렇게 말하더니 의사는 잔에 담긴 맥주를 맛있게 들이켰다.

"그러게요."라고 맞장구를 쳐야 했지만, 그럴 수 없었다.

누구에게나 힘든 일이 있는 건 맞다. 그리고 만성 통증 환자보다 그 의사가 훨씬 힘들지도 모른다.

그렇지만 설령 의사가 100배 더 힘든 일을 치른다 해도, 그는 근무를 마치면 이렇게 맥주를 마시며 한숨 돌릴 수 있다. 긴장을 풀고 편히 쉴 수 있다. 휴식 시간이 의사에게는 있다.

만성 통증 환자는, 저녁이 되었다고 통증이 물러가지 않는다. 통증이 끊어졌다 이어졌다 하는 경우도 있겠지만, 그래도 불안과 긴장은 계속 이어질 것이다.

이 차이는, 정말 크다.

계속 쉼 없이 달리는 것과 도중에 잠깐씩 쉬면서 달리는 것은 전혀 다르듯이.

쉬는 시간이 전혀 없는 것은 말로 할 수 없을 만큼 사람을 지치게 한다.

고통이라는 말에 '단계'를 떠올리는 경우가 많다. 5단계의 고통보다 10단계의 고통이 훨씬 힘들다는 식으로.

물론 틀린 말은 아니다.

다만, 1단계의 고통이라 해도 계속 끊이지 않으면 굉장한 것이 된다. 그러니 단계뿐 아니라 시간이라는 요소도 빠뜨려서는 안 된다. 나아가 그 시간에 관해서도 '휴식'이 있는지 없는지가 중요하다. 365일 24시간 내내 휴식 없이 환자로 지냈던 경험으로부터 내가 체감한 것이다.

'물방울로 바위를 뚫는다.'라고 하는데, 정말 맞는 말이다. 계속 병에 걸린 채 생활하다 보면 그 말이 뼈저리게 와닿는다.

끊기지 않는 신호

영화인가 드라마에서 희한한 고문을 본 적이 있다.

때리고 걷어차는 평범한 고문으로는 입을 열지 않는 남자를 침대에 고정하더니 볼에 물방울을 떨어뜨리기 시작했다.

"어떤 고문을 견뎌도 이것까지 참아낸 놈은 없어. 며칠 지나면 너는 용서해달라고 울면서 매달릴 거다." 악당이 히죽거리며 말했다.

신기해서 인상에 깊게 남았다. 볼에 한 방울씩 물이 떨어진들, 아프지도 가렵지도 않다. 저런 게 고문인가 의아했다.

그랬지만 오랫동안 병과 함께하다 보니 쉬지 않고 무언가 자극하고, 신호가 계속 전해지는 것이 얼마나 고통스러운지 잘 알게 되었다.

병에 걸리면 문제가 있는 기관에 신경이 집중된다. 어쩔 수 없이 의식이 그쪽으로 향한다. 고통 때문에 의식할 수밖에 없는 경우도 있다. 앞서 1장에서 인용했는데, 바로 다음 같은 상태가 된다.

건강할 때 우리는 몸속 장기의 존재를 알지 못한다.
우리에게 장기의 존재를 알려주는 것은 바로 병이다.
장기의 중요성과 연약함, 장기를 향한 우리의 의존 등을
이해시켜주는 것도 질병이다.
여기에는 무언가 냉혹함이 있다.
장기에 대해서 잊고 싶어도 소용없다.
병이 그러도록 놔두지 않는 것이다.

—에밀 시오랑, 『시간을 향한 추락』 중에서

내 경우에는 대장이었는데, 보통 배탈 등이 나지 않는 이상 대장 따위를 의식할 일은 없을 것이다. 어디에 어떻게 있는지 모르는 사람도 많을 듯싶다.

그에 비해 나는 조금 움직였다든지 약간 아프다든지 하는 다양하고 사소한 신호까지 일일이 의식이 반응해버린다. 그리고 '이건 문제없을 거야. 분명히 괜찮을 거야.' 또는 '이건 좀 걱정되는데. 좀더 상태를 지켜보자.' 하고 일일이 판단하기도 걱정하기도 한다. 적군이 언제 들이닥칠지 몰라서 신경을 곤두세우고 레이더를 노려보는 병사 같은 것이다.

그런 상태가 몇 년이나 계속되면 울면서 사정하고 싶다. "더는 싫어. 제발 용서해줘."

문제는 사정할 상대가 없다는 것이다.

육체에 사로잡히다

많은 종교에서 육체와 영혼을 별개의 것으로 여긴다. 육체가 소멸해도 영혼은 남길 바라는, 불멸에 대한 소망이 주된 이유일 것이다.

그런데 나는 거기에 한 가지 이유가 더 있는 것 같다.

영혼과 육체가 일체라는 것에 사람들이 지쳐버렸기 때문은 아닐까?

병에 걸리지 않은 평범한 사람이라도 같은 육체로 계속 살다 보면 지칠 것 같다.

우리는 자신의 피부 안에 사로잡혀 있다.
　—비트겐슈타인[35]

비트겐슈타인이 이 말을 무슨 뜻으로 했는지는 알 수 없다. 다만, 이런 구속감을 느껴본 사람이 적지 않을 듯하다.

칼집이나 완두콩 꼬투리처럼 한순간도 몸과 분리될 수 없다.
　—버지니아 울프, 「질병에 관하여」 중에서[36]

육체의 제약, 고통 등의 신호, 용모. 이런 것들에서 자유로워져 영혼만으로 날아다니고 싶다는 바람이 누구에게나 마음속 한구석에 있지 않을까.

적어도 다른 사람 또는 존재가 되어보고 싶다는 생각은 대부분 사람이 해보았을 것이다. 하루만 기무라 타쿠야가 되고 싶다든지, 하루만 아라가키 유이가 되고 싶다든지, 하루만 메시가 되고 싶다든지, 하루만 새가 되고 싶다든지….

그런 소원을 품어본 날이 있을 것이다.

그런 망상은 전혀 무의미하지 않다. 그로부터 같은 정신이라도 육체가 변하면 많은 것이 달라진다는 깨달음을 얻을 수 있다. 즉, 육체가 우리에게 많은 제약을 걸고 있는 것이다.

자동차를 운전할 때 성격이 달라지는 사람이 있다. 자동차와 일체화하여 육체적 힘이 강해짐으로써 성격까지 변화하는 것이리라.

술에 취하고 싶은 것도 계속 똑같은 자신으로 있다가 일종의 휴식을 가지려고 하는 것이 아닐까? 술을 마시면 가장 먼저 마비되는 것은 자기 자신을 바라보는 기능 같다. 곤드레만드레가 되는 것도 육체의 제약에서 해방되어 영혼이 자유로워지기 위해서인지 모른다. 지나친 생각일 수 있다만.

병에 걸린 몸으로 살아가는 것

앙리 조르주 클루조 감독의 「공포의 보수」라는 영화가 있다. 약한 충격으로도 폭발하는 니트로글리세린. 그걸 트럭에 가득 싣고 500킬로미터 떨어진 목적지까지 배달하는 과정을 그린 스릴러 영화다.

자동차 추격신이 주는 스릴은 없다. 트럭은 아주 천천히 달린다. 그러나 길이 험해 계속 흔들리고 낙석 등도 있어 언제 꽝 하고 폭발할지 모르는 상황이 스릴을 자아낸다. 손에 땀을 쥐고 보게 된다.

병에 걸리기 전에 보았을 때는 '이런 목숨을 건 긴장감은 도저히 못 견딜 거야.'라고 생각했는데, 병에 걸린 뒤에 보니 굉장히 친근감이 들었다. 친근감이라면 좀 이상하지만, 언제 무슨 일이 터질지 모르는 긴장감을 계속 견뎌야 한다는 점에서 등장인물과 나는 처지가 비슷했다. 위험천만한 내 신체를 신중하게 운전해야 하는 것이다.

그러고 보면 인간의 신체란 터무니없이 연약하다. 건강한 사람도 마찬가지다.

길을 가다 이런 생각을 한 적은 없을까. 몇 미터 옆의 도로로 나가면 곧장 자동차에 치여서 죽어버린다. 죽지 않아도 중상을 입고 만다.

인간의 신체는 정말 연약하다. 좀더 튼튼해도 괜찮지 않을까 생각할 정도로.

나는 어렸을 적에 애니메이션 「톰과 제리」를 무척 좋아했다.

톰도 제리도, 몸에 구멍이 나든, 머리가 날아가든, 전신이 짓눌리든, 다음 장면에서는 원래대로 돌아간다. 그 애니메이션에는 정말로 꿈이 있었다.

나는 호러 영화를 싫어하는데, 왠지 좀비 영화는 좋아한다.

좀비는 죽어도 죽지 않는다. 신체에 아무리 상처를 입혀도 다시 일어나서 쫓아온다. 대단하기 그지없다.

육체의 연약함, 그 때문에 세심하게 주의를 기울여야 하는 삶의 괴로움, 그런 것들에서 「톰과 제리」와 좀비 영화가 비롯되지는 않았을까? 이런 생각까지 든다.

사라진 보상

애초에 인간의 몸은 정비하는 데 굉장히 많은 수고가 필요하다.

목욕을 하고, 이를 닦고, 옷을 갈아입고, 식사를 하고, 배설을 하고, 머리를 자르고, 손톱을 깎고, 털을 밀고, 장시간 잠을 자고….

만약 기계였다면 '더 간단히 정비할 수 있게 해!'라는 불만이 쇄도했을 것이다.

그럼에도 불구하고 다들 별로 고통스럽다고 여기지 않는 것은 그만큼 보상이 있기 때문이다. 먹으면 맛있고, 배설하면 시원하고, 씻으면 후련하다. 잠잘 때가 제일 좋다는 사람도 있다. 「공포의 보수」에 나오는 등장인물들도 고액의 보상 때문에 니트로글리세린을 배달했다.

그렇지만 환자에게는 아무런 보상이 없다.

예컨대 내 경우에는 배설을 자주 했지만 배설의 쾌감과 상쾌함이 그만큼 늘어나지는 않았다. 반대로 아예 사라졌다. 그저 고통뿐. 배설하기 전에도 고통스럽고, 배설한 후에도 고통이 남았다.

정비는 다른 평범한 사람들에 비해 몇 배나 해야 하는데, 보상은 없어지고 고통만 더해졌다.

병이라는 악덕 기업은 월급도 주지 않는다. 오히려 내가 지불해야 하지.

병과 싸운다는 것

낫지 않는 병에 걸리면, 병과 '싸우는 것'이 아니라 잘 '함께하는 것'이 중요하다는 말을 종종 듣는다.

잘되기를 바라서 하는 말이고, 분명히 그 말대로 하는 게 좋다. 낫지 않는 병이니 맞서 싸워봤자 무의미하다. 잘 함께하는 게 낫다. 악덕 기업을 그만둘 수 없다면 반항해도 무의미하니 잘 다녀보려 노력하는 게 낫다는 말이다.

나는 아무래도 그런 말을 납득할 수 없었다.

무엇보다 나는 함께하기 싫었다.

좋아하지도 않는 사람과 억지로 결혼하라고 강요하는 것이나 마찬가지다. "너 잘되라고 하는 말이야."라고 한들, 설령 옳은 말이라 해도, 납득하기는 어렵다.

병과 잘 함께하는 사람도 틀림없이 있다. 그중에는 "병에 걸려 다행이다."라는 말까지 하는 사람도 있다.

"병과 싸우던 때는 힘들었지만, 지금은 그걸 뛰어넘고 병과 잘 함께하고 있다. 이제는 병에 걸려서 다행이라고 생각한다. 병 덕분에 좋은 일들도 많았다."

이렇게 말하며 따뜻한 사람들과 만난 일이나 일상의 사소한 행복 등을 예로 든다.

무척 감동적인 이야기다.

저런 경지에 도달해서 저 사람은 다행이겠구나 하고도 생각한다.

그렇지만 내게 그런 깨달음은 무리다.

나를 속일 수 없다는 생각이 자꾸 든다. 무엇보다 병에 걸리지 않는 게 좋지 않은가.

어쩌면 이 생각은 내가 아직 그 정도로 궁지에 몰리지 않았다는 증거인지도 모른다. 깨달음의 경지에 도달한 사람들은 그러지 않고서는 살아갈 수 없을 만큼 깊은 절망에 빠져보았는지도 모른다.

병과 하는 싸움이 적극적인 것이라면 좀더 버티기 쉬울 것이다. 그렇지만 병과 하는 싸움이라는 것은 훨씬 수동적이고 소극적이다.

그 차이는 「포세이돈 어드벤처」와 「위기의 핵잠수함」이라는 두 영화를 비교해보면 이해하기 쉬울 듯싶다.

「포세이돈 어드벤처」에서는 전복되어 상하가 뒤집힌 거대한 배에서 등장인물들이 어떻게든 탈출하려 애쓴다. 「위기의 핵잠수함」에서는 해저에 가라앉아 움직일 수 없는 잠수함 안에서 어떻게든 구출을 받으려 한다.

비슷해 보이지만, 큰 차이가 있다. 「포세이돈 어드벤처」는 등장인물들이 스스로 노력하고 행동해서 살아남으려 한다. 그에 비해 「위기의 핵잠수함」은 깊은 바다에 갇혀 있기 때문에 스스로 할 수 있는 것이 훨씬 적다. 해상에서 구조해주길 기대할 수밖에 없다.

이 차이는 생각보다 무척 크다. 둘 다 잘 만든 영화임에도 불구하고 「포세이돈 어드벤처」가 지금까지 인기 있는 반면 「위기의 핵잠수함」을 기억하는 사람은 적은 것에는 이런 차이가 큰 영향을 미쳤다고 생각한다.

병에 걸린 후 「위기의 핵잠수함」을 보고 역시 공감할 수밖에 없었다.

병 역시 내가 스스로 노력해서 어떻게 할 수 있는 것은 적다. 의사의 손길에 기댈 수밖에 없다. 해저에서 수압에 짓눌릴 걸 불안해하고 두려워하면서 그저 기다릴 수밖에 없는 것이다. 기다리는 동안에도 여기저기서 물이 새고, 무선이 끊기고, 이런저런 문제들이 차례차례 일어난다.

그런 상황과 잘 함께할 수 있을까. 나는 도저히 그럴 수 없을 것 같다.

주술적 사고

병 때문에 궁지에 몰리다 얻은 것이 깨달음만은 아니다.
점차 주술적 사고도 강해지기 십상이다.

야마다 다이치의 소설 『마지막에 본 거리』에 따르면, 제2차
세계대전 중에는 다음과 같은 미신이 유행했다고 한다.

"금붕어를 집에 모시면 폭탄을 피할 수 있다."

"아침밥으로 염교 절임만 먹으면 총알에 맞지 않는다." [37]

미군의 공습은 민간인에게 피할 수 없는 것이다. 묻지도 따
지지도 않고 머리 위에서 폭탄이 떨어질 뿐. 내 근처에 떨어지
지 않기를 바랄 수밖에 없다.

내 힘으로는 어떻게 할 수 없는 데다 불안과 긴장이 쉬지
않고 계속될 때, 사람은 금붕어든 염교든 믿기 시작한다.

그걸 바보 같다고 비웃기는 간단하다. 하지만 비웃은 사람
도 같은 상황에 처하면 틀림없이 금붕어를 숭배할 것이다. 누
구도 미신을 믿는 사람들을 비판할 수는 없다.

병에 걸린 사람은 누가 봐도 이상한 치료법이나 신흥 종교
에 쉽게 빠져든다. 금붕어 사례와 완전히 똑같다. "왜 그런 바
보 같은 짓을 해."라고 아무리 얘기한들 아무 소용이 없다.

항상 밝게 있을 수밖에

나는 병원에서 "열심히 한다." 혹은 "잘 참는다." 같은 말을 간호사들에게서 들었다.

정말 뜻밖이었다. 간호사도 그런 식으로 생각하는구나 싶었다. (딱히 비난하는 것은 아니다. 그저 의외였을 뿐이다.)

"열심히 한다."라니, 애초에 노력하지 않으면 큰일이 벌어지는 상황이었다.

벼랑에 매달려 떨어지기 직전인데, 전력으로 기어오르지 않는 인간이 있을까? 그러는 와중에 "열심히 한다."라는 말을 들으면 깜짝 놀라게 마련이다.

"잘 참는다."라는 말도 마찬가지다. 실은 인내심 따위 전혀 강하지 않다.

잘 참지 않으면 끝도 없기 때문이었다. 사실은 어린아이처럼 바닥에서 버둥거리며 "아픈 거 싫어!"라고 떼를 쓰고 싶었다. 하지만 그랬다가는 외려 정신이 못 버티지 않을까 두려웠다.

한 간호사는 "그렇게 어두운 표정 짓지 마요."라고 수십 차례나 주의를 주었다.

어두운 표정을 지으려는 것은 아니었다. 그때는 수혈을 고려할 만큼 빈혈이 심해서 얼굴이 창백했고, 단번에 체중이 26킬로그램이나 빠져서 몸도 비썩 마른 상태였다. 그러니 아무래도 얼굴에 기운이 없을 수밖에 없었다.

'가능한 주문을 해.'라고 생각했다. 하지만 실제로 병원에서는 아픔으로 몸부림치는 경우를 제외하고 웬만큼 증상이 안정된 사람에게는 꽤 밝게 행동하기를 요구한다. 그 간호사처럼 분명히 말하는 사람은 드물지만, 언행이 밝은 환자는 확실히 칭찬과 호감을 받는다.

입원 중에는 내 목숨이 의사와 간호사에게 달려 있기 때문에 어쩔 수 없이 그들이 나를 좋아해줬으면 하는 비굴한 마음이 강해진다.

그래서 다들 밝게 행동하려 한다.

6인 병실의 환자끼리도 싸우거나 하면 서먹해지기 때문에 가능한 다투지 않게끔 서로 웃는 얼굴로 마주한다.

밝게 있으려는 자세는 물론 바람직한 것이다.

밝게 지내면 행복이 찾아온다고 말하는 사람도 있지 않은가.

그렇지만 입원이란 매일 24시간 계속되는 것이다. 휴식이라고는 없다. (외출이 가능한 사람 빼고.) 그런 생활을 몇 달씩 하면 바람직한 자세를 따질 형편이 아니게 된다.

즉, 나라는 냄비에는 다양한 감정이 담겨 있는데 항상 밝은 면만 꺼내야 하는 것이다. 나머지 감정은 냄비에 담아둔 채 뚜껑을 덮는데, 머지않아 부글부글 소리를 내기 시작한다.

뭐, 그래서 대체로 가족과 싸움이 난다. 부딪칠 상대라고는 가족밖에 없으니까.

아예 부딪칠 가족이 없는 사람은 매우 비극적인 상황에 처하게 된다.

내가 '감정표현불능증'에 빠진 이유도 그저 지쳤기 때문은 아닐 것이다. 아마 오랫동안 감정을 억제한 탓도 있을 것이다.

더 이상 억제할 수 없는 한계에 도달했던 것 아닐까.

감정표현불능증이라는 상태는 정말로 기분 나쁜 것이다. 자기 자신이 봐도 불쾌할 정도로.

슬픔은 최악의 것이 아니다.

—카프카, 일기 중에서[38]

이 말의 의미를 비로소 알 것 같았다.

슬프다는 말은 아직 감정이 살아 있다는 뜻이다. 그보다 더 바닥도 있었다.

그래도 무모한 짓을

간호사가 내게 "열심히 한다."라거나 "잘 참는다."라고 말한 것에는 그럴 법한 이유가 있다. 노력하지 않고 참지 않는 환자도 있기 때문이다.

　사실 그런 환자들이야말로 용기가 있다고 할 수 있다.

　앞서 적었듯이 내게는 폭음·폭식에 대한 동경이 있다. 한참 동안 음식에 항상 신경 써왔는데, 정말이지 지긋지긋했다. 무모한 짓을 하고 싶었다.

　그래도 참았다. 노력해서 참았다. 그러지 않으면 큰일 나니까.

　그런데 큰일 난다는 걸 알면서 참지 않는 사람도 있다. 나는 그들이 단순히 의지가 약해서 그런 것은 아니라고 생각한다.

　휴식 없는 질병에 반역을 일으킨 것이다.

　한 아저씨를 예로 들어보겠다.

　내가 입원 직후 2인 병실에 들어갔을 때 함께 병실을 썼던 사람이다. 어떤 병인지는 몰랐지만 간호사가 거듭거듭 "낫토는 드시면 안 돼요."라고 주의를 주었다.

　어느 날 밤, 자다 깼는데 옆 침대와 경계 역할을 하는 커튼 아래로 뭔가가 흐르고 있었다. 물치고는 까맸다. 자세히 보니, 피였다. 피가 바닥에 퍼져 있었다.

　나는 깜짝 놀라서 허둥지둥 간호사 호출 버튼을 눌렀다. 간호사와 의사가 서둘러서 병실로 오더니 처치를 했다. 퍽 큰일 같았다.

　생명에 지장은 없었는데, 이튿날 아침 간호사가 아저씨를 혼냈다.

　"낫토 드셨죠!"

아무래도 그 때문에 한밤중에 크게 출혈이 일어난 것 같았다. (나는 의학적 지식이 없어서 어떻게 낫토가 그런 일을 일으켰는지는 모르지만.)

그 아저씨는 낫토를 먹으면 출혈이 일어난다는 걸 잘 알고 있었다. 그래도 먹었다.

순식간의 쾌락을 사서 일주 내내 울부짖고
노리개를 얻으려고 영원을 팔 자가 누구인가?
포도 한 알 얻으려고 넝쿨을 죽일 자가 누구인가?
—셰익스피어, 「루크리스의 겁탈」 중에서[39]

그런 사람이 있었다.
아저씨가 그런 일을 한 것이다.

낫토에는 알코올처럼 중독성이 있지 않다. 그러니 도저히 참지 못했을 리는 없다. 아무리 좋아하는 음식이라도 큰 출혈이 일어난다는 결과를 알면 대부분은 먹지 않을 것이다.

그럼에도 불구하고 아저씨는 먹었다.

그때 나는 막 병에 걸린 참이라서 '무모한 짓을 하는 사람이네.'라며 놀라기만 했다.

그렇지만 지금은 아저씨의 마음을 잘 알 것 같다. (착각일 수도 있지만.)

아저씨는 항상 조심하는 데 넌덜머리가 나버렸던 것이 아닐까? 휴식이라고는 전혀 없는 병을 더 이상 참지 못했던 것이 아닐까?

그래서 반역을 일으켰다.

먹어서는 안 되는 음식을 먹어버렸다.

그런 짓을 해봤자 아무것도 달라지지 않는다. 자기만 힘들 뿐이다. 그리고 의사, 간호사, 옆자리 남자한테 폐를 끼치게 된다.

그럼에도 불구하고 그런 짓을 해버린 것이다.

야마다 다이치가 각본을 쓴 「실버 시트」라는 텔레비전 드라마가 있다. 「남자들의 여로」라는 시리즈의 제3부 제1화였다.

양로원의 노인들이 전철을 탈취한다. 그런데 그 정도 일을 저질러놓고 아무것도 요구하지 않는다. 메시지를 발신하지도 않는다.

한 남자가 대표로 노인들의 이야기를 들으러 간다. 노인들은 어떤 주장도 할 생각이 없다고 한다. 말해봤자 당신들은 이해할 수 없고 어쩔 수도 없다고.

대표인 남자는 노인들을 비난한다. 어쩔 수 없는 일이고, 말해도 이해할 수 없다면, 어째서 이런 일을 저질렀냐고.

그때 노인 중 한 명이 답한다.

"그래도 말이야, 그래도, 와아 하고, 와아 하고 무모한 짓을 하고 싶은 노인의 마음을 너는, 당신은, 알 수 없어. 모른다고, 너는⋯."

—야마다 다이치, 「실버 시트」 중에서[40]

이 장면은 몇 번을 봐도 눈물이 난다.

내게는 낫토 아저씨 같은 용기가 없었다. 겁쟁이라 그런 일은 할 수 없었다.

쓸모없다는 걸 알면서도 병이라는 악덕 기업에 와아 하고 반기를 든 아저씨를, 지금 나는 무척 동경한다.

8장

찰거머리 같은
고독

비파 열매를 몇 개 먹고 돌아가는 너도
내 죽음의 바깥에 있네

● 나카조 후미코, 『아름다운 독단』 중에서[41]

잘 알면서도 체감하지 못한 것

병에 걸리고 놀란 사실은 몹시 고독해진다는 것이다.

병에 걸리면 사람이 떠나간다는, 그런 말은 아니다. (그렇기도 하다만.) 주위에 사람들이 있어주어도 '고독하네…'라고 통절히 느낀다는 말이다.

처음 그런 느낌을 받은 것은 병에 걸리고 얼마 지나지 않아서 가족과 함께 텔레비전을 볼 때였다. 예능 프로그램이었던 것 같은데, 가족 모두가 웃음을 터뜨렸다. 재미있어서 그 순간 절로 웃음이 나온 것이었다.

아무 걱정 없어 보이는 가족의 웃는 얼굴에 남몰래 충격을 받았다.

물론 나는 웃지 못했다. 희귀질환 선고를 받아서 고민하며 괴로워하던 시기라 웃을 처지가 아니었다. 무리해서 웃을 수는 있었지만 마음속 한구석에는 항상 병이 자리 잡고 있었다. 한시도 잊을 수 없었다.

그렇지만 가족은 아무리 나를 걱정하고 마음 쓴다고 해도,

한순간은 내 병을 잊을 수 있었다. 재미있거나 맛있거나 바람이 상쾌할 때, 그 순간에는 고민을 잊는 것이다.

당연한 일이다. 정말 가까이에서 걱정해주는 사람도 당사자와는 다를 수밖에 없다. 그런 건 나도 뻔히 알고 있다.

알고는 있었지만 머릿속의 이론에 불과했다. 내가 처음 그 사실을 체감하며 분명히 인식한 것은 그때가 처음이었다.

'아, 그런가. 그렇구나.'

진심으로 걱정해주는 사람이 있어도 결국 마지막까지 고뇌하는 것은 나 자신뿐이라는 것.

다른 사람의 웃는 얼굴을 보고 그렇게나 거리감을 느낀 건 그때가 처음이었다.

당사자는 나뿐이라는 고독

내게는 아무도 없습니다.

여기에는 아무도 없는 겁니다,

불안밖에는.

불안과 내가 서로 달라붙어서

밤새도록 이리저리 구르고 있는 겁니다.

―카프카[42]

이 글을 읽고 처음에는 좀 의아했다. 카프카에게는 가족도 있고, 사이좋은 누이도 있고, 친구도 있고, 연인도 있었다. 그런데 "내게는 아무도 없습니다."라니, 좀 지나치지 않은가.

그렇지만 오랫동안 투병을 하다 보니 이 글이 무척이나 이해되었다.

누가 뭐라 하든, 당사자는 나 자신뿐인 것이다.

나 혼자서 불안을 떠안고 이리저리 구르는 수밖에 없다.

비파 열매를 몇 개 먹고 돌아가는 너도 내 죽음의 바깥에 있네

—나카조 후미코, 『아름다운 독단』 중에서

이 시에서 문병을 온 사람은 틀림없이 아픈 이를 매우 걱정해주는 사람이었을 것이다. 당사자 이상으로 걱정했을지도 모른다.

그렇지만, 그렇다 해도, 당사자는 아니다. 결국은 바깥에 있는 사람이다.

당사자는 자기뿐이라는 당연한 사실을 새삼스레 놀라운 것처럼 깨달았다고, 이 시가 노래하는 것은 아닐까.

이해할 수 없는 존재가 되어간다는 고독

'당사자는 자신뿐'이라는 고독 외에 '내 마음은 아무도 모른다'는 고독도 있다.

가령 우주인과 만났다고 해보자. 그 만남이 어떤 경험이었는지, 그 우주인과 만나보지 않은 사람에게는 도저히 전할 수 없다. 최대한 노력하고 설명해도 진정 이해시킬 수는 없어서 답답할 것이다.

병에도— 물론 우주인과 만난 것 정도는 아니지만—그런 점이 있다.

입원했을 때 병실에서 종종 "이 고통은 아무도 몰라."라는 말을 들었다.

같은 병실에 장기 입원 중인 사람이 많았는데, 그들은 가족이나 문병객에게 자주 그런 말을 했다. 환자끼리 대화할 때도 "당신의 병도 많이 힘들 것 같은데, 그래도 당신이 내 고통을 알 수는 없어."라는 사람이 많았다.

입원한 지 얼마 안 되었을 무렵에는 '왜 저런 말을 할까.'라고 생각했다. "당신은 몰라."라고 하면 대화는 거기서 끝난다. 애써서 걱정해주는 사람들을 떼미는 셈이다.

가령 자녀가 없는 사람이 육아 고충을 토로하는 친구의 이야기를, 모르면 모르는 대로 최대한 성심껏 들으며 상담해주고 있는데 상대방이 "말은 그렇게 해도 너는 아이가 없으니까 어차피 몰라."라고 말해버리면 어떻게 될까?

분명히 맞는 말이긴 하지만, 그 말을 들은 순간 상담해줄 자신이 없어지고 고민을 들어줄 마음도 사라지지 않을까. 입 밖으로 내지는 않아도 '그럼 멋대로 하면 되잖아.'라고 생각하며 마음이 멀어질 것이다.

'당신은 몰라.' 이 말은 절대로 해서는 안 되는 것이라고 생각했다.

그랬지만 점점 그렇게 말하고 싶은 마음을 이해할 수 있었다.

무엇보다 다른 사람이 알 수 없을 경험을 정말 많이 하기 때문이다. 매우 아프다든지, 너무 힘들다든지, 생각지 못한 어려움이 닥친다든지, 경험하지 않으면 도저히 모를 일들이 수시로 일어난다.

누구도 몰라줄 경험이 점점 쌓여간다는 것은 괴로운 일이다. 푸념하지 않으려고 참기도 힘들지만, 푸념을 해도 알아주지 않을 것이라는 점이 더욱 힘들다.

"아무도 이해하지 못한다고 말하는 건 사실 알아주길 바라는 거야." 이렇게 정곡을 찌르는 말을 하는 사람도 있다.

분명히 틀린 말은 아니다. 정말로 알아주었으면 좋겠다. 그렇지만 알아주지 않으리라고 절망하는 것도 분명한 사실이다.

삐뚤어진 아이가 실은 애정을 원하고 있었으며 애정을 주니 문제가 해결되었다는 경우가 있는데, 병과 관련한 것은 그 경우와 조금 다르다.

어떤 느낌인지 다음 글을 보자.

사자가 말할 수 있다고 해도,

우리는 사자를 이해할 수 없을 것이다.

—비트겐슈타인, 『철학적 탐구』 중에서[43]

내가 점점 그런 사자가 되어가는 듯했다.

내 마음을 알아주지 않는 수준을 넘어서서 아예 나 자신이 이해할 수 없는 존재가 되어가는 느낌인 것이다.

특별한 체험은
사람을 고독하게 만든다

꼭 병에 걸리지 않았더라도 절망하고 있는 사람은 '다른 사람은 내 고통을 이해하지 못해.'라고 생각하곤 한다.

소설가 고미 야스스케五味 康祐의 글 중에 「다자이 오사무: 속죄의 완성」이라는 것이 있다.

다자이 오사무太宰 治가 여성과 함께 자살하려다 여성만 죽고 자신은 살아남은 사건이 있었다. 고미 야스스케는 '그건 살인 사건이었다.'라고 주장하는 충격적인 내용으로 글을 썼다. 물론 계획 살인은 아니었으며 "처음에는 함께 죽으려 했지만 (…) 아마 갑자기 죽음이 무서워져서 결과적으로 여자만 죽이게 되었"다는 것이다.

그렇게 주장하는 근거 중 하나는 당시에 다자이 오사무가 살인 용의로 경찰의 조사를 받았으며 "조서를 보면 다자이도 분명히 그 의지가 있었다고 인정"했다는 것이다. 그럼에도 다자이 오사무의 집안이 힘을 써서 '자살방조죄'에 심지어 불기소 처분이 나도록 했고, 그런 사실을 뒷받침하는 증언과 증거가 있다고 했다.

다만, 고미 야스스케가 다자이 오사무의 살인을 확신한 계기는 그런 증언과 증거가 아니었다. 고미 야스스케는 다자이 오사무의 소설을 다시금 읽으면서 글 속에 담긴 것이 동반 자살에서 살아남았다는 수치심이 아니라 '살인에 대한 속죄 의식'이라고 확신했다. 속죄 의식이 다자이 오사무의 문체에서 드러난다고.

'그렇게 불확실한 것으로 확신해도 괜찮을까.'라고 대부분 사람들은 생각할 것이다.

그렇지만 이 대목에서 고미 야스스케는 전혀 예상하지 못한 고백을 시작한다.

쇼와 40년1965년에 나는 나고야에서 노파와 소년을 차로 치어 목숨을 뺏었다. 내 경우에는 과실치사죄였는데, 사고 직후 내가 받은 정신적 고통을 제3자는 도저히 이해할 수 없을 것이고, 그런 건 누구도 모르는 게 낫지만, 다만, 사고 후 내가 이러지도 저러지도 못하던 상태로 초고를 쓴 당시의 문체가 다자이 씨의 문체와 똑같은 것을 발견하고 나답지 않게 몹시 놀랐다. 나는 내 정신적 고통에 비추어 말한다.

—"친구는 모두 내게서 멀어져 슬픈 눈으로 나를 바라본다. 친구여, 나와 이야기하라, 나를 비웃어라. 아아, 친구는 헛되게도 고개를 돌린다. 친구여, 내게 물어라. 나는 뭐든 알려주겠다."— 다자이 씨의 이 문체, 이 문장의 호흡은 참을 수 없는 마음의 고통을 아는 자밖에 쓰지 않는다고.

아니, 쓰지 못한다고.

—고미 야스스케, 「다자이 오사무: 속죄의 완성」 중에서[44]

이 글을 읽고 퍽 놀랐다. 확실히 고미 야스스케가 당시 쓴 글의 문체는 다자이 오사무를 빼닮긴 했다.

비슷한 경험을 한 사람만 알 수 있는 것이 있기에 고미 야스스케는 다자이 오사무의 살인을 확신했는지도 모른다. 반대로 말하면, 비슷한 체험을 하지 않은 사람은 이것을 도저히 눈치챌 수 없다.

어째서 상투적인 결론에 다다를까

타인이 이해할 수 없는 절망적인 경험을 한 사람은 드문 경험을 했음에도 불구하고 결국 흔해빠진 결론에 도달하는 경우가 있다.

병이나 장애로 인생이 변하여 고통을 받은 사람이 종종 하는 말이 있다. "괴로운 경험이었지만 많은 것을 배웠고 결과적으로 성장할 수 있어 다행이었다."라든지 "이런 경험을 했기 때문에 많은 사람들과 만날 수 있었다. 둘도 없이 소중한 만남들이었다."라든지 "진정한 행복을 깨달았다."라든지.

물론 잔혹한 상황과 마주했을 때, 그저 부정적으로 받아들이기보다 조금이나마 긍정적인 점이 있다고 무리해서라도 믿으려 하는 것은 인간의 자연스러운 반응일 것이다.

그렇지만 긍정적으로 생각하고 싶을 뿐이라면, 각자 좀더 다양한 결론에 도달해도 괜찮지 않을까? 왜 모두 판에 박힌 듯이 똑같은 말을 할까?

진실이라는 것은 애초에 단순하고 뻔하다고 할 수도 있겠다. '사랑은 소중하다.' 같은 말은 백만 번쯤 되풀이되었겠지만, 흔하다고 해서 그 말에 의미가 없다고는 할 수 없다. 사랑을 믿지 못하게 되어 괴로워하던 사람이 고통 끝에 그 결론을 내렸다면, 결코 그 말을 가볍게 치부해서는 안 된다.

그렇다고 해도 여전히 납득하기 어렵다.

누구도 이해할 수 없는 특수한 경험을 한 사람들일 텐데, 어째서 다들 비슷하고 알기 쉬운 뻔한 말만 하는가.

아마존 오지를 탐험한 사람이 "역시 집이 최고야."라는 결론을 내린다면 어떨까. 그건 그것대로 재미있겠지만, 아무래도 '그게 다야?'라는 의문이 들어 고개를 갸웃할 것 같다.

계속 왜 그런 걸까 궁금했는데, 알베르 카뮈Albert Camus의 소설 『페스트』의 다음 대목을 읽고 그렇구나 하고 생각했다.

페스트에 걸린 사람들의 심경을 묘사한 부분이다.

그러한 극도의 고독 속에서 결국 아무도 이웃의 도움을 바랄 수는 없었고 제각기 혼자서 저마다의 근심에 잠겨 있었다. 만약 우리들 중의 누가 우연히 자기 내심을 털어놓거나 모종의 감정을 말해도, 그 사람이 받을 수 있는 대답은 어떤 종류이건 간에 대개는 마음을 아프게 하는 대답이었다. 그래서 그 사람은 상대방과 자기가 서로 딴 이야기를 하고 있었다는 것을 알게 되는 것이었다. 사실 그는 오래 두고 마음속에서만 되씹으며 괴로워하던 끝에 그 심정을 표현한 것이었으며, 그가 상대방에게 전달하고자 한 이미지는 기대와 정열의 불 속에서 오래 익힌 것이었다. 그와 반대로 상대방은 습관적인 감동이나 시장에 가면 살 수 있을 상투적인 괴로움이나, 판에 박은 감상 정도로 상상하는 것이었다. 호의에서건 악의에서건 그 응답은 언제나 빗나가는 것이었기 때문에 단념하는 수밖에 없었다. 그렇지 않으면 적어도, 침묵이 더 이상 견딜 수 없게 느껴지는 사람들의 경우, 남들이 정말 마음에서 우러나오는 말을 쓸 줄 모르게 된 이상, 자기들도 차라리 시장에 굴러다니는 말로 쓰고, 그들도 역시 상투적인 방식으로, 단순한 이야기나 잡보, 이를테면 일간신문의 기사 비슷한 말투로 이야기하고 마는 것이었다.

그 경우에도 가장 절실한 슬픔이 흔해빠진 대화의 상투적 표현으로 변해버리기 일쑤였다. 페스트의 포로가 된 사람들은 바로 그 같은 대가를 치르고서야 겨우 아파트 수위의 동정이나 옆 사람들의 관심을 끌 수가 있었던 것이다.

—알베르 카뮈, 『페스트』 중에서[45]

타인이 이해할 수 없는 마음을 어떻게든 타인이 알게 하기 위해서는 흔해빠진 말로 단순화하는 수밖에 없는 것이다.

물론 그래서야 타인이 진정 이해해준 셈이 아니니 의미가 없다고도 할 수 있다.

그럼에도 흔해빠진 말을 쓰는 이유는 더 이상 고독을 견딜 수 없기 때문이다. "옆 사람들의 관심"을 끌기 위해서 "그 같은 대가"를 치르는 것이다.

밝고 긍정적이며 흔해빠진 말이라면 누구나 이해하고 공감해준다. 그때까지 겪은 고독에서 해방된다.

뒤집어 말하면, 그렇게까지 해야 할 만큼 절망은 사람을 고독하게 만드는 것이다.

밝은 결론에 도달한 모든 사람이 고독에 몰려서 그런 것은 아닐 수도 있다. 하지만 적어도 내 경우에는 고독에 몰린 마음 탓에, 관계를 맺은 사람들에게 내 체험을 밝고 흔한 말로 표현하기도 했던 것 같다.

제각각 고독으로 몰리다

'그렇게 다른 사람이 이해해주길 바라느냐. 그렇게 고독한 게 힘드냐.' 이렇게 생각하는 사람도 있을 듯싶다.

그렇지만 생각해보자. 애초에 병 때문에 고통을 겪고 있다. 그것만으로도 벅찬데, 고독의 고통까지 따라오는 것이다.

물에 빠졌는데 발목에 무거운 추까지 매달려 있는 셈이다. 최소한 추라도 떼어내려고 필사적으로 노력하는 건 당연한 일 아닐까.

기쁨을 나누면 기쁨은 두 배가 되고,
슬픔을 나누면 슬픔은 절반이 된다.
—크리스토프 아우구스트 티트게, 『우라니아』 중에서[46]

이렇게 되길 바라는 것이다.

그렇지만 꽤 어려운 일이다. 현실에서는 다음 속담처럼 되기 일쑤다.

당신의 행운은 당신과 당신 친구의 것,
당신의 재난은 당신만의 것.
—아프리카의 속담[47]

기쁨과 행운은 나 혼자만 알아도, 타인이 이해해주지 않아도 그리 힘들지 않을 것이다. '내 행복한 마음을 너희는 몰라!'라며 화내는 사람은 듣도 보도 못했다.

그에 비해 슬픔과 재난은 어떻게든 나누고 싶게 마련이다.

그렇지만 나누기가 어렵다.

톨스토이가 남긴 유명한 말 중에 이런 게 있다.

행복한 가정은 모두 모습이 비슷하고,
불행한 가정은 모두 제각각의 불행을 안고 있다.
—톨스토이, 『안나 카레니나』 중에서[48]

행복도 여러 가지가 있겠지만, 아무래도 불행 쪽이 종류가 훨씬 풍부할 것이다.

병에 관해서만 생각해보면, 건강한 상태란 한 종류밖에 없다고 해도 무방하다. 그에 비해 병은 굉장히 종류가 많다. 오래전에는 '사백사병四百四病'*이라고 했는데, 지금은 희귀질환만 5000~7000개가 있으니 다른 병도 포함하면 대체 병은 얼마나 있는 것일까.

수가 많은 것뿐 아니라 불행에는 '제각각'이라는 느낌을 강하게 풍기는 구석이 있다. 즉, '모두의 불행'이 아니라 '나만의 불행'으로 분단되어버리는 것이다.

그래서 같은 환자라도 서로 이해하기는 어렵다.

예컨대 감기처럼 가장 일상적인 병도 그렇다.

내 친구 중에 매우 튼튼한 남성이 있는데, 감기에 걸려도 열이 난 적이 없다고 했다. 그가 30대에 처음으로 감기 때문에 열이 오르는 경험을 했다.

"지금까지 감기 때문에 학교나 회사를 쉬는 녀석은 전부 꾀병이라고 생각했어. 그런데 감기가 이렇게 힘든 병이었구나."

친구의 말을 듣고 내가 더 놀랐다.

그 친구가 특별한 사람은 아니다. 그 외에도 비슷한 말을 하는 사람이 몇 명 더 있었다. 어느 정도 나이를 먹고서야 처음 열이 난 사람은 그 괴로움을 알고 꽤 놀라는 듯했다.

누구나 걸리는 병인 감기에 대해서도 이토록 몰이해한 사

---

*　사람의 오장에 있는 405종의 병 중에서 죽는 병을 제외한 404종의 병을 일컫는 말이다.

람이 존재한다. 그러니 조금이라도 일반적이지 않은 병은 건강한 사람이 도저히 이해하지 못할 것이다.

한 사람 한 사람, 자기만의 고뇌를 고독하게 떠안고 있다.

앞서 인용한 카뮈의 『페스트』에서는 병이 사람들을 "제각각 고독으로 몰아넣었다"고 하는데, 그야말로 맞는 말이다.

아픔의 '종류'

병의 괴로움 중 어떤 것을 타인이 이해해주지 않을까. 구체적인 예를 조금 들어보겠다. 되도록 알기 쉬운 것으로.

우선, 아픔에 대해서.

나도 병에 걸리고 처음 알았는데, 통증에는 단계뿐 아니라 종류가 있다.

단계는 어느 정도 아프냐는 것인데, 여기에도 '강도'와 '길이'라는 두 척도가 있다. 짧은 시간이라도 견디기 어려운 통증이 있는가 하면, 그다지 심하지 않지만 오랫동안 지속되어서 견디기 어려운 통증도 있다. 어느 쪽의 통증이든 상상을 뛰어넘는 단계가 존재해서 두렵기 그지없다.

그나마 단계는 다른 사람도 상상하기 쉬운 편이다.

종류는 경험해본 적이 없다면 상상하기가 어렵다.

평범하게 건강한 사람이 경험하는 아픔에는 어떤 것이 있을까. 베이는 아픔, 쏠리는 아픔, 부딪치는 아픔, 그 외에 배탈이 났을 때의 복통, 치통, 이 정도로 생각보다 종류가 적다. 그런 경험으로부터 사람은 아픔이란 대충 이런 것이구나 하는 이미지를 머릿속에 그려낸다. 그래서 "나는 아픈 건 얼마든 참을 수 있어."라고 호언하는 사람이 있는 것이다. 나이프로 팔을 크게 베이는 등의 심한 상처도 꾹 참을 수 있을지는 모르겠다만.

아픔에는 평범한 사람이 경험해보는 것과 전혀 다른 종류도 있다. 나는 병에 걸린 뒤에 몇 번이나 깜짝 놀랐다. '인간에게는 이런 통증도 있구나!'

그중에는 도저히 참을 수 없는 것도 있었다. 아픔은 참기 쉬운 것과 어려운 것으로 나뉜다.

나는 신체에 특수한 사정이 있어서 검사를 받을 때 통증이 극심하다. 장폐색보다 아픈데, 심지어 참기 어려운 통증이다. 나와 같은 병에 걸린 사람도 그 통증은 느끼지 않는다. 아마 나 말고는 같은 통증을 느끼는 사람이 없을 것이다. 극심한 통증을 견뎌야 할 때, 이 아픔을 아는 사람이 나밖에 없다고 생각하면 무척 고독하다.

검사를 받으러 병원에 가는 버스에서 차창 밖을 바라보면 수많은 사람들이 거리를 거닐고 있었다. 하지만 그중에 나와 같은 아픔을 아는 사람은 누구도 없었다.

'아파, 아파.'라고 고통스러워하는 사람을 보면, 나도 모르게 '좀더 참을 수 없을까.' 하는 생각을 하지 않는가. 나도 처음 입원했을 때, 같은 병실의 환자를 보고 그렇게 생각한 적이 있다.

나중에 진심으로 반성했다.

'저 사람은 내가 아직 모르는 종류의 아픔을 느끼고 있는지도 몰라. 그건 도저히 참을 수 없는 아픔인지도 모르고.'

당시 나는 생각이 여기까지 미치지 못했다.

배설의 고독

배설의 상쾌함을 잃어버린 것도 내게는 퍽 아쉬운 일이다.

그 대신 배설의 고통이라는 새로운 감각을 얻었는데, 당연히 기쁘지는 않다. 건강한 사람들은 이런 감각을 모를 것이다. 홀로 좁은 공간에서 하는 고독한 배변이 한 발 나아가 고독한 고통이 되었다.

궤양성 대장염에 걸린 사람들은 모두 같은 고통을 경험할까 궁금했는데, 그렇지 않았다. 증상이 서로 꽤 달랐다.

타인과 다른 나만의 감각을 맛보게 되었다 해도 그 감각이 일시적이라면 딱히 신경 쓸 필요는 없다. 하지만 평생을 함께 해야 하는 감각이라면, 같은 감각을 공유할 사람이 거의 없다는 사실 때문에 매우 혹독한 고독에 빠진다.

예를 들어보자. "설사 때문에 힘들어."라고 했을 때 상대방이 "아, 설사 짜증 나지."라며 맞장구를 쳐주면, 한 가지 감각을 공유했다는 사실에 조금 안도감이 들지 않는가.

그렇지만 이제 내가 느끼는 설사의 고통은 평범한 사람들이 경험하는 설사의 고통과 다른 것이 되어버렸다. 같은 병에 걸린 사람들과도 서로 공유할 수 없기에 더 이상 함께 웃을 상대는 없다.

이런 경험은 전달할 수 없다. 말로 표현할 수 없는 이런 일들이 늘 그렇듯이, 그의 고통은 친구들에게 자신들이 앓았던 독감이나 지난 2월에 슬퍼해줄 사람 없이 넘어갔지만 이제 공감의 성스러운 위안을 필사적으로 요구하며 아우성치는 자신들의 아픔과 고통의 기억을 일깨울 뿐이다.

—버지니아 울프, 「질병에 관하여」 중에서[49]

이해해주면
상상을 뛰어넘는 충격을 받는다

나는 고독했지만 그래도 "슬픔을 나누면 슬픔은 절반이 된다"는 말을 실제로 경험한 적이 있다.

수술을 받을 때 마취에서 실수가 있었던 탓에 나는 수술 후 극심한 통증으로 괴로워했다. 간호사에게 통증을 호소했지만 "아플 리가 없어요. 한밤중에 선생님을 부르면 제가 혼나요."라며 좀처럼 의사를 불러주지 않았다.

그 때문에 하룻밤 내내 고생했다. 수술 후 곧장 들어간 집중치료실의 침대 위에서 고통 때문에 새우처럼 몸을 뒤로 크게 젖힐 정도였다.

그때 고통이 지나치면 눈이 보이지 않는 것을 경험했다. 오래전에는 출산의 격통을 '장지문의 문살이 보이지 않을 정도'라고 표현했다는데, 직접 겪어보고 무슨 말인지 이해했다.

나 말고 수술을 받다 그런 일을 당한 사람은 없었다. 그래서 그 일은 아무도 공감해주지 못할 나만의 경험이었다. 어떤 사람은 수술 후기에 "통증, 전혀 없음. 현대 의학에 감사!"라고 쓰기도 했다. 부러웠다.

나중에 마취의가 찾아와서 설명해주고 사죄를 했다. 하지만 그 사람을 비난할 마음은 없었다.

그날 밤의 간호사도 나를 보면 도망치듯 피했는데, 그 역시 비난하고 싶지 않았다. 그는 내가 "신경 쓰지 않는다."고 전하자 안도했다.

누구에게도 불만은 없었다. 어쩔 수 없다고 생각했다. 그래도 뭔가 개운하지는 않았다.

어느 날, 나와 같은 병실에 입원해서 수술을 받았던 중년 아저씨가 문병을 왔다. 나를 보러 온 것은 아니었고, 외래 진료를 왔다가 자기가 있었던 6인 병실을 들여다본 것이었다. 함께 지냈던 사람은 나밖에 없었기 때문에 자연스레 내 문병을 온 셈이 되었다.

내가 잡담 삼아 가볍게 "수술을 받고 아파서요…"라고 말하자, 놀랍게도 그 아저씨는 갑자기 눈물을 뚝뚝 흘리기 시작했다.

그는 알코올 의존증이었는데, 그 탓에 마취가 잘 듣지 않아서 나처럼 통증이 심했다고 했다. 나는 아저씨를 보고 바로 알았다.

'이 사람은 정말로 그 고통을 알고 있어.'

내 눈에서 갑자기 눈물이 흘러넘쳤다. 스스로도 놀랐다. 그때껏 울지 못했는데. 처음으로 울었다.

둘이 함께 꺽꺽 울었다.

옆에서 보면 이상한 광경이었을 것이다.

그 일을 겪고 내 마음은 전보다 퍽 시원해졌다. 정체를 알수 없던 께름칙함이 깨끗하게 사라졌다.

그 아저씨가 아픔을 이해해주었다고 해서 무언가 변하지는 않았다. 아무런 의미도 없다고 하면, 그럴지도 모른다. 하지만 내 마음은 정말로 구원을 받았다.

나와 그 아저씨는 6인 병실에서 함께 지낼 때 사이좋은 편이 아니었다. 외려 서로 전혀 맞지 않았다. 아마 바깥세상에서 만났다면 지인조차 되지 않았을 것이다.

그렇지만 나는 지금도 이따금 그 아저씨를 떠올리곤 한다. 고독할 때.

틀림없이 아저씨도 마찬가지일 거라 생각한다.

사람과 만나지 못하는 고독

지금까지는 '옆에 사람이 있어도 느끼는 고독'에 대해 적었는데, 병에 걸리면 주위에서 사람이 줄어들어 말 그대로 고독해지기도 한다.

너무 큰 불행에 빠진 인간은 연민조차 얻지 못한다.
혐오, 두려움, 경멸이 있을 뿐이다.
—시몬 베유, 『중력과 은총』 중에서[50]

약자에게 매몰찬 사람에게 종종 "내일은 네가 그렇게 될지 몰라."라고 말하곤 한다. 나는 항상 그 말이 역효과를 일으키지 않을까 생각했다.

불행한 사람을 혐오하거나 경멸하는 사람의 마음속 바닥에 있는 것은 공포라고 생각한다. '내일은 내가 저렇게 될지 몰라.'라는 생각이 마음속 어딘가에 있기 때문에 너무 무서워서 보지 않으려, 다가가지 않으려, 나와 다르다고 생각하려 하는 것이다.

모든 인간에게는 병에 걸릴 가능성이 있다. 그러니 환자라는 존재는 무서운 견본인 셈이다. 가능하면 못 본 척하고 싶은 것이 사람의 본래 감정 아닐까.

쌓여 있는 통나무는 불 속의 통나무를 비웃는 법이다.

—케냐의 속담[51]

나도 불태워질 것을 몰라서 웃는 게 아니다. 나도 언제 불태워질지 모르기 때문에 불 속의 통나무와는 다르다고 생각하고 싶어서 비웃는 게 아닐까. 마음속의 공포를 증명하는 차별과 비웃음이라고 나는 생각한다.

뭐, 그렇잖아도 행복한 사람과 부디 아는 사이가 되기를 원하는 사람은 매우 많은 반면, 불행한 사람과 군이 지인이 되려는 사람은 별로 없다.

입원과 자택 요양 등을 하다 보면 새로운 사람들과 만날 일이 없다. 새로운 사람이라고 해봐야 의사, 간호사, 같은 병실의 환자가 전부다.

나는 스무 살에 병에 걸렸는데, 본래 20~30대는 사회로 나가서 동료, 상사, 거래처 담당자 등 수많은 사람들과 만나며 지인이 비약적으로 늘어나는 시기다. 하지만 내게는 그런 지인이 0명이다.

물론 원래 친구였거나 아는 사이였던 사람들이 문병을 와 주었다. 그렇지만 전근으로 멀리 이사 가거나 결혼하고 아이가 태어나 바빠지거나 하는 이유로 찾아오는 사람은 줄어들 수밖에 없었다. 늘어나는 사람은 없고.

누구도 문병을 오지 않는다. 그러면 고통이 문병을 온다.
—데라야마 슈지, 『데라야마 슈지가 보낸 편지』 중에서[52]

병원 침대에서 번뜩 깨달았다. 매년 만나는 사람들이 줄어드는 셈이니 이대로 중년이 되면 터무니없이 고독한 처지가 되지 않을까.

소름이 돋았다.

산과 산은 서로 만날 수 없지만, 인간은 만날 수 있다.
—아프리카의 속담[53]

좋은 속담이지만, 계속 누워 지내는 경우는 산이나 나무와 비슷해서 스스로 사람을 만나러 갈 수 없다.

나는 지금 사람과 만나는 것을 무척 좋아하고, 만나면 감정이 매우 고양되곤 한다. 과거에 저런 생각을 했기 때문이다.

나는 낯가림이 심하고 소극적인 성격이라 원래는 존경하는 사람을 만나러 가거나 하지 못했다. 하지만 수술을 받고 돌아다닐 수 있게 된 뒤로는 제법 사람을 만나러 다니고 있다. 내가 산이나 나무 같지 않고 "만날 수 있는" 인간이라는 사실이 얼마나 고마운 일인지 뼈저리게 깨달았기 때문이다.

강연회 등에 나를 만나러 와주는 사람이 있는 것도 매우 기쁘다. 병원의 침대에서는 결코 만날 수 없는 사람들이니까. 그렇게 생각하고 보면 왠지 한 사람 한 사람에게 후광이 비치는 것 같다.

'자신 대 타인'이 아니라
'자신 대 세계'

마지막으로 고독의 위험성에 대해 조금만 더 말하겠다.

나는 건강하던 시절에 영화 「택시 드라이버」를 보았다. 재미있었고, 굉장했지만, 잘 이해하지는 못했다.

무엇을 이해하지 못했느냐. 주인공의 행동을.

고독한 남자인 주인공은 점점 정신적으로 궁지에 몰리다 총을 손에 넣고 사격 연습을 한다. 무엇을 하려는 건가 싶었는데, 차기 대통령 후보를 사살하려고 한다. 왜 자신과 전혀 상관이 없는 대통령 후보를 죽이려 하는가. 전혀 이해할 수 없었다.

그랬는데, 병에 걸려 고독한 생활을 하다 보니 어쩐지 이해될 것 같았다.

수많은 사람들과 관계를 맺으며 생활하면, 적대하거나 불만을 품는 상대는 가까운 누군가이게 마련이다. '저 녀석이 마음에 안 들어.' 혹은 '그 사람은 불쾌해.'라고. 그러니 다툰다고 해도 상대는 특정한 개인이다.

그에 비해 고독한 생활 탓에 가까운 사람들이 없는 경우에는 점점 상대가 개인이 아닌 세계 전체가 되어버린다.

'자신 대 개인'이 아니라 '자신 대 세계'가 되는 것이다.

앞서 '누구도 공감해줄 수 없는 아픔과 관련한 왠지 께름칙한 마음' 같은 것을 적었는데, 고독한 생활을 하다 보면 수많은 께름칙함이 차곡차곡 쌓여간다.

그 쌓인 것을 부딪칠 상대는 세계밖에 없다.

이렇게 생각하면 공격 대상이 대통령 후보 같은, 세계의 대표자일 법한 사람이 되는 것도 터무니없지는 않다.

그와 반대로 대통령 후보 같은 거물이 아니라 길을 가는 누군가를 대상으로 삼는 경우도 있다. 누구든 그는 세계라는 총체의 일부니까 세계에 한 방 먹이는 셈인 것이다. "누구든 상관없었다."라는 말은 '자신 대 세계'라는 구도 속에 있었기 때문에 나오는 말이 아닐까.

거물 또는 무작위한 누군가. 그렇게 양극단으로 치닫는다.

대단히 위험한 일이다.

괴로워하는 것은 완전히 자신으로 있다는 것이며, 세계와 비일치하는 상태에 가까워지는 것이다. 왜냐하면 고통이란 '거리의 산출자'이기 때문이다.

—에밀 시오랑, 『시간을 향한 추락』 중에서[54]

일본의 애니메이션, 만화, 게임 등에는 '세카이계セカイ系'[*]라고 불리는 이야기의 유형이 있다. 나는 그리 정통하지 않아서 잘못 생각한 것일지도 모르지만, 그 이야기에서도 '자신 대 세계'라는 구도가 엿보인다.

세카이계의 이야기에서는 주인공의 사랑이나 결단이 그대로 세계 붕괴 혹은 세계 구제로 이어진다. 그 이야기에는 개인과 세계만 존재하고 그 사이가 없다. 그야말로 고독한 생활을 할 때와 같은 감각이다.

[*]   한자로는 '세계계(世界系)'라고 쓴다. 대표적인 작품으로는 「신세기 에반게리온」 「날씨의 아이」 등이 있다.

그런 이야기가 인기를 끄는 이유는 그만큼 고독한 사람들이 늘어났기 때문인지 모른다. 아니면 적어도 고독한 사람의 감각을 이해하는 사람의 수가 늘어났든지.

그토록 많다면 다수파라고 해도 되겠지만, 고독한 사람들은 늘어나도 서로 공감하고 연결되기가 어렵다.

고독하면 고독한 사람끼리 이야기하면 되지 않을까, 서로 안아주면 되지 않을까.

그렇지만 현실에서는—나도 그렇지만—그런 일을 선선히 하지 못하는 법이다. 이것은 아직 인류가 성숙하지 못했다는 뜻이 아닐까.

—야마다 다이치, 『거리에 하는 인사』 중에서[55]

과연 인류가 성숙할 날이 올지 어떨지는 잘 모르겠다.

9장

마음의 문제로
치부하기

아버지와 사이가 좋지 않았다.

내 병이 재발하거나 좀처럼 나아지지 않으면,

아버지는 참지 못했다.

따뜻하게 돌봐주기는커녕 잔혹한 말을 마구 내뱉었다.

내가 어떻게 할 수 없는 문제인데도,

마치 의지로 해결할 수 있는 양 말했다.

그 일을 떠올리면 도저히 아버지를 용서할 수 없었다.

● 괴테[56]

마음 탓을 한 아버지,
하지 않은 아버지

괴테와 카프카는 아버지와 맺은 관계가 무척 비슷했다.

둘 다 아버지가 부유했지만 사회적 지위는 높지 않았다. (괴테의 아버지는 돈으로 지위를 사기도 했지만.) 그 때문에 아들에게 수준 높은 교육을 시켜서 사회적으로 높은 지위에 앉히려고 했다.

괴테와 카프카는 작가가 되기를 꿈꾸었지만, 아버지들은 그런 소꿉장난 같은 꿈을 결코 인정해주지 않았다. 아버지들은 아들들을 법률가로 만들려 했다. 아들들은 하는 수 없이 법률을 공부했다. 그런데 아들들이 병에 걸려버렸다. 카프카는 결핵이었고, 괴테 역시 결핵이었을 것이라 추측된다.

카프카의 아버지는 병에 걸린 아들을 걱정하며 마음 아파했다. 아들을 치료하기 위해 돈을 쓰고 빚까지 졌다. 카프카는 누워 있는 자신을 염려하는 아버지에게 크게 감동했다.

카프카의 마지막 편지는 눈을 감기 전날 요양소에서 부모님에게 보낸 것이다. 그 편지에서 카프카는 아버지에게 말한다. "예전에 같이 수영장에 갔지요. 몸이 괜찮아지면 '가득 따른 맥주 한 잔'을 같이 마셔요."

아버지는 아들이 맥주를 벌컥벌컥 들이키는 남자다운 남자가 되길 바랐지만, 아들은 그 바람을 거절하고 알코올은 입에도 대지 않았다. 마지막 편지의 "가득 따른 맥주 한 잔"이라는 말에는 특별한 의미가 담겨 있는 것이다. 마지막의 마지막에 이른 그 순간, 카프카는 아버지와 화해했다.

그에 비해 괴테의 아버지는 아들의 병에 낙담했다. 출세시키기 위해 큰물로 내보냈건만 병에 걸려서 돌아와버린 것이다.

아들의 좌절은 아버지의 좌절이기도 했다. 처음에는 겉으로 드러나지 않도록 조심했지만, 점점 아들을 향한 실망을 감출 수 없게 되었다. 아무리 시간이 지나도 낫지 않는 아들에게 조바심을 내며 때로는 화를 내기도 했다.

그리고 이번 장의 처음에 인용한 대로 되었다.

내가 어떻게 할 수 없는 문제인데도,

마치 의지로 해결할 수 있는 양 말했다.

그 일을 떠올리면 도저히 아버지를 용서할 수 없었다.

병을 마음 탓이라고 하기 시작했다.

이게 결정적이었다.

'마음가짐이 느슨하니까 병이 난 거다.' '마음만 먹으면 병은 나을 수 있다.'

건강한 사람이 종종 입에 담는 극단적인 말인데, 이 말을 들으면 환자는 괴로운 동시에 상대를 용서할 수 없다는 마음에 사로잡힌다.

다행히 괴테는 건강을 되찾았다.

그렇지만 아플 때 당한 일에 대한 감정은 언제까지나 사람의 마음속에 남는다. 평소에 정말 따뜻하게 해준 사람도 정작 내가 힘들 때 홀대했다면, 더 이상 예전 같은 마음으로 대할 수 없다. 심지어 원래부터 그런 구석이 있던 사람이라면 쐐기를 박는 것이나 마찬가지다.

괴테와 아버지의 사이는 계속 좋지 않았다. 아버지가 세상을 떠난 뒤 괴테는 그가 평생 동안 수집한 미술품을 전부 팔아버렸다.

마음의 문제로 치부하다

괴테와 아버지의 일화를 처음 접했을 때, 병을 마음 탓으로 돌리지만 않았어도 그렇게 부자 관계가 나빠지지는 않았을 것이라고 생각했다.

물론 몸과 마음은 서로 밀접한 관련을 맺고 있다. 정신적인 고뇌 때문에 신체적인 고통이 일어나기도 하고 병에 걸리기도 한다. 또한 병에 걸린 뒤에도 마음가짐에 따라서 병세가 심각해지거나 가벼워지는 경우가 있다. 극단적으로는 아예 낫는 사람도 있으리라.

그렇다 해도 병에 걸린 게 오로지 마음 때문이라고 할 수는 없다. 그리고 마음가짐만으로 병이 낫는다고 할 수도 없다.

가령 뼈가 부러졌다고 해보자. "항상 걱정만 하니까 뼈가 부러진 거야." 혹은 "그렇게 성격이 피곤하니까 복합 골절을 당하지."라고 말하는 사람은 아무리 그래도 없을 것이다. 또한 "마음을 긍정적으로 먹어야 부러진 뼈가 잘 붙어."라는 사람도 없으리라고 본다. 강력한 힘이 가해지면 뼈는 부러지게 마련이고, 나으려면 어느 정도 시간이 필요한 법이다.

그런데 내장에 병이 생기면 금방 마음을 탓한다. 아마 내장에는 블랙박스 같은 면이 있기 때문일 것이다.

골절은 명확한 이미지를 떠올리기 쉽지만, 내장의 병은 이미지가 모호할 수밖에 없다. 그리고 사람들은 고민이 있을 때 위가 쓰렸다던가 하는 경험을 통해 일상적으로 내장과 마음의 관련성을 체험한다.

모든 병의 원인이 마음일 리는 없다. 또 모든 병이 마음가짐에 따라 나을 리도 없다. 누구나 그렇다고 알고는 있을 것이다. 그럼에도 모든 병을 마음가짐으로 좌우할 수 있다는 정신론이 툭하면 등장하는 이유는 무엇일까.

인간이 기본적으로 '전부 그렇지는 않다.' 또는 '단정할 수 없다.' 같은 말, 즉 회색 지대를 기피하며 분명하게 흑백으로 나뉘는 것을 선호하기 때문이지 않을까.

또 다른 이유, 신체의 병에 대해 신체적으로 접근했는데 좀처럼 낫지 않는다면 남은 길은 마음밖에 없기 때문이다. 그래서 마음을 통해 고치려고 한다.

희귀질환은 낫기 어려운 병이라서 이런 이유들에 따라 "마음가짐으로 고쳐라." 같은 말을 자주 듣는다.

신체적인 접근으로 병이 낫지 않는 것은 의학의 한계이고, 당사자에게는 책임이 없다. 하지만 심리적으로 접근했는데 낫지 않는 경우에는 당사자에게 책임을 묻는다. "노력이 부족하다."라든지 "성격에 문제가 있다."라든지.

몸에 병이 있어 고생하는데, 어느새 내 성격에 문제가 있다고 비난을 받는 것이다. 당사자로서는 도무지 이해할 수 없는 상황으로 몰리는 셈이다.

좀 밝게 있으라는 말

마음가짐을 중요하게 여길수록 환자는 '밝게 있으라'는 요구를 받는다. 환자의 주위 사람들에게는 무척 편리한 요구다.

환자는 병에 걸려 고생하고 있기 때문에 기본적으로 어두울 수밖에 없다. 어쩔 수 없는 일이라 주위에서도 비난하지는 못한다. 하지만 마음속으로는 침울해진 환자를 보면서 불편해하기도 한다.

그런 와중에 "밝게 행동하는 게 병에도 좋다."라는 견해를 접하면 어떻게 될까? 환자의 주위에서 기뻐하며 그 견해에 들러붙는 것도 당연하다.

그 덕에 주위 사람들은 "밝게 지내야 병도 잘 낫는대."라면서 환자에게 밝은 언행을 강제한다. 어쨌든 환자를 위한 것이라고.

그렇게 되면 환자는 병에 걸렸다는 슬픈 사건의 한복판에 있는 건 변함이 없는데도, 밝게 행동해야 하는 상황에 놓인다.

울고 싶은데 웃으라는 것이다.

즐거울 때 울라고 하면 누구든 어려워할 것이다. 그런데 울고 싶은 때 웃는 것은 가능하다고 믿는 사람들이 많다. 신기한 일이다.

어떤 병도 인간이 의무를 수행하는 것을 방해할 수는 없다. 병 때문에 노동으로 봉사할 수 없다면, 병을 웃으면서 버티는 모범을 보임으로써 다른 사람들에게 봉사하면 된다.

—톨스토이[57]

톨스토이가 했다는 이 말을 처음 읽었을 때 나는 도저히 용납할 수 없었다. 틀림없이 톨스토이는 엄청 건강한 사람이었을 것이라고 추측했는데, 역시 그랬다. 50세를 앞두고 톨스토이는 자신에 대해 이렇게 적었다. "나는 정신적으로 병들어 있지 않았으며 내 또래 사람들에게서는 좀처럼 볼 수 없는 왕성한 정신적, 육체적 힘을 지니고 있었다. 육체적으로는 들판에서 농부들에게 뒤지지 않고 일할 수 있었으며 정신적으로는 아무런 피로도 느끼지 않고 8시간 내지 10시간 동안 계속해서 일할 수 있었다."[58]

이런 사람이었으니 아파도 웃으며 버티라고 했겠지.

물론 힘들 때 미소를 지을 수 있는 훌륭한 사람도 있다.

병에 걸렸어도 어둡게 침울해하지 않으며 긍정적으로 살아가는 훌륭한 사람들의 감동적인 이야기가 여러 책으로 출간되었다. 문병을 온 사람들은 그런 책을 즐겁다는 듯이 선물한다.

그런 선물은 대부분 선의로 주는 것이다. 환자를 격려하기 위해서이고, 그런 효과가 분명히 있긴 하다.

그렇지만 훌륭한 사람의 책을 읽는다고 모두가 훌륭한 사람이 될 수는 없다. 이 세상에는 수많은 위인전이 있지만, 위인처럼 될 수 있는 사람이 얼마나 있을까?『도라에몽』의 주인공 진구도 아빠가 위인전을 줘서 난처해했다. 건강해도 난처한데, 병까지 걸려 쇠약해졌을 때 훌륭한 사람이 되라는 말을 들어봤자 괴로울 뿐이다.

그럼에도 모든 환자가 훌륭한 환자가 될 수 있으리라 믿는 사람들이 많다. 이 역시 신기한 일이다.

모든 건강한 사람이 건강한 위인이 될 수 없듯이, 환자 중에서도 훌륭한 환자가 될 수 있는 사람은 극소수에 불과하다.

그렇지만 환자는 늘 다른 사람의 돌봄을 받아야 하는 약자이기에 되도록 주위가 바라는 대로 하려 한다. 병원의 6인 병실을 보면 환자 대부분이 명랑하다. 많은 이들이 무릇 병실이란 어두울 것이라고 생각하지만, 막상 문병을 가보면 의외로 환자들이 다들 밝아서 깜짝 놀랄 수도 있다.

그렇지만 앞서 7장에서 말했듯 그 명랑함은 환자들이 노력해서 만들어낸 것이다. 같은 병실 사람들이 병원 복도에서 홀로 바깥을 내다보거나 텔레비전을 보다가 깜박하고 본래 모습으로 돌아갔을 때, 그들의 얼굴은 가슴이 철렁할 만큼 어두웠다.

의사도 환자들 앞에서는 되도록 밝게 행동하려 할 것이다.

간호사로 말하자면 그야말로 명랑한 천사로 있어야 한다는 요구를 받는 이들이고.

병실이란 의사와 간호사와 환자 모두가 '감정노동'에 속박된 불가사의한 공간인 셈이다.

나도 그렇게 생각하고 싶다

'마음가짐에 달렸다.' 이 말에 단지 주위 사람들만 매달리지는 않는다. 실은 환자 자신도 내심 그 말이 맞기를 바란다. 자신의 노력에 따라 병을 고칠 수 있다는 뜻이기 때문이다.

원인도 모르고, 완치될 방법도 없다면, 어쩔 도리가 없다. 하지만 원인이 마음에 있고, 마음가짐에 따라 상태가 좋아진다면, 환자로서는 기쁠 수밖에 없다. 그래서 종교에 의지하듯 '긍정적 마음 신앙'을 가지려는 이들이 적지 않다.

> 얼마 전에는 친구인 아무개라는 학자가 찾아와서 어떤 견지에선지 모든 질병은 다름 아닌 조상과 자신의 죄업의 결과라는 주장을 했어.
> ─나쓰메 소세키, 『이 몸은 고양이야』 중에서[59]

요즘도 어떤 사람은 자연재해를 가리켜 '천벌'이라는 둥 말하는데, 오래전부터 인간은 병과 재해 등 불행의 원인을 다른 무언가에서 찾기를 간절히 바랐다.

현대는 '마음의 시대'가 되었다. 그러니 오래전 "조상과 자신의 죄업"이었던 질병의 원인이 이제는 '마음'으로 바뀐 셈이다. '원인은 다른 곳에 있다.'라는 구도는 전혀 달라지지 않았다.

왜 그럴까. 병에 걸렸는데 원인이 불확실하고 그 치료법도 모르는 상황은 환자에게는 물론 아직 건강한 사람들에게도 두렵기 때문이다.

우연히, 의미도 없이, 이유도 없이, 불행에 빠지는 것은 견디기 어려운 일이다. 그래서 '○○라서 병에 걸렸다.'라고 인과관계를 명확하게 밝히려고 든다.

"조상과 자신의 죄업" 때문이든, 내 '마음' 때문이든, 어느쪽이든 환자에게는 대단히 불쾌할 텐데 그럼에도 받아들이고 마는 이유는 인과관계가 없는 상태보다 훨씬 낫기 때문이다.

그렇지만 "조상과 자신의 죄업"을 탓하든, 내 '마음'을 탓하든, 결국 인간의 소망이 멋대로 만들어낸 인과관계에 불과하니 플라세보효과밖에 없다. 그래서 병이 나으면 다행이겠으나 그런 일은 좀처럼 일어나지 않는다.

불행한 사람의 "왜?"에는 아무런 응답도 없다.

—시몬 베유[60]

병에 따라 변하는 성격

종종 '병의 원인은 마음'이라고 여기는 이유는 병에 걸린 사람들이 '정말로 병에 걸릴 듯한 성격'을 지니고 있기 때문이기도 하다.

궤양성 대장염에 걸리고 얼마 지나지 않았을 때, 환자 모임 같은 곳에 상담을 받으러 갔는데 그곳의 책임자가 이렇게 말했다. (그는 환자가 아니었다.) "궤양성 대장염인 사람들은 다들 성격이 비슷해요."

그 성격이란, 시원시원하지 않고, 신경질적이며, 늘 고민하고, 좀처럼 결단을 내리지 못한다는 것이었다. 그는 이런 말도 했다.

"그런 성격이니까 이런 병에 걸리는 거예요."

내가 만난 몇몇 환자들은 분명히 그런 성격이었다.

다만, 나는 당시 그런 성격이 아니었다. 그래서 의아했다. '그렇다면 나는 왜?'

그런데 투병이 이어질수록 나도 점점 그런 성격으로 변해갔다.

조금이라도 증상이 개선되기를 원했기에 매일 식사와 배변과 행동을 관찰했다. 무엇을 먹으면 좋지 않은지, 무엇을 하면 그나마 나은지, 법칙을 찾아내려고 했다.

그런 법칙은 없었다. 먹어서 좋았던 것이라도 다시 먹으면 별로였고, 같은 행동을 했는데 저번과 이번의 결과가 다르기도 했다.

'전혀 모른다.'라며 포기할 수도 없는 노릇이라 더욱 세심하게 관찰했다. 신경이 예민해지고, 고뇌는 깊어지고, 망설임은 길어지고, 결단할 수 없게 되었다.

다른 사람에게 증상을 설명할 때도 몹시 세세하게 했다. 게다가 "꼭 그렇지는 않지만"이라는 단서도 여기저기 첨부했다.

즉, 그런 성격이라 그런 병에 걸린 것이 아니다. 그런 병이니까 그런 성격이 된 것이다.

병에 의해 형성된 성격인데 병에 걸린 뒤에 보고 그 병에 걸릴 만한 성격이라고 생각하는 것이다.

'병은 마음에서 비롯된다'지만, '병에서 마음이 비롯된다'고도 할 수 있다.

이런 성격 변화가 환자에게만 해당할까. 실은 누구나 경험해본 적이 있지 않을까.

나는 중년이 되어서 처음 동창회에 가보았는데, 깜짝 놀랐다. 영업직은 영업직다운 성격으로, 은행원은 은행원다운 성격으로, 교사는 교사다운 성격으로 변해 있었다. 다들 학창 시절과는 성격이 많이 달랐다.

그때껏 특정한 직업이 없던 나는 직업이란 무서운 것이라고 생각했다.

그랬지만 나도 환자다운 성격이 되어 있었던 것이다.

병에 따라 마음은
어떻게 변화하는가

영화 「페니의 환상」지미 생스터 제작·각본에서는 휠체어에 의지해 생활하는 주인공 여성이 심한 정서 불안에 빠진다. 그 모습을 본 (주치의는 아닌) 한 의사가 걷지 못하는 건 마음 때문이 아닐까 끈질기게 물고 늘어진다.

주인공은 의사의 말에 격노하며 "척추뼈가 두 군데 골절됐어요. 엑스레이 사진을 보여드릴까요?"라고 반론한 다음, 이렇게 말한다.

마음이 다리를 침해하다니 큰 착각이에요.

다리가 마음을 침해하는 거예요.

"다리가 마음을 침해"한다는 것은 정말 맞는 말이다.

실제로 나도 병에 걸리기 전과는 다른 사람이 되어버렸다.

예를 들어 점점 결벽증이 생겼다.

손도 꼼꼼히 씻게 되었고, 손으로 음식을 집어 먹지 않으며, 알코올 티슈로 손을 닦기 시작했다. 외출할 때는 마스크를 반드시 하고, 손잡이나 난간은 의식적으로 피하며, '항균'이라는 말에 절로 끌리게 되었다.

나아가 책과 CD 등 밖에서 구입해 온 물건은 전부 알코올로 소독하고 있다. 외출했다가 돌아오면 먼저 몸부터 씻고, 사온 물건들에 분무기로 소독용 알코올을 뿌린다. 방울이 맺힐 만큼 잔뜩 뿌린다.

코로나 팬데믹 이후 비슷한 행동을 시작한 사람이 있을지 모르겠는데, 내가 처음 시작했을 무렵에는 명백히 이상한 행동이었다. 스스로도 이상하다고 생각했다. 넘어서는 안 되는 선을 넘어버린 듯했다. 그래도 그만둘 수 없었다.

왜 그런 행동을 시작했을까. 앞서 적었듯이 치료를 위해 사용하던 프레드니솔론이라는 약에 면역력을 저하시키는 부작용이 있어서 다른 사람의 병이 쉽사리 옮았기 때문이다. 전철에서 옆자리 사람이 한 번 콜록하기만 해도, 며칠 뒤에 감기로 드러누웠다.

통원 치료를 받았기 때문에 어쩔 수 없이 환자들로 북적북적한 병원에도 가야 했고, 무슨 수를 써도 이런저런 병이 옮았다. 수두가 옮았을 때는 퍽 고생했다. 안 그래도 성인이 수두에 걸리면 증상이 심한데, 나는 프레드니솔론을 줄일 수 없어서 면역력이 약한 상태였기 때문이다. 얼굴에도 몸에도 생긴 물집에 필사적으로 연고를 발랐지만, 물집의 흉터가 전부 검고 둥글게 남았다. 온몸에 흉터가 남아 마치 물방울 인간 같았다. 평생 사라지지 않을지도 모른다고 들어서 무척 애를 태웠다.

다행히 물방울들은 사라졌지만, 아무튼 병이 옮을까 무서워졌다.

안 그래도 희귀질환인데 그 때문에 다른 사람의 병까지 마구잡이로 침입한다니, 부조리하다고 생각했다. 심지어 내 병은 결코 전염되지 않는데. 그런데 다른 사람의 병에는 옮는다니. 일방적으로 흠씬 두들겨 맞는 셈이었다.

애초에 나는 결벽증과 동떨어진 사람이었다. 어린 시절에는 산을 뛰어다니며 놀았다. 산속의 물을 마시고 진흙으로 경단을 만들어 입에 넣기도 했다.

병에 걸리기 직전인 대학생 시절에도 외출했다 돌아오면 바로 씻기는커녕 옷도 안 갈아입고 베개에 앉거나 침대에 드러누웠다.

감기에 걸린 친구가 내 방에 와서 자도 전혀 개의치 않았다.

친구란 감기가 옮아도 괜찮다며 있어주는 사람.

—다니카와 슌타로, 『친구』 중에서[61]

그렇지만 더 이상 병은 힘들었다. 감기에 걸리면 프레드니솔론 탓에 면역이 저하되어서 증상이 더욱 심해졌다. 게다가 감기에 그치는 게 아니라 궤양성 대장염에도 영향을 미쳤다. 출혈이 시작되고 또 몇 개월씩 입원할지도 몰랐다. 의사도 항상 감기를 계기로 재연될 수 있으니 되도록 걸리지 않게끔 조심해야 한다고 신신당부를 했다.

"감기에 걸리지 말라고 해도, 쉽게 걸리는 상태가 되어 있으니까 어렵지요." 환자끼리 이런 말을 나누기도 했다.

그래서 감기에 걸린 사람이 전철에서 마스크도 쓰지 않고 기침과 재채기를 연발하면 어쩔 수 없이 분노가 치민다. 그런 행동의 배경에는 '겨우 감기'라는 생각이 있다. 그리 쉽게 옮지 않고, 옮아도 별일 아니라고 생각하는 것이다.

감기가 잘 옮는 사람이 있고, 걸리면 사소하게 끝나지 않는다는 사실에 전혀 생각이 미치지 않는 것이다. 혹은 그런 사람이 있겠지만, 다른 인종이라 내 알 바 아니라고 생각하거나.

'저런 사람이 부디 감기만으로도 큰일 나는 지병에 걸리기를.' 이런 소원을 나도 모르게 마음속으로 빈다. 그리고 '아니, 그래도 너무 심한가?', '그래도.'라며 쓸데없이 갈등한다.

감기 따위를 싫어하면, 인간관계에 많은 문제가 생긴다.

감기에 걸리기 싫다는 태도를 취하는 인간은, 아무래도 유쾌하지 않으니까.

지금 내게 친구란 바로 그런 걸 신경 쓰지 않는 사람이다.

"친구란 감기에 걸리는 걸 싫어해도 괜찮다고 말해주는 사람."

나라면 이렇게 읊고 싶다.

결벽증은 티슈에 도달한다

예전에 텔레비전에서 결벽증과 관련해 마틴 스코세이지 Martin Scorsese 감독의 영화 「에비에이터」의 한 장면을 소개한 걸 보고 깜짝 놀랐다.

영화는 실존했던 대부호 하워드 휴즈의 반생을 묘사한다. 그는 결벽증이었다.

영화에는 결벽증의 이상한 면을 보여주는 장면이 있는데, 하워드 휴즈를 연기한 배우 레오나르도 디카프리오가 화장실에서 몇 번이고 손을 씻는다.

텔레비전 방송에서 이 장면을 본 연예인들이 "하워드 휴즈도 고생이 많았겠네요."라고 이야기했다.

그렇지만 나는 깜짝 놀랐다. 결벽증인 사람에 대해 제대로 이해하지 못한 게 아닐까 싶었다.

그토록 끈질기게 손을 씻는 인간이 화장실의 수도꼭지를 만질 수 있을 리가 없다.

그럼 어떻게 할까? 수도꼭지는 알코올 티슈 등을 써서 돌릴 수밖에 없다. 손수건밖에 없었다면 그 손수건은 한 번 쓰고 버려야 한다.

결벽증이 극심한 인간이란 그렇게까지 이상한 행동을 한다. 그 '이상함'은 온갖 곤란과 고뇌의 원천이자 우스꽝스러움을 자아낸다.

그저 손을 여러 번 씻을 뿐이라면 전혀 결벽증이 아니며 그 정도라면 생활에도 아무런 지장이 없다. 수도꼭지를 잡지 못해 망연자실하는 것이 결벽증이다.

거장 중 거장이라는 스코세이지 감독이 왜 그런 디테일을 놓쳤을까. 무척 의아했다. 영화 촬영에서 사투리를 지도하듯이, 결벽증도 지도가 필요하다.

이런 생각을 하는 동시에 병 탓에 생겨난 성격상의 사소한 문제인 결벽증만으로도 이토록 세간의 인식에서 벗어나는구나 싶었다. 내가 너무 먼 곳까지 와버렸다는 것에도 아찔할 만큼 놀랐다.

하워드 휴즈는 만년에 무언가를 만질 때면 반드시 티슈가 있어야 했다는데, 나도 한때 그 수준이었다.

나중에 하워드 휴즈에 관해 알고난 뒤 나와 똑같이 티슈에 도달했다는 사실에 놀랐다. 왜 티슈일까? 의료품이 아니고, 반드시 청결하다고 할 수도 없는데. 하워드 휴즈 같은 대부호라면 의료용 거즈가 더 좋지 않았을까.

그럼에도 어째서 티슈에 도달할까? 나도 아직까지 이유를 모른다.

"컨디션이 나쁘면,
사소한 일에 고민하네요."

수술 후 프레드니솔론 복용량이 줄어들고 면역력이 올라가면서 결벽증도 나았다.

그러니 병 때문에 성격이 변했던 것이 틀림없다. 병에 걸리고 성격에서 달라진 점은 그 외에도 많이 있다.

나뿐 아니라 궤양성 대장염에 걸린 지인이 직장염에서 광범위 대장염으로 바뀌었을 때, (증상이 두 단계 심해졌다는 뜻) 순식간에 성격이 변하는 것을 직접 목격했다.

내가 겪을 때도 무서웠지만, 타인의 변화는 객관적으로 볼수 있는 만큼 더욱 무서웠다.

그만큼 큰 변화가 아니더라도 몸 상태가 좋지 않을 때 기분이 변하는 정도는 대부분 사람들이 경험하지 않을까? 금방몸이 괜찮아져서 잊어버리겠지만.

"평소에는 별로 고민이 없는데, 컨디션이 나빠지니까 사소한 일도 고민하게 되더라고요." 이렇게 말하는 사람을 만났을 때는 "정말 그래요."라면서 나도 모르게 기뻐했다.

"좋아하던 취미가 즐겁지 않더라." 이렇게 말하는 사람도 있었다.

코로나 팬데믹, 정상과 이상의 역전

신종 코로나바이러스 대유행을 겪으며 전 세계 사람들이 많든 적든 변했다.

앞서 적은 은둔형 외톨이에 대해서도, 직전에 살펴본 결벽 증에 대해서도, 셰익스피어의 『맥베스』에 나오는 "아름다운 것은 추한 것, 추한 것은 아름다운 것"이라는 말처럼 가치관 의 역전이 일어났다.

그동안 사람들은 집에만 틀어박히면 좋지 않다고 말해왔 다. 은둔형 외톨이를 강제로 끌어내는 업체마저 있을 정도다.

그러던 것이 뒤집혔다. 집에 틀어박히는 것이 올바르고 훌 륭한 일이 되었다. 집에서 자꾸 나가는 사람에게는 "왜 가만히 집에 있지 않는 거야?"라고 비난하기 시작했다.

결벽증 역시 그간 이상하다는 말을 들었지만, 이제는 제대 로 소독해야 제대로 된 사람이라는 말을 듣는다.

싹 뒤바뀐 세계. 순식간에 그렇게 되었다.

그동안 어떻게든 평범한 사람처럼 되어야 한다고 생각했던 내 입장에서 말하면, 갑자기 평범한 사람들이 일제히 내 쪽으로 다가오는 듯한 느낌을 받았다.

놀라운 일이었다. 내가 변하지 않은 만큼, 다른 사람들의 변화가 더더욱 뚜렷이 느껴졌다. 모두가 나처럼 병이 옮는 걸 두려워하고, 집에 틀어박히고, 결벽증이 되었다. 그야말로 불가사의한 체험이었다.

『도라에몽』에 등장했던 '평등 폭탄'이 떠올랐다. 평등 폭탄은 도라에몽의 비밀 도구인데, 세상 모든 사람들의 지능과 체력을 주인공 진구와 똑같이 만들어버린다. 완전히 평등한 세상이 된 것이다. 그간 상대가 안 되던 친구와도 싸움이 대등해진다. 이거 정말 대단하다고 진구는 생각한다. 그렇지만 진구는 결국 난처해하며 "원래대로 돌려줘."라고 도라에몽에게 부탁한다.

나 역시 진구와 마찬가지였다.

물론 이런 변화는 바이러스가 만연한 탓이다. 다들 현재 상황에 대응하고 있을 뿐 성격까지 변한 것은 아니다. 하지만 어쨌든 병에 대한 불안과 걱정만으로 이토록 가치관과 심리 상태 등이 변화한 것이다.

만약 정말로 병에 걸리고 심지어 투병이 장기간 이어진다면, 성격까지 변하지 않는 게 외려 이상할 것이다.

그런 사실을 이제는 많은 사람들이 어느 정도 직접 체감함
으로써 이해할 수 있게 되지 않았을까.

병이 같다고 성격까지 같지는 않다

병 때문에 성격이 변화한다고 이야기했지만, 그렇다고 해서
'이 병에 걸리면 이런 성격'이라고 할 수 있다는 뜻은 아니다.
이 점은 오해하지 않기를 바란다.

물론 어느 정도 공통점은 있다. 하지만 원래 각자 성격이
다르기 때문에 병에 걸려서 변화하여 웬만큼 공통된 특성을
지니게 된다 할지라도, 성격이 같아지지는 않는다. 재료는 같
아도 토대가 다른 것이다.

고향이 ○○라든지, 혈액형이 ○형이라든지 하며 한데 뭉뚱
그리면 그리 좋지 않은데, 무엇보다 불쾌한 것은 '○○병 환자'
라고 묶을 때다.

어느 병의 환자 중 유명인이 있으면 사람들은 종종 '아, 그
사람과 같은 병이구나.'라고 말한다. 그런 말에는 명백하게 정
신적으로도 그 유명인과 같은 문제가 있으리라는 편견이 포함
될 때가 있다. 그보다 심한 민폐란 없다. 전혀 관계가 없는 사
람이 지닌 성격상 단점의 불똥이 내게도 튄 것이다.

병에 걸리고 얼마 지나지 않았을 무렵, 내 병과 관련한 의학서들을 열심히 읽어보았다. 그 내용 중 성격에 관한 조사라는 것이 있었다. 어떤 사람들이 궤양성 대장염에 걸리는지 성격 조사를 실시한 것이다.

그 결과로 '현재 상황에 만족하지 않고, 어떻게든 변하려 하는 성격'이 언급되었다. 그런 성격 때문에 심한 스트레스를 떠안기 쉽다고.

처음 봤을 때는 '그렇구나!' 하고 납득했다. 내 성격도 그랬기 때문이다.

하지만 곰곰이 생각해보면, 좀 이상했다.

우선, 그 성격 조사가 이미 병에 걸린 사람들을 대상으로 이뤄졌다는 점이었다. 앞서 적었듯이 성격은 병 때문에 변화한다. 그러니 병을 경험한 사람들의 성격을 조사한들 '이런 성격의 사람들이 이 병에 걸린다.'라는 결론을 내릴 수는 없다.

정확히 알려면 건강한 사람들을 대상으로 성격을 조사한 다음, 그중 어떤 성격의 사람들이 궤양성 대장염에 걸리는지 추적해야 한다. 현실적으로 어려운 방법이지만.

그렇다면 '궤양성 대장염에 걸리면 현재 상황에 만족하지 않고, 어떻게든 변하려 하는 성격이 된다.'라고 할 수는 있을까.

병에 걸리면 누구든 현재 상황에 만족할 수 없을 것이다. 어떻게든 바꾸고 싶다고 누구나 생각할 테니, 병 때문에 그런 성격이 되는지도 모른다.

그렇지만 역시 곰곰이 생각해보면 '현재 상황에 만족하지 않고, 어떻게든 변하려 하는 성격'이란 대부분 사람들에게 해당하지 않을까? 그런 점이 전혀 없는 사람이 과연 존재할까? 현재에 충분히 만족하는 사람이라도 무언가 바꾸고 싶은 부분은 있을 테고, 많이 바라지 않는 사람도 사소한 소망은 있을 것이다.

심리학에 '바넘 효과Barnum Effect'라는 개념이 있다. 쉽게 말하면 누구에게나 해당하는 특성인데 '내 얘기야!'라고 자신만의 특성이라 생각해버리는 현상을 뜻한다. 가령 '당신은 다른 사람들이 자신을 좋아하고 칭찬해주길 바라지만, 한편으로는 자신을 비판하는 경향이 있습니다.'라는 말을 듣고 깊은 속마음을 간파당한 듯한 느낌을 받을 수 있다. 하지만 그런 심리적 경향은 사실 누구에게나 있다.

점이나 혈액형별 성격 진단 등에서는 이 '바넘 효과'를 이용하곤 한다.

"그런 성격이 그 병에 걸린다." 혹은 "그 병에 걸리면 그런 성격이 된다."라는 말을 들으면, 당사자와 주위 사람 모두 절로 그 말이 정확하다고 느끼곤 한다.

그렇지만 정확한 성격 조사는 현실적으로 어렵다. 정확하다고 느끼는 것은 '바넘 효과' 때문일 때가 많다.

마음을 조종하는 신체

해럴드 핀터Harold Pinter가 각본을 쓴 영화 「하인」에서는 주인과 하인의 관계가 점점 역전된다.

병에 걸렸을 때의 느낌이 그와 비슷하다. 그때까지 마음이 주인이고 신체는 마음의 명령을 들었는데, 점점 신체가 주인이 되어가고 마음이 신체의 명령을 받게 된다. 나는 그런 역전을 느꼈다.

그렇지만 실은 병을 계기로 뒤늦게 그런 감각을 깨달았을 뿐, 애초부터 주인은 신체였는지도 모른다. 숨은 실세인 것이다.

곰곰이 생각해보면 성격이란 생각보다 훨씬 신체의 영향을 받아 형성되는 것이 아닐까?

병에 걸려서 변화하는 신체에 따라 성격이 변하는 것도 애초에 성격이 신체에 따라 형성되기 때문일 것이다. 흔히 마음이 신체를 제어한다고 생각하지만, 나는 오히려 신체가 마음을 제어한다고 생각한다.

호러 장르에서 인형사가 등장하는 이야기를 본 적이 있다. 인형사가 실을 당기며 인형을 조종하는 줄 알았는데, 실은 인형이 멋대로 움직였고 인형사 쪽이 실에 조종을 당하고 있었다는 내용이었다.

마음과 신체도 그런 관계인 것 같다.

궤양성 대장염의 증상이 나타나기 전, 나는 갑자기 정신 상태가 이상했었다.

대학교 3학년 때였고 기숙사에 살고 있었는데, 왠지 마음이 사나워져서 괜히 누군가와 싸우고 싶었다.

나는 본래 싸움 같은 건 정말 싫어한다. 사람을 때리고 싶지 않고, 맞기도 싫다. 그런데 그 무렵에는 공연히 싸우고 싶어서 누가 어깨라도 부딪치지 않을까 눈을 희번덕거리며 교내를 걸어다녔다.

'이상하네…'라고 스스로도 생각했다. 그러고 있는데 희귀질환이었다.

병에 걸린 후에는 몸이 약해졌기 때문에 신체가 마음에 미치는 영향을 뚜렷이 느낄 수 있었다. 괜히 자꾸 화가 나거나 슬퍼서 좀 이상하다 싶을 때는 마음이 아니라 몸에 문제가 있는 것이었다.

「지옥팔경망자회地獄地獄亡者戱」라는 라쿠고에는 진돈키人吞鬼라는 커다란 도깨비한테 통째로 먹힌 의사, 수도자, 곡예사, 발치사*가 도깨비의 배 속에서 다음과 같은 장난을 친다.

---

* 일본 에도 시대에는 입 안을 살피는 의사 외에 이 뽑기를 전문적으로 하는 발치사가 따로 존재했다.

의사	이 끈을 당기면 도깨비가 재채기를 한다.
발치사	이 끈을 당기면 도깨비가 재채기라… 영차.
도깨비	에취!
발치사	한다, 한다. 재미있구먼.
의사	거기에 지렛대 같은 게 있지? 그걸 꾹 들어봐. 그러면 도깨비가 복통을 겪을 거야. 그걸 힘껏 이쪽으로 세워봐.
곡예사	이걸 이렇게, 음….
도깨비	아야야야야야.
곡예사	도깨비, 아픈가 봐, 아픈가 봐. 재미있구먼.
의사	그 옆에 둥근 덩어리, 한번 간지럽혀봐. 도깨비가 웃을 거야.
수도자	이걸 간지럽히면, 웃는다고. 여기 둥근 걸… 간질간질간질.
도깨비	아하하.
수도자	웃는다, 웃는다. 재미있구먼.

—『베이초 라쿠고 전집 증보개정판 제4권』 중에서[62]

인간의 감정이라고 하는 것은 이처럼 신체의 어딘가에 있는 끈이 당겨진 결과에 불과하지 않을까.

이렇게 말하면 너무 극단적이지 않은가 싶지만, 나는 내심 그렇게 느끼고 있다.

소설가 르 클레지오가 쓴 『열병』임미경 옮김, 문학과지성사 2015
이라는 소설집이 있다. 일본어판도 출간되었지만 벌써 50년
가까이 절판된 채다. 르 클레지오가 노벨상을 수상했을 때 복
간하지 않을까 기대했지만 그러지 않았다. 이 책의 대단함을
이해하기 어려운 모양이다.

이 소설집의 등장인물들은 치통이나 발열 같은 아주 사소
한 생리적 고통이 계기가 되어 정신이 무너진다. 철학적 고민
이 아니라, 정신적 고뇌가 아니라, 충격적 사건이 아니라, 생리
적 고통에서 시작된다는 점에 나는 강하게 고개를 끄덕였다.

작가란 정말 대단하다. 병에 걸리지 않아도 그런 걸 눈치채
니 말이다.

> 신체의 곁에서 신체에 의해 살아가는 동안에, 사람의 신체
> 에는 그 나름의 뉘앙스, 생生이 있으며—굳이 무의미하게
> 표현하면—고유의 심리가 있다. 정신의 진전과 마찬가지로
> 신체의 진전에도 그 나름의 역사, 곡절, 진보, 그리고 손실
> 이 있다는 것을 깨닫는다.
>
> —알베르 카뮈[63]

> 너의 사고와 감정 뒤엔 나의 형제여, 힘센 명령자, 알려지지
> 않은 한 현자가 있으니, (…) 그것이 곧 네 육체이다.
>
> —니체, 『차라투스트라는 이렇게 말했다』 중에서[64]

우리는 육체가 이끄는 대로 끌려가며, 육체의 변덕은 각각 판결에 상응한다. 우리를 지배하고 좌지우지하는 것은 육체이며, 온갖 기분을 강압하는 것도 육체다.

—에밀 시오랑, 『시간을 향한 추락』 중에서[65]

그 사람은 사실 그런 사람이
아닐지 모른다

병에 따라 성격이 변한다는 말은 다르게 해석할 수도 있다. 어떤 사람이 혹시 병에 걸리지 않았다면 성격이 다를 수도 있다고.

늘 심기가 불편하고, 마음을 터놓지 않고, 인간을 싫어한다.

나에 대해 그렇게 생각하는 사람이 많다.

그렇지 않다!

내가 그런 사람으로 보이는 진짜 이유를 아무도 모른다.

나는 어린 시절부터 기질이 정열적이고 활발했다.

사람과 어울리는 것도 좋아했다.

그렇지만 부러 사람들을 멀리하며,

고독한 생활을 할 수밖에 없게 되었다.

무리해서 사람들과 교류하려고 하면,

귀가 듣지 못하는 슬픔이 배로 늘어난다.

괴로운 경험을 한 끝에

다시 혼자만의 생활로 되돌아가는 것이다.

—베토벤[66]

베토벤이라 하면, 무서운 표정으로 타인의 접근을 막는다
는 인상이 있다. 심지어 무언가 정신적 질환이 있지 않았을까
하는 추측도 있다.

결벽증 때문에 자주 손을 씻는 한편, '더러운 곰'이라는 별
명이 붙을 만큼 옷차림에는 무관심해서 노숙자로 오인되어 체
포된 적도 있었기 때문이다.

그렇지만 베토벤의 '신체'에 대해 생각해보면 그 모든 것들
을 납득할 수 있다.

베토벤은 어린 시절부터 몸이 약해서 병을 달고 살았다. 눈
병, 천연두, 폐병, 류머티즘, 황달, 결막염, 그 외에 수많은 신체
적 문제로 골치를 앓았다. 그리고 만성적인 복통과 설사가 있
었고 위의 상태도 좋지 않았다.

병치레가 잦고 위장이 약한 사람은—나도 그렇지만—입으
로 들어가는 것에 매우 조심한다. 그래서 손을 자주 씻고 결
벽증이 된다.

그에 더해 베토벤은 20대 후반에 난청이 되었다. 그 때문에
사람과 어울리기 어려워졌다.

고독한 생활을 하다 보면 옷차림에 관심이 없어지는 것도 당연하다. 누구도 만나지 않으니 몸단장이란 괜히 슬픔을 더하는 행위일 뿐이다.

베토벤과 처음 만났는데 몰골이 말이 아니라서 로빈슨 크루소인 줄 알았다는 사람도 있었다고 한다. 베토벤은 그야말로 무인도에서 혼자 사는 듯한 생활을 했으니 그런 모습인 것도 당연하다.

상대방에 대해 자세히 알면 이상해 보이던 것도 이해할 수 있다. 이상한 사람 같았는데 그렇지 않다는 걸 알게 되기도 한다.

당연히 한 사람 한 사람을 그렇게 자세히 알기란 불가능하다. 그렇지만 불가능하기에 더더욱 나는 '무언가 사정이 있을지 몰라.' '실은 그런 사람이 아닌지 몰라.'라는 단서를 붙이며 사람을 대하고 싶다.

그렇게 잠깐 생각하기만 해도, 커다란 차이가 생겨난다.

10장

좀처럼 없는 일이 일어나다 —낫지 않는다는 말의 의미

경험은 좋은 약이지만,
병이 나은 다음에야 손에 넣을 수 있다.

● 장 파울[67]

좀처럼 없는 일이 일어나다

궤양성 대장염은 희귀질환 중에서 환자 수가 많은 편이다. 하지만 희귀질환에 걸린다는 것은 역시 확률이 낮은 일이긴 하다. 좀처럼 없는 일이 내게 일어난 셈이다.

그것은 도대체 어떤 체험이었나?

이 의문에 대해 좀더 써보려고 한다.

병에 걸리기 전에 있던 일이다.

갓 중학생이 되었을 무렵, 교통사고를 당했다. 하굣길에 자전거를 타고 보도를 똑바로 달려가는데, 요구르트 공장에서 나오던 승용차가 내 옆을 들이받았다.

지금도 다가오는 차가 슬로모션으로 보였던 것이 기억난다.

여담이지만, 그 사고 이후 나는 급박한 순간이 닥치면 주위의 일들을 슬로모션으로 느끼게 되었다. 그러면서 해를 피하기도 한다. 예를 들어 같은 테이블에 앉은 사람이 맥주잔을 쓰러뜨려서 맥주가 내 다리로 쏟아지려 할 때 획 피한다든지. 내 민첩함에 사람들이 여러 번 놀랐다.

아마 위기의 순간에는 뇌내 마약 같은 것이 분비되는 듯하다. 그래서 순간적으로 인식 능력이 높아지고, 그만큼 주위의 움직임을 느리게 느끼는 것 아닐까. 세계 최고의 축구 선수인 리오넬 메시는 슬로모션으로 보지 않으면 뭘 하는지 모를 정도로 빠르게 움직이는데, 그는 어쩌면 경기장 안에서 주위의 모든 것을 슬로모션으로 보는 게 아닐까 싶다.

그렇지만 사고가 나던 그날은 처음 슬로모션으로 본 거라 미처 자동차를 피할 수 없었다. 천천히 다가오는 차의 앞 범퍼를 보면서 '아, 부딪친다. 아, 조금 있으면 부딪친다.'라고 생각하다가 마침내 정말로 부딪쳤다.

나는 차도로 튕겨 나갔다. 버스가 자주 다니는 길이라 타이밍이 나빴다면 비참한 사태가 벌어졌을 텐데, 다행히 자동차가 지나가지 않아서 살았다.

운전석에서 회사원인 듯한 남성이 허둥대며 내리더니 "괜찮니?"라고 거듭해서 물었다. 나는 "괜찮아요."라고 답하고는 그 자리에서 도망치려 했다.

지금도 의아한데 당시 과실은 명백히 상대방에게 있었다. 자동차로 공장에서 나갈 때는 일시 정지 후 좌우를 확인해야 한다. 그런데 별안간 튀어나와서는 보도를 직진하던 아이를 친 것이다.

그렇지만 나는 왠지 그 사고를 덮어두려고 했다. 머리로 생각했다기보다는 자연스레 그런 행동을 취했다. 나는 괜찮으니 이제 저 운전자는 어디든 빨리 갔으면 하고 바랐다.

자전거를 끌고 가려 했는데, 몸체가 휘어서 바퀴가 제대로 돌아가지 않았다. 그래도 억지로 끌며 그 자리를 벗어나려 했다.

운전자도 자동차로 돌아가서는 허둥지둥 그 자리를 떠났다. 뭐, 뺑소니에 가까웠지만 내 태도 탓도 있었을 것이다.

집에 돌아가서도 사고에 대해서는 숨겼다. 아무에게도 말하지 않았다. 마치 내가 범인, 가해자인 듯이. 자전거를 몰래 쇠망치로 두들겨서 고치려고 했다. 그 장면을 가족이 발견해서 추궁을 당한 끝에 숨기지 못하고 결국 자백했다.

그때의 심리는 지금도 불가사의하다. 그래도 그 일을 체험한 덕에 피해자가 피해 사실을 숨기려 하거나 피해자인데 죄의식을 갖는 심리를 나는 생생하게 잘 이해할 수 있다.

왜 그렇게 해버렸는지는 스스로도 이해하지 못하지만.

나를 친 사람은 우연히도 내 가족 중 한 명의 직장 동료였다. 회사에서 "아이를 치어버렸어."라고 동료가 고백하는 것을 듣고 "내 동생이야!" 했다고.

경찰을 부르지는 않았다. 그 사람은 바움쿠헨을 사 들고 사과하러 왔다. 그 뒤로 나는 바움쿠헨을 정말 좋아한다. 그것도 참 신기한 일이고, 좀 한심하다고 생각한다.

이야기가 딴 길로 새었는데, 나는 한 차례 더 교통사고를 체험했다. 첫 번째 사고에서 얼마 지나지 않은 때로 기억한다.

그때는 자동차의 조수석에 앉아 있었다. 당연히 운전자는 내가 아니었다. 겨울날 아침이었고 눈이 내려서 도로에 얼음이 얼어 있었다.

자동차가 미끄러졌다. 핸들이 전혀 듣지 않았고 빙판 위를 쫙 미끄러지듯이 (정말로 그랬지만) 가다가 길가에 서 있던 차를 들이받았다.

부딪치기 전부터 부딪칠 것을 알고 있었다. 그래도 어쩔 수 없었다. 나는 물론 운전자도. '심각한 일이 일어날 것을 알지만 스스로는 어쩔 수 없다.' 이런 감각이 지금도 내 내면에 남아 있다.

운전자는 경찰서에 가게 되었고, 나는 먼저 돌아가라는 말을 들었다. 알려준 대로 버스 정류장에 갔지만 시골이라서 몇 시간은 기다려야 했다. 추워서 도저히 기다릴 수 없었다. 걷는게 나을 듯해서 버스 정류장이 있는 길을 따라 걸어서 돌아가려 했다.

그리고 길을 잃었다. 눈이 내리기 시작했다. 아무리 털어내도 눈이 몸은 물론 얼굴에도 쌓였다. 의식이 몽롱해졌다.

화장실을 가고 싶어 힘들던 중에 공사장의 간이 화장실을 발견해서 들어갔다. 그런데 화장실 밖에 개가 다가와서 짖어대는 바람에 나갈 수 없었다. 어떻게 나갔는지는 기억나지 않는다.

길을 물어보러 민가에 들어갔던 건 기억한다. 도와주지 않을까 조금 기대했다. 하지만 "괜찮아?"라며 걱정해줄 뿐 길만 가르쳐주고 그 이상은 도와주지 않았다.

간신히 집에 도착했지만, 그토록 고생했다는 이야기는 아무래도 가족에게 말할 수 없었다. 난로 앞에서 그저 묵묵히 있었다. 늘 수다스러운 아이였는데.

자꾸 이야기가 새어버렸다. 내가 이야기하고 싶은 것은 앞선 사례처럼 차에 치이거나 차를 들이받으면, '나는 사고를 당하지 않는다.'라는 많은 사람들이 지닌 소박한 신앙을 잃게 된다는 말이다.

'뭐야, 겨우 그거야?' 이렇게 생각할지도 모르겠다. 하지만 의외로 그 신앙은 무척 중요하다. 사람은 그런 신앙 덕분에 일상을 원활하게 살아갈 수 있다. 그 신앙을 잃고 사고가 일어날 확률 등을 정확하게 알려고 고심하면, 여러 가지 일들이 무서워져서 더 이상 아무것도 할 수 없게 된다. 우울증인 사람들이 현실을 정확히 인식한다는 심리연구 결과가 있는데, 그럴 만하다. 사람이란 현실을 퍽 낙관적으로 생각한다. 만약 그렇지 않으면 생활에 지장을 받아 평범한 일상을 보내지 못한다.

나는 더 이상 '사고는 타인에게 일어나는 일이고 나와는 상관없다.'라는 식으로 생각하지 못한다. 그래서 항상 긴장한 상태로 있다. 운전면허도 없다. 사람을 칠지 모르기 때문이다.

내 지인 중에 행인을 치었던 사람이 있다. 다행히 행인은 다치지 않았는데, 앞유리에 그 사람이 찰싹 달라붙었다고 한다. 심지어 공포로 일그러진 얼굴을 코앞에서 봐버려서 무척 무서웠던 모양이다. 그는 그 모습을 잊을 수 없어서 그 뒤로 운전을 그만두고 택시를 이용하고 있다. 한번 체험하면 더 이상 '나는 괜찮아.'라고 할 수 없는 것이다.

낮은 확률에 겁내다

내가 교통사고만 겪었다면 원래 꽤 확률이 높은 일이니 그나마 나았을 것이다. 하지만 희귀질환이라는, 확률이 낮기 그지없는 것까지 걸려버렸다. 그건 피해가 극심했다.

매우 확률이 낮은 일까지 겁내게 된 것이다.

가령 진드기에 물려서 중증열성혈소판감소증후군에 걸린 사람이 일본 전역에 492명 있다는 뉴스를 들으면 대부분의 사람들은 '전국에 492명이니 나랑은 관계없어.'라고 생각할 것이다. 하지만 나처럼 한번 낮은 확률에 걸려버린 사람은 그 정도 숫자라도 무서워서 몸이 떨린다. 나와 관계없다고 생각하지 못한다.

괴물 영화를 보면 괴물이 등장하는 장면에서 제일 처음 밟혀 죽는 사람이 있다. 사람들 대부분은 별로 신경 쓰지 않을 것이다. '괴물 등장!'이라며 영화를 즐길 뿐이지. 하지만 나는 불행한 희생자에게 어쩔 수 없이 마음이 쓰인다. 저 사람은 지금껏 많은 경험을 했을 텐데, 희로애락을 느끼며 살아왔을 텐데, 저렇게 허무하게 영문도 모른 채 밟혀 죽다니… 이런저런 생각이 떠올라서 무사히 도망친 주인공 일행에게는 좀처럼 관심이 가지 않는다.

텔레비전의 역사 프로그램에서 오래전 전쟁을 두고 "전사자가 두 명에 불과한, 대승리를 거두었다."라고 설명하면 나는 전사자 두 명에게 온 신경이 쏠린다.

다들 승리를 기뻐하며 흥분해 있을 때, 그 두 명의 가족은 마음이 어땠을까. 슬퍼하는 것조차 주위의 시선을 피해서 해야 하지 않았을까.

영화 「라이언 일병 구하기」의 도입부는 노르망디 상륙작전을 묘사한다. 상륙용 함정이 해변에 도착해서 병사들을 내려주기 위해 함수가 열리는 순간, 우연히 유탄이 날아와 많은 병사들이 목숨을 잃는다. 훈련을 거듭해서 나라를 위해 싸우려 했는데, 싸우기는커녕 해변에 내려서기도 전에 어쩌다 유탄에 맞아서 죽어버린 것이다.

그 장면에는 나라를 위해, 그리고 사랑하는 사람을 위해 목숨을 바치겠다는 영웅주의가 털끝만치도 없다. 허무함 또한 느껴지지 않는다. 있는 것은 오로지 두려운 우연뿐.

어머니가 배 속에서 10개월을 품고, 모유와 이유식을 먹이며 길렀다. 홍역이나 볼거리를 간호하고, 공부를 못해서 걱정하고, 편식을 고치려 고생도 했다. 그런저런 일을 겪으며 살아왔건만, 목숨은 우연한 유탄에 좌우된다.

사람은 보통 자신은 그런 유탄에 맞지 않는다고 생각한다. 자기는 그런 엑스트라가 아니라 위험한 상황에서도 간신히 살아남아 활약하는 주인공이라고 여긴다.

그렇지만 나처럼 낮은 확률에 걸린 적이 있는 사람은 무엇이 벌어질지 모른다는 생각이 몸에 배어 있다. 이름 없는 엑스트라가 겪는 일이 내게 일어날지도 모른다는 걸 잘 알고 있다.

그래서 삶이 힘들다.

일상에는 사실 이런저런 위험이 가득하다. 어쩌다 공사장에서 떨어진 철골에 맞아 세상을 떠난 사람도 현실에 존재한다. 그처럼 낮은 확률의 수많은 위험을 나 같은 사람은 일일이 두려워하면서 살아간다. 나는 공사장 아래는 절대로 걸어가지 않는다.

다만, 확률이 낮아도 일어날 수 있다고 생각하기 때문에 복권은 산다. 당첨될 것 같으니까.

우유 컵을 입으로 가져가는 것조차 두려워집니다.
그 컵이 눈앞에서 깨져서
파편이 얼굴로 튀어 오르지 말란 보장이 없기 때문입니다.
―카프카[68]

지나친 '메멘토 모리'

나쓰메 소세키는 에세이에 다음과 같은 내용을 적었다.

인간의 한 사람으로서, 자신만은 죽지 않는 게 당연하다고 여기며 지내는 경우가 많다. (…)
어떤 사람이 나를 보고 "남이 죽는 건 당연한 듯한데 자신이 죽는 건 도저히 생각할 수 없습니다."라고 말한 적이 있다. 전쟁에 나간 경험이 있는 어떤 남자에게, "그렇게 옆에서 대원이 하나둘 쓰러지는 걸 보면서도 자기만은 안 죽는다고 생각할 수 있을까요?" 하고 물었더니 그 사람은 "있고말고요. 아마 죽는 그 순간까지 죽지 않을 거라고 생각할 겁니다."라고 대답했다. (…)

나 또한 어쩌면 그런 사람들과 똑같은 기분으로 비교적 태
연히 지내고 있는지도 모르겠다.

─나쓰메 소세키,『유리문 안에서』중에서[69]

보통 사람의 심정은 이 글과 같을 것이다.

모든 사람은 언젠가 죽기 때문에 모든 사람이 그 사실을
생각하지 않으려 한다. 생각하면 도저히 살아갈 수 없으니까.

죽음을 생각하지 않을 수 있는 능력이야말로 살아가기 위
해 가장 중요한 것인지 모른다.

영화 「극장판 트릭: 영능력자 배틀 로얄」에는 여러 영능력
자들이 자신의 힘을 과시하는 장면이 있다. 배우 후지키 나오
히토가 연기한 영능력자는 이렇게 말했다.

"나는 절대로 죽지 않는 불사신이다. 그 증거로 나는 태어
나서 지금껏 한 번도 죽지 않았다!"

이런 대사에 나는 크게 감동해버린다.

누군가 "태어나서 지금껏 한 번도 실패하지 않았다." "태어
나서 지금껏 한 번도 거짓말을 하지 않았다." "태어나서 지금
껏 한 번도 울지 않았다." "태어나서 지금껏 한 번도 화내지
않았다." 같은 말을 했다면, 그리고 그게 정말이라면 그야말로

기적적인 일이다.

'한 번도 없다'는 말은 대부분 과장이고 실은 몇 번 있게 마련인 것이다.

그렇지만 "나는 태어나서 지금껏 한 번도 죽지 않았다!"라는 말은 지금 이 글을 읽는 사람 모두에게 틀림없이 해당하는 사실이다.

까먹고 있었는데 실은 한 번… 하는 예외는 없다. 죽을 뻔했을 수는 있지만, 결과적으로 죽지 않은 것이다.

환자인 나 역시 아직 한 번도 죽지 않았다.

이렇게 생각해보니 약자인 줄만 알았던 나도 사실 강자였다. 패배자라고만 생각했는데 사실 승자였다.

죽을 뻔한 일은 인생에서 몇 번이고 있게 마련이고, (자동차가 아슬아슬하게 지나친다든지) 그때마다 살아남은 영웅이 바로 우리다. 그러니 드라마의 능력자처럼 '나는 죽지 않아.'라고 믿어도 어쩔 수 없다.

신종 코로나바이러스에 대해서도 나는 죽지 않는다고 믿는 사람이 수없이 있었다. 고위험군인 고령자조차도. 그동안 살면서 한 번도 죽지 않았기 때문이다.

건강한 사람들은 죽음의 기분이나 고통을 경험한 적이 없다. 그들의 삶은 마치 그것이 전부인 것처럼 흘러간다. 삶과 죽음을 별개로 생각하고, 죽음을 삶을 벗어난 현실로 생각하는 것이 정상적인 사람의 속성이다.

—에밀 시오랑, 『해뜨기 전이 가장 어둡다』 중에서[70]

그렇지만 환자의 경우에는 아무래도 죽음을 의식하지 않을 수 없다.

특히 희귀질환에 걸린 사람은, 즉 '확률 낮은 일도 내게 일어날 수 있다.'라고 배운 사람은 언제 죽을지 모른다고 벌벌 떨게 된다. 죽음에 관한 생각을 머리에서 떨칠 수 없어 안심하고 살 수 없을 정도다.

주위 사람들에게 희귀질환 환자는 관 속에 한쪽 발을 들이민 듯이 보일 것이다. 그런데 내가 당사자로서 직접 느껴보니, 그보다는 오히려 「절약의 비법始末の極意」이라는 라쿠고의 한 장면과 비슷하다.

궁극의 절약을 배우기 위해서 한 남자가 밤중에 절약의 달인을 찾아간다.

절약을 위해 등불도 켜지 않아 캄캄한 집 안에 달인이 벌거벗은 채 앉아 있다. 옷을 절약하기 위해서다. 달인은 한겨울에도 그런다고 한다. "춥지 않습니까?"라는 물음에 달인은 다음처럼 답한다.

"정원석 중에 커다란 녀석을 새끼줄로 묶어 머리 위에 매달아 놔봐. 혹시라도 줄이 끊어지면 죽겠구나 생각하면, 이렇게 앉아만 있어도 식은땀이 줄줄….”
—『베이초 라쿠고 전집 증보개정판 제4권』 중에서[71]

항상 죽음에 관해 생각하는 상태란, 커다란 돌이 머리 위에 매달려 있고 언제 줄이 끊어질지 모르는 것과 비슷하다.

그 때문에 작은 생물을 죽이지 못한다. 개미, 파리, 모기, 그런 것들을 짓누르거나 때려잡지 못한다. 작으면 작을수록 생명 그 자체인 듯한 느낌이 든다. 그런 생명에게 내가 ‘머리 위에 매달린 커다란 돌’이 되기란 도저히 불가능하다.

나는 모기에 잘 물리는 체질이라 고생이 이만저만 아니지만.

어쩌다 부우우웅 하고 벌레가 다가와 얼굴 부근을 날아다니면, 시끄러워서 내쫓지만 다시 돌아오고, 내던져도 날개가 튼튼해 다치지 않는다. 결국에 화가 나서 그것을 붙잡아 다리를 하나씩 잡아떼어 버리는데, 조금 남은 다리로라도 발버둥 쳐서 기어 다닌다. 이걸 보니 갑자기 불쌍해서 어쩌면 좋을까 생각하지만 다시 다리를 붙일 수도 없다. 차라리 죽여야겠다고 손으로 잡아도 그러지 못하고, 뒤늦게 깊은 죄책감이 들지만 어쩔 도리가 없다.
—마사오카 시키, 「병상쇄사」 중에서[72]

인간은 죽음을 잊어버린다. 그래서 '죽음을 기억하라.'라는 뜻의 '메멘토 모리Memento mori'라는 경구가 있지만, 환자의 경우에는 '메멘토 모리'가 지나쳐서 탈이 난다.

환자에게는 '죽음을 잊어라.'라는 말이 필요할 정도다.

죽는 것이 당연한 일이라 해도, 죽음에 집착하여 만사에 죽음을 생각하는 것은 당연하지 않다.

—에밀 시오랑, 『시간을 향한 추락』 중에서[73]

건강하지만 죽음에 가까이 있는 사람은 어떻게 느끼는가

'메멘토 모리'가 지나친 것은 의사와 간호사도 마찬가지일 것이다.

일상적으로 가까이에서 사람이 죽는다. 도저히 죽음을 잊지 못할 게 분명하다.

그들의 심경은 어떨까 생각했다.

자신도 언젠가는 죽을 몸이니 역시 좀더 죽음을 잊을 수 있기를 바랄까.

야마다 다이치가 각본을 쓴 드라마 「고르지 않은 사과들 IV」에서 간호사인 요코는 전에 간호사였던 친구 하루에에게 편지를 보낸다.

"하루에도 죽어가는 사람을 너무 많이 봤지. (…) 병원 밖
에 나가면 죽어가는 사람은 없는 것처럼 밝아. 사실은 매
일매일 사람이 죽는데 말이야. 나는 항상 죽어가는 사람
들 곁에 있어. 그런 일이 최근 들어 가끔씩 아주 피곤해.
너무, 힘들어."

아니면 전쟁터에서 다른 병사들이 총탄에 맞아 픽픽 쓰러
져도 자기만은 죽지 않는 영웅이라고, 나아가 불사신 같다고
강하게 믿을까.

죽은 자들 가운데 자기 혼자 서 있다는 것을 깨닫는 힘의
자각은 결국 어떠한 비통보다도 강하다. 이 같은 힘의 자각
은 똑같은 운명을 나눠 가진 많은 사람들 가운데서 그가
선택받았다는 느낌인 것이다. 그가 아직도 존재한다는 사
실만으로 자신은 살아남은 자이며 다른 사람들보다 우월한
존재라고 느낀다.
—엘리아스 카네티, 『군중과 권력』 중에서[74]

예전에 간호사에게 물어본 적이 있다.
어쩌다 복도에서 친한 간호사와 단둘이 있었다. 조금 잡담

을 할 시간이 있었다.

간호사는 의외의 말을 했다.

그는 "신을 믿는다."라고 했다.

특정한 신을 가리키는 것은 아닌 듯했다. 그저 신 같은 존재를 믿고 있다고.

놀라워서 나도 모르게 질문해버렸다.

"이런 일을 하는데 신을 믿는다고요?"

괴테는 어린 시절 리스본 대지진에 충격을 받아 신을 믿지 않게 되었다. 그는 자서전에 다음처럼 적었다.

"방금 전까지 평화롭게 평안히 생활하던 6만 명이 한순간에 죽었다."

"현명하고 자비롭다고 배웠던 신이 올바른 자도 부정한 자도 똑같이 파멸시켰다."

"그 일이 어린 마음에 깊은 인상을 남겨 어떡해도 다시 일어설 수 없었다."

―괴테[75]

괴테는 그 뒤로 교회도 가지 않았다.

괴테처럼 하는 것이 오히려 더 자연스럽지 않을까.

병원에서는 천진난만한 아이들까지 목숨을 잃는다. 간호사는 그들을 직접 봐야만 한다. 신 같은 건 도저히 못 믿지 않을까.

그럼에도 불구하고 간호사는 내 질문에 놀라며 이렇게 되물었다.

"희귀질환에 걸렸는데 당신은 신을 믿지 않는 건가요? 그래도 살아갈 수 있나요?"

그는 정말 의외라는 표정을 지었다.

나는 답하지 못했다. 간호사의 심경을 이해할 수 없어서 아무 말도 나오지 않았다.

이 대화는 아직도 내 속에서 울리고 있다.

물론 개인의 견해일 뿐 모든 간호사의 마음이 똑같지는 않다. 하지만 아무래도 간호사의 입장이 되어보지 않으면 이해할 수 없는 것이 있는 모양이었다.

인간은 병과 회복에서 배운다

희귀질환에 걸린다는 것은, 좀처럼 없는 일이 일어나고 그대로 낫지 않는다는 뜻이다.

지금부터는 '낫지 않는다'는 것에 대해 이야기해보겠다.

건강한 사람에게는 병에 걸린다는 걱정이 있지만, 환자에게
는 회복한다는 즐거움이 있다.

—데라다 도라히코, 「K에서 Q까지」 중에서[76]

감기처럼 흔한 병도 점점 몸이 좋아지면 기분이 좋게 마련
이다. 아프던 목이 편안해지고, 메슥거림이 식욕으로 변하고,
열이 나서 나른하던 몸이 점점 가볍게 움직인다.

금방 낫는 가벼운 병이라면,
나는 외려 고마워할 것입니다.
어린 시절부터 항상 그런 병에 걸리기를 바라왔습니다.
하지만 거의 걸리지 않았습니다.
예외 없이 흘러가는 시간을
그런 병은 가로막아줍니다.
그리고 이 오래되어 낡은 약해빠진 인간에게
사소한 재생의 기회를 줍니다.
그 기회야말로 지금 내가 절실하게 원하는 것입니다.

—카프카[77]

마음이 괴로우면, 때로 자기 몸에 상처를 내기도 한다. 손
목을 긋는다든지. 혹시 몸이 점점 치유되는 재생의 기쁨을 느
끼고 싶어서 그러는 건 아닐까. 마음이 치유되긴 어려우니까.

감기에 걸리지 않은 사람은 있어도 몸에 상처를 한 번도 입지 않은 사람은 없을 것이다. 처음에는 피가 흐르고 아프지만, 이윽고 피가 굳고 상처가 닫히며, 점점 아프지 않다가 마침내 상처가 사라진다.

그렇게 몸에 이상이 일어나고 그것이 낫는 과정을 사람들 대부분은 인생에서 여러 차례 경험한다. 많은 사람들이 '인생은 어떻게든 되는 법'이라든지 '시간이 약'이라고 생각하는 이유는 그런 경험 덕분이 아닐까. 나는 늘 그렇게 생각했다.

왜냐하면 희귀질환에 걸린 후 나는 그렇게 생각할 수 없기 때문이다.

마침 내 생각을 뒷받침하는 심리연구가 있다는 것을 들었다. 그 연구에 따르면 사람은 상처 입거나 병에 걸림으로써 '힘들고 고통스러운 상태에서 점점 치유되는 과정을 경험한다'고 한다. 그 경험은 마음에도 영향을 미친다. '지금은 힘들어도 언젠가 다시 괜찮아질 거야.'라는 확신이 마음에 뿌리내리는 것이다.

그 때문에 괴로운 경험을 할 때는 '과거에 겪은 수많은 상처와 병의 목록'을 작성해보면 좋다고 한다. 그러다 보면 언젠가 낫는다는 생각이 드니까.

실로 고개가 끄덕여지는 연구다.

다만, 낫지 않는 병에 걸린 사람은 어떨까?

'지금은 힘들어도 언젠가 다시 괜찮아질 거야.'라는 확신이 뿌리내리는 대신 '지금 힘든 게 이대로 계속 나아지지 않을지 몰라.'라는 생각이 마음속에 자리 잡아버리지 않을까.

내가 직접 겪어본 바로는, 바로 그런 생각을 학습해버렸던 것 같다.

"언젠가 어떻게든 돼."라는 말을 들으면 반사적으로 '어떻게 안 되는 경우도 있어.'라고 생각한다. "시간이 약이야."라는 말을 들으면 '시간이 듣지 않을 때도 있어.'라고 생각한다.

불행은 계속된다. 왜냐하면 불행이란, 불행에서 빠져나갈 수단을 잃어버린 것이기 때문이다.

―시몬 베유[78]

노력은 만능이 아니다

낫지 않는 병에 걸리면, 노력이라는 것에 대한 생각이 변한다.

낫지 않는다고 노력도 안 하는 건 아니다. 오히려 매일 노력을 쉬지 않는다. 보트의 바닥에 뚫린 구멍을 막으려면 최선을 다해 물을 퍼내는 수밖에 없듯이 말이다. 손을 멈추면 가라앉고 만다. 그래서 나는 노력의 가치를 지겨울 만큼 잘 알고 있다.

그렇지만 노력한다고 무엇이든 될 리가 없다는 사실도 몸에 배어 알고 있다.

오늘날 세상에는 '포기하지 않고 노력하면 꿈이 이뤄진다.'라는 메시지가 넘쳐흐르고 있다. 나는 그런 것에 반발하지 않을 수 없다.

상처를 입어도, 병에 걸려도, 포기하지 않으면 반드시 꿈은 이루어진다.
—텐리 올브라이트[79]

텐리 올브라이트는 어린 시절 폴리오바이러스 때문에 소아마비를 겪었다. 다리를 크게 다치기도 했다. 그런 어려움을 극복하고 피겨스케이팅 선수가 되어 올림픽에서 금메달을 수상했다.

올브라이트 같은 사람이 꿈은 이루어진다고 하면, 무척 설득력이 있고 감동적이기도 하다. 비슷한 상황에 놓인 사람은 큰 힘을 얻을 것이다.

그렇지만 올브라이트는 아버지가 부유한 외과 의사라 아픈 딸을 위해 아이스 링크를 만들어주기도 했고, 상처를 치료해주기도 했다. 올브라이트에게는 행운이 있었다.

그런 행운이 없는 사람도 당연히 있다. 그리고 꿈을 이루지 못하는 사람도 있다. 그런 사람들에게는 "포기하지 않으면 반드시 꿈은 이루어진다."의 '반드시'가 아픈 말일 것이다.

잘 풀린 사람은 항상 결과를 자신의 '노력'과 연결한다. 하지만 잘 풀리지 않은 입장에서 보면 노력과 상관없는 일이 수없이 있다.

그럼에도 불구하고 사회적으로 풍족하지 않은 사람이 자신의 고통을 호소하면 '노력이 부족한 탓이다.'라고 사회적으로 풍족한 지위에 있는 사람이 말할 때가 있다. '나도 고생 끝에 여기까지 왔다.'라는 식으로.

노력은 훌륭한 것이지만, 잘 풀리지 않은 일을 모두 '노력이 부족한 탓'이라고 치부하는 것은 참을 수 없다.

노력은 많은 가능성을 숨기고 있는 만큼 동시에 무서운 점도 품고 있다.

포기하지 마. 노력하면 반드시 손에 넣을 수 있어. 이런 무한정한 격려에서 느껴지는 둔감함 때문에 화가 날 정도다.
　　　—야마다 다이치, 『겨울의 책』 중에서[80]

나는 '노력만능설'을 거스르는 이런 말이 꼭 필요하다고 생각한다.

어울리지 않는 일이 일어나다

나카지마 아쓰시의 소설 「이릉」에 다음과 같은 구절이 있다.

그는 늘 인간에게는 각각 그 인간에 어울리는 사건이 일어
난다고 하는 일종의 확신 같은 것을 갖고 있었다.
—나카지마 아쓰시, 「이릉」 중에서[81]

누구나 비슷하게 생각하지 않을까?

그렇지만 어울리지 않는 일이 일어나기도 한다. 그러면 좀
처럼 납득이 안 된다.

밀란 쿤데라의 『소설의 기술』을 읽다 보니 다음 같은 내용
이 쓰여 있었다.

단테와 보카치오가 활동하던 무렵의 문학작품에서는 주인
공이 모험을 떠나 갖가지 고난을 거치며 성장하고 결국에는
자기 자신을 발견했다. 지금도 오락 작품의 기본 패턴은 이럴
것이다.

그렇지만 보카치오로부터 4세기가 지나 드니 디드로의 시
대가 되자 모험을 떠난 주인공이 장애인이 되어 돌아오기도
한다.

(그는) 자신의 행위에서 자신을 인식할 수 없었던 겁니다. 행위와 그의 사이에 틈이 벌어진 것이죠. 사람은 행동을 통해 자신을 나타내는데 이 모습이 전혀 그를 닮지 않은 것입니다. 이 같은 행동의 역설적인 성격이야말로 소설의 위대한 발견입니다.

—밀란 쿤데라, 『소설의 기술』 중에서[82]

나는 이 글을 읽고 크게 감동했다.

내가 괴로웠던 이유는 오래된 이야기의 패턴에 사로잡혀 있었기 때문이라는 걸 깨달았다. 현실이 오래된 이야기의 패턴과 같다고 생각했기 때문에 그 패턴에서 벗어난 내 인생을 받아들이지 못했던 것이다.

소설의 세계에서는 이미 한참 전에, 현실이란 모험에 나섰다가 장애인이 되어 돌아오기도 하는 곳이라는 걸 깨달았던 것이다.

그렇다면 '내'가 행동을 통해 포착되지 않는다면, 도대체 어디서 어떻게 포착할 수 있을까요? 이렇게 해서 '나'를 찾고자 하는 소설이 행동의 가시적 세계에서 길을 돌려, 보이지 않는 내면의 삶으로 기우는 계기가 발생하는 것입니다.

—같은 책 중에서

인간의 행동이 아니라 내면, 즉 정신을 탐구하는 심리소설의 시대가 도래한 것이다. 환자와 장애인에게 '신체가 자유롭지 않아도 마음가짐이 중요'하다고 하는 것과 비슷하다.

그렇지만 심리소설 역시 막다른 길에 다다른다.

자아의 내면적 삶에 대한 정밀한 검토라는 것에 깔린 바닥에 닿은 이후에도 위대한 소설가들은 여전히 의식적으로건 무의식적으로건 새로운 지향을 찾으려 해왔습니다. (…) 프루스트 이후의 지향을 펼친 사람은 바로 카프카예요. (…) 프루스트에게 인간의 내면적 세계란 하나의 기적이었고 우리를 끊임없이 경탄케하는 무한함이었죠. 그러나 카프카의 경이로움은 이런 데 있는 게 아니에요. 그는 인간의 행위를 결정짓는 내적 동기가 어떤 것이냐를 묻지 않습니다. 그가 제기하는 물음은 전적으로 다릅니다. 그의 물음은, 내면적 동기가 더 이상 아무런 무게도 지니지 못하게 될 만큼 외부적 결정이 압도적인 것이 되어버린 세계에서 아직 인간에게 남아 있는 가능성이란 어떤 것이냐라는 것이죠.

—같은 책 중에서

달리 말해 '병이나 장애 같은 외적 결정 요인이 압도적으로 강해졌을 때, 그래도 인간에게는 어떤 가능성이 남아 있을까?'라는 물음이라고 할 수도 있겠다.

낫지 않는 병에 걸린 내가 왜 카프카에게 끌리는지, 이유를 알 것 같다.

낫지 않는다고 해도 부정당하다

낫지 않는 병에 걸리고 놀란 점 중 하나는 "낫지 않는 병이에요."라고 말해도 "아뇨, 나을 수 있어요."라고 부정당한다는 것이다.

위로할 셈으로 그렇게 말하는 건 괜찮다. 하지만 그게 아니라 낫지 않는 병이 있다는 사실에 대한 공포, 이번 장의 처음에 적었던 '언젠가 어떻게든 된다.'라는 신념, 직전에 이야기한 '주인공이 모험을 떠나 갖가지 고난을 거치며 성장하고 결국에는 자신을 발견'하는 이야기의 패턴 등에 사로잡혀서 그렇게 말하기도 한다.

그 때문에 끈질기게 부정하는 경우가 있다.

희귀질환은 낫지 않는 병이라고 설명하면, "그래도 기운은 있지요?"라든지 "조금씩은 좋아지고 있지 않나요?"라고 물고 늘어진다. 나는 낫지 않는 병이 고민거리인데, 낫는다고 할 때까지 인정하지 않는다.

한편 "수술해서 완전히 나았어요."라고 거짓말을 하면 반응이 굉장히 좋다. 받아들이는 태도가 전혀 다르다. 마치 그때까지 현관에서 서서 이야기했는데, 나았다고 하는 순간 응접실로 안내를 받아 이런저런 대접을 받는 것 같다.

사람들은 '이런저런 고생을 했지만, 결국 다 잘됐다.' 하는 이야기를 무척 좋아하는 것이다.

그 사실을 알았기에 요즘은 부쩍 그렇게 이야기하고 있다.

"낫지 않는 병이라니, 큰일이겠네요."라는 극히 평범한 반응을 하는 사람은 알고 보면 매우 적다.

비일상을 겪지 못하게 되다

병이라는 것은 본래 비일상에 속한다.

학교와 회사를 쉬고, 언제나 하던 일을 거르고, 대낮부터 자거나 약을 먹는 등 여느 때 하지 않던 일을 한다. 그리고 병이 나으면 일상으로 돌아간다.

병이 낫지 않는 경우에는 일상으로 돌아갈 수 없다. 계속 비일상을 살아갈 수밖에 없다.

그렇게 되면 어떤 일이 일어날까. 애초에 병이 비일상이기 때문에 그 이상의 비일상을 겪기가 어렵게 된다.

구체적인 예를 들면, '흥에 취하는 것'이 불가능해진다.

사람들 대부분에게는 긴장을 풀고 한껏 흥에 취하는 날이 있다. 실컷 먹거나, 잔뜩 술을 마시거나, 밤새 놀거나, 하면 안 되는 일을 하거나.

한결같이 성실하게 살기란 어렵다. 때로는 엉망으로 풀어지는 시간도 필요하다.

병이라는 비일상을 살아가는 사람은 그런 시간을 갖기가 불가능하다. 흥에 취하지 못한다.

이렇게 말하면 복에 겨운 고민 같겠지만, 사실 그렇지도 않다.

감방에서 나가지 못한다고 하면, 누구나 그건 못 견딘다고 생각할 것이다. 자유를 빼앗겼으니까. 흥에 취하지 못하는 것도 그와 같은 상황이다.

건강에는 자유가 있다. 건강은 모든 자유에서 가장 중요한 것이다.

—헨리 프레데리크 아미엘, 일기 중에서[83]

행복의 기준이 낮아지다

병에 걸리면 행복의 기준이 매우 낮아진다.

아침에 일어났는데 아픈 곳이 하나도 없다면, 그것만으로도 굉장한 행복감에 젖어든다. 햇살에도 행복을 느끼고, 나무가 흔들리기만 해도 감동하고, 새들이 지저귀는 소리에 푹 빠져든다.

활기차고 건강하면 새소리 같은 건 귀에 들어오지 않을지도 모른다. '새가 우는데 어쩌라고. 그런 하찮은 일에 신경 쓸 겨를은 없어. 오늘 회의만으로도 머리가 꽉 찼다고.'

그에 비해 병에 걸리면 일의 성과니 경쟁이니 하는 것들이 훨씬 하찮아진다. 저놈과 나 중에 누가 더 지위가 높은지 따져봤자 부질없을 뿐이다. 그런 것보다는 새들의 울음소리가 훨씬 마음을 크게 울린다.

큰 병에 걸려 죽음을 가까이에서 느끼면, 꾸지람을 심하게 들은 것 같아서 그때까지 중대하게 생각했던 것이 그렇지 않았다고 깨닫게 되는 법이다.

—가와바타 야스나리, 『무지개 갈 때마다』 중에서[84]

식사 역시 멍하게 먹는 경우는 거의 없다. 한 끼 한 끼, 한 입 한 입, 먹을 수 있다는 데 감사함을 느낀다. 배가 고프다고 아무거나 잡히는 대로 입에 넣지는 않는다. 위험성을 감수하고 먹는 것이라서 그만큼 골라서 음미하며 먹는다. 신문을 읽느라 맛을 제대로 못 느끼는 건 있을 수 없는 일이다. 성실하게 맛보며 하나하나의 맛에 감동하고 행복을 느낀다.

만약 병이 나아 다시 건강한 몸으로 돌아간다면―뜨거운 음식도 목구멍만 넘어가면 괜찮은 것처럼―식사의 감동도 언젠가 흐릿해질 것이다. 또 지저귀는 새의 소리보다 회의가 중요해질지 모른다. 시간이 없다며 대충 아무 음식이나 입에 집어넣고 커피와 함께 삼킬 수도 있다.

그렇지만 낫지 않는 병에 걸리면 감동이 흐릿해지지 않는다.

물을 마시면 행복하고, 뭔가 먹으면 행복하고, 하늘을 올려다보면 행복하다. 땅바닥의 잡초를 보고 감동하고, 나뭇잎들에 떨어지는 빗소리를 듣고 감동하고, 내가 걸을 때 나는 발소리에도 감동한다. 어쨌든 내가 살아 있다는 사실에 감사하는 나날을 보낸다.

어딘가의 높으신 스님께서 칭찬해줄 법한 마음가짐이다.

그렇게 항상 행복을 느끼는 생활이 부럽다고 하는 사람도 있을 수 있다. 낫지 않는 병에도 이점이 있지 않느냐고.

그렇지만 나는 그렇게 생각하지 않는다.

이토록 행복을 느끼는 건 사실 행복하지 않은 것 아닐까.

이런 모순된 마음을 품고 있다.

'골골백세'라고는 할 수 없다

낫지 않는 병에 걸린 사람에게 '골골백세'라는 말은 희망이
가득하게 들린다.

골골은 어쩔 수 없다고 해도 그 덕에 다른 병에 걸리지 않
을 수 있다면 그나마 기쁠 것이다. 하긴 병원에 자주 가고, 혈
액 검사도 하고, 건강에 신경 쓰니, 그런 면이 있을지도 모른다
고 생각했다.

그렇지만 웬만해서는 '골골백세'가 되기 어렵다.

우선 약의 부작용과 합병증이 있다. 앞서 적었지만 내가 사
용한 프레드니솔론에는 면역을 떨어뜨린다든지 골다공증을
유발한다든지 하는 여러 부작용이 있다.

내가 수술을 마음먹은 것도 프레드니솔론의 부작용이 너무
쌓였기 때문이었다. 눈에 '중심성 장액성 맥락 망막증'이라는
질병이 생겼을 때도 프레드니솔론 때문이라는 말을 들었다.

'골골백세'는커녕 '골골골골'인 것이다.

병원에서 자주 검사를 받는다지만, 늘 지병과 관련해서만

살펴볼 뿐이다.

요즘은 각각의 진료과가 전문적이기 때문에 각 진료과가 맡은 책임만 완수하려 한다. 그 때문에 책임 외의 증상에 대해서는 의외일 만큼 봐주지 않는다.

눈에 관해서도 중심성 장액성 맥락 망막증의 정기 검사를 지금까지 받고 있는데, 망막열공을 놓친 적이 있다. 망막열공은 다른 병원에서 우연히 발견했다. 그 의사는 이렇게 말했다.

"한 가지 병이 있으면, 외려 다른 걸 놓치지요."

눈이라는 작은 기관에서도 이런 일이 있는 것이다.

중년 남자는 소생과蘇生科에서 되살아났다. 하지만 병 치료에는 별로 관심이 없는 과였기 때문에 환자의 감사를 핑계삼아 그대로 방치해서 금세 죽게 만들었다. 하지만 소생과인 만큼 남자는 아직도 나흘이나 닷새마다 죽었다가 살아나고, 다시 죽었다 살아나면서 감사하는 나날을 보내고 있다 한다.

—아베 고보, 『밀회』 중에서[85]

아무리 그래도 이 정도는 아니겠지만, 진료과의 관심 대상만 살펴보는 오늘날의 상황에서 '골골백세'는 꽤 어려운 일이다.

제어하는 느낌을 잃어버리다

잔잔한 바다는 숙련된 뱃사람을 길러내지 않는다.

—아프리카의 속담[86]

앞서 적었듯이 궤양성 대장염에 걸리면 어떻게든 관해기를 오래 유지하기 위해 무엇을 먹으면 좋지 않은지, 어떤 걸 하면 나쁜지 등 법칙을 찾게 된다. 그 법칙을 잘 찾아서 병을 어느 정도 제어할 수 있다면, 무척 운이 좋은 경우다.

낫지 않는 병이라도 스스로 웬만큼 제어하면 증상이 안정될 수 있고, 그만큼 마음도 안정된다. 일상생활에 이런저런 제약이 있다 해도 노력한 보람이 있는 셈이라 그런대로 참을 수 있다.

문제는 아무리 조심해도 재연한다든지, 재연에 일정한 패턴이 없다든지, 제어를 전혀 할 수 없는 경우다.

궤양성 대장염은 그럴 때가 많다. 그러면 환자는 좌절하고 애를 태운다.

아주 작은 변화로도
금세 최악의 상태로 추락해버리는,
이 과민하고 약한 몸.

이런 몸으로 어떻게든 버텨왔다.

인내! 그게 중요하다! 사람들은 참고 힘내라고 말한다.

나는 그러고 있다.

하지만 언제까지나 계속 견딜 수 있을까.

계속 버틸 수 있다면 다행이겠다만.

—베토벤, 「하일리겐슈타트 유서」 중에서[87]

아무리 조심해도 아주 작은 일은 일어난다. 아주 작은 일은 피하기 어렵다.

조금 추웠다, 조금 많이 걸었다, 조금 죽이 빡빡했다.

그런 일로도 일일이 "금세 최악의 상태로 추락"해버리면 도저히 못 해먹겠다는 생각이 든다. 더 이상 조심할 수 없다고.

심지어 정말로 그 일이 원인인지조차 알 수 없다. 실은 아무런 관련이 없고, 그저 갑자기 최악의 상태로 추락해버린 것인지도 모른다.

조심해봤자 의미가 없을지 모른다는 생각이 든다. 하지만 아예 조심하지 않으면 확실하게 최악의 컨디션으로 떨어진다.

대체 어떻게 하면 좋을까 생각하지만 어쩔 방법이 없다.

제어 불가능이라는 사실만 알 뿐이다.

병에 걸리고 10년 정도 지났을 때 "이제 병의 베테랑이네요."라는 말을 의사에게서 들었다. 하지만 줄곧 거친 바다에 농락당하기만 한 뱃사람은 여태껏 아무런 기술도 익히지 못했다. 그저 지쳐 쓰러져 있을 뿐이다.

"그렇죠, 하하하."라며 알랑거리는 웃음을 짓고는 허무해서 눈을 깜박였다.

내 몸을 내가 제어할 수 없어서 답답했다.

노인 보호 시설과 관련한 연구 중 흥미로운 것이 있다.

그 시설에서는 원래 어느 요일에는 영화, 어느 요일에는 텃밭 돌보기, 하는 식으로 행사가 정해져 있었다.

그러던 것을 요일과 상관없이 영화든 텃밭이든 각자 자유롭게 선택해도 된다고 바꾸었다. 그러자 노인들의 건강 상태가 눈에 띄게 좋아졌다. 사망률까지 낮아졌다.

그 이유에 관해 자신의 인생을 스스로 제어함으로써 노인들의 정신 상태가 나아졌고, 그런 변화가 건강 상태에도 반영된 것이라고 분석했다. 영화냐 텃밭이냐 하는 사소한 선택에도 그만큼 효과가 있었던 것이다.

'제어하는 느낌과 인생의 충실감' 사이에는 높은 상관관계가 있다고 한다.

내가 직접 느끼기로도 그랬기에 납득할 수 있다.

아픈 사람이 이상한 치료법에 빠져들면, 서양의학으로는 병이 낫지 않으니 지푸라기라도 잡는 심정일 것이라고 한다. 분명 맞는 말이다. 하지만 나는 거기에 스스로 제어하는 느낌을 되찾고 싶다는 바람도 있지 않을까 생각한다.

"이렇게 하면 제어할 수 있어요." 이런 말은 정말 강하게 아픈 사람의 마음을 사로잡는다. 앞서 소개한 사례의 금붕어나 염교처럼.

환자의 그런 절실함을 모르면 이상한 치료법에서 돌아오게 하기는 어려울 것이다.

보이지 않는 사람이 되다

가난한 나라나 지역에 가본 사람들이 종종 이런 말을 한다.

그곳의 사람들이 의외로 밝았다고. 아이들이 티 없이 맑게 소리 높여 웃는데, 건강하고 활기차서 선진국 아이들보다 훨씬 행복해 보인다고.

이런 말을 듣거나 읽으면 늘 의문이 떠오른다.

건강하지 않은 아이들은 이미 죽은 게 아닐까?

가난 탓에 식량과 의료가 충분하지 않은 상황에서 병이나 장애가 있으면 죽을 확률도 높아질 것이다. 내가 그런 곳에 있었다면 처음 증상이 나타났을 때 죽었으리라.

가난이라는 체에서 빠져나가 바닥으로 떨어지지 않은 씩씩한 아이들만 살아남아서 웃고 있는 것이다. 그래서 건강하고 밝다.

그 이면에는 비참한 상황에 놓인 아이들이 잔뜩 있을 게 분명하다.

그런 아이들이 그저 보이지 않는 것이다.

중국 궁중을 배경으로 하는 사극 드라마 「여의전」에는 이런 장면이 있다.

궁중에서 임신한 황후를 위해 사이좋은 후궁이 아이 옷을 꿰매고 있다.

"그런데 왜 가난한 집에서 모은 자투리 천으로 만들어?" 황후가 물었다.

후궁이 답한다. "가난한 집 아이들이 튼튼하게 자란대. 그 운을 나눠 받는 거야. 배 속의 아이가 무사히 자라기를 바라면서."

이것도 같은 경우다. 가난한 집 아이들이 더 튼튼하게 자라날 리가 없다. 그게 아니라 가난한 집에서는 튼튼한 아이밖에 기르지 않는 것이다. 하지만 결과만 보면 가난한 집 아이는 튼튼한 것이 된다.

자라지 않은 아이는 보이지 않는다.

죽은 사람들은 보이지 않는다.

죽지 않았어도 집에서 나가지 않는다면, 바깥세상에서 그 사람은 보이지 않는다.

병원을 오가는 버스에서 거리를 오가는 사람들을 보면서 모두 건강한 것 같다고 부러워했던 시기가 있다.

당연한 일이었다. 걸을 수 있는 사람만 거리를 오갔을 테니까.

보이지 않는 사람들은, 사실 정말 많다.

환자뿐이 아니다. 수많은 사람들이 있다. 있어도 보이지 않는, 보이지 않지만 있는 사람들.

이런저런 일을 짧게 전전했어. 그러면 말이지, 지금까지 전혀 보이지 않았던 일본인이 잔뜩 보여. 텔레비전이나 신문에서는 거의 보이지 않던 일본인이 정말 많아. 일본인만이 아냐. 외국인도 여기저기에 가득 있는데, 지금까지 전혀 보이지 않았던 거야.

―야마다 다이치, 「밤중에 일어나 있는 것은」 중에서[88]

보이는 사람들 외에 보이지 않는 사람들도 있지 않을까.

보이지 않게 되어가는 사람으로서, 부디 보이지 않는 사람들에 대해서도 상상해보기를 절실히 바란다.

그리고 곧장 불행한 사람의 존재 자체가 잊혀서 사라져버린다.

—시몬 베유[89]

●

편집자와 화이트보드

신경 쓰이는 메일

어느 날, 메일 한 통을 받았다.

모르는 편집자가 보낸 메일이었는데, "먹는 것과 싸는 것에 관해 써보시지 않겠습니까?"라고 쓰여 있었다.

많이 놀랐다. 보통 '자신의 병에 관해 써보실 의향이 있으신지요.' 같은 식으로 제안하지 않을까 싶었다.

첫 메일부터 느닷없이 '먹는 것과 싸는 것'이라니, 위험한 사람이거나 대단한 사람이거나 둘 중 하나라고 생각했다.

편집자의 이름은 시라이시 마사아키白石 正明였다. 인터넷에서 검색해보았다. 지금 검색해보면 기사가 많겠지만, 당시에는 그 정도는 아니었다. 그래도 재미있는 사람 같았다. 대단한 사람이고, 동시에 위험한 사람 같았다.

아무튼 한번 만나보기로 했다.

한 줄로 끝나다

그래도 쓸 생각은 없었다. 그보다는 쓸 수 없다고 생각했다.

내 병은 설사를 할 뿐이고, 사람들의 흥미를 끌 만한 드문 증상은 없었다. 괴로운 일이야 많았지만 푸념을 써봤자 무슨 의미가 있을까.

중학생 시절에 독후감을 전혀 쓰지 못했던 게 기억났다. "재미있었습니다."라는 한 줄뿐, 그다음은 쓰지 못했다.

병에 관해서도 마찬가지로 '괴롭습니다.'라는 한 마디 이상은 못 쓸 듯했다. 만감이 교차하는 경험이란 외려 말로 표현할 수 없다.

경험이란 통절하면 통절할수록
명료하게 표현하기 어려워지는 법이다.
—해럴드 핀터[90]

애초부터 나는 계속 병을 숨겨왔다. 들키지 않도록 노력했다. 지금이야 공표하고 있지만, 숨겼던 시기가 훨씬 길다.

이제 와서 끄집어내려 해도 이미 몇 겹으로 덧칠이 되어 있어 도저히 못 찾아낼 것 같았다.

줄줄 끌려 나오다

보통 편집자와 처음 만난 자리에서는 처음부터 끝까지 잡담만 하지만, 시라이시 씨는 달랐다. 만나러 가보니, 화이트보드가 준비되어 있었다. 그리고 병에 대해 여러 질문을 받았다.

그런 일을 당한 건 처음이라 무척 당황했다.

내가 꽤 많이 말하는 것에도, 즉 병을 말로 표현할 수 있는 것에도 스스로 놀랐다.

도저히 명료한 언어로 표현할 수 없을 것 같은 말들이
마치 포도주처럼 술술 흘러나왔다. 말하는 자기들이
듣는 나만큼이나 놀란 적도 있었다.

―스터즈 터클, 『여러분, 죽을 준비 했나요?』 중에서[91]

그야말로 이런 상황이었다.

일종의 감동을 느끼기도 했다.

그렇지만 한편으로는 꺼내면 안 되는 것을 끄집어내는 듯해서 도망치고 싶은 마음도 들었다.

시라이시 씨는 그날의 화이트보드를 찍은 사진과 그날 나눈 이야기의 녹취록을 금방 보내주었다.

'언어장막효과'라는 장벽

그래도 나는 쓰지 못한다고 생각했다.

내 속에 응어리진 것에는 말로 표현할 수 있는 것과 표현할 수 없는 것이 있다. 말로 표현할 수 있는 것만 써도 별 쓸모가 없다. 그렇다고 말로 표현할 수 없는 것까지 무리해서 글로 쓰는 것은 돌이킬 수 없는 일이다.

> "왜 모두 내 여행을 가만 놔두지 않을까? 다들 모른다니까.
>
> 억지로 말하라고 해서 주절주절 말하면
>
> 마지막에는 뿔뿔이 흩어져서 사라져버린다고.
>
> 그걸로 끝이야.
>
> 나중에 그 여행을 떠올리고 싶어도
>
> 내가 주절대는 목소리만 들릴 뿐이야."
>
> ─스너프킨, 『무민 계곡의 명언집』중에서[92]

'언어장막효과verbal overshadowing'라는 현상이 있다.

가령 강력 사건의 목격자에게 범인의 인상을 말로 설명해달라고 해보자. 눈이 가늘고, 코는 크고, 입은… 하는 식으로. 그다음에는 여러 사진에서 범인을 골라달라고 요청한다.

처음부터 사진을 보고 고른 경우와 비교하면, 먼저 말로 설명했을 때 올바르게 범인을 고르는 확률이 현저히 낮아진다.

즉, 얼굴을 말로 설명함으로써 범인의 얼굴에 대한 기억이 부정확해진 것이다.

이런 현상은 얼굴뿐 아니라 그림, 색, 음악, 냄새, 맛 등에서도 일어난다고 알려져 있다. 다시 말해, 말로 표현하기 어려울수록 잘 일어나는 현상이다.

말로 하는 것이 첫걸음

이 의문을 나는 구마가야 신이치로熊谷 晋一郎 씨에게 던져 보았다.

구마가야 씨는 도쿄대학교 첨단과학기술연구센터의 부교수인 소아과 전문의로 뇌성마비 당사자다. 그 역시 시라이시 씨의 청탁을 받아 『재활의 밤リハビリの夜』医学書院 2009이라는 책을 썼다.

시라이시 씨와 두 번째 만난 날, 구마가야 씨도 그 자리에 불려서 왔다. 깜짝 놀랐다. 내 책을 위해 다른 저자를 부른 것이다. 구마가야 씨에게는 아무런 득이 없는 자리였다. 그래도 부르고 부름에 응한다는 것에서 두 사람의 끈끈한 관계를 느꼈다.

구마가야 씨의 이야기는 전부 눈이 번쩍 트이는 것들이었다. 그 만남이 내게 얼마나 큰 자극을 주었는지 모른다.

내가 언어화를 망설이는 것에 대해 구마가야 씨는 분명히 해석해서 답했다.

"돌봐주는 사람에게 무언가 해달라고 해야 할 때, 그런 필요가 있는 상황에서는 말로 표현하는 것이 중요할 것 같은데요."

구마가야 씨의 말에 뭐라 대답할 수가 없었다.

언어로 표현하면 진짜 마음이 사라진다는 말은 복에 겨운 소리일 뿐, 말로 전달할 수밖에 없다는 것이 훨씬 절실하다.

'경험하지 않으면 모른다'는 장벽

그랬지만 나는 좀처럼 쓰지 못했다.

또 다른 커다란 문제가 있었다.

경험하지 않으면 모른다는 것이다.

오믈렛 맛을 어떻게 가르쳐준들

먹어보지 않으면 모른다.

—야마다 다이치, 『누군가에게 보내는 편지처럼』 중에서[93]

이 말대로다.

읽는 이가 모르는 것을 글로 써봤자 소용이 없다.

그렇지만 그 후 이런 일이 있었다.

나는 NHK의 「라디오 심야편」이라는 방송에서 '절망 명언'이라는 코너에 출연하고 있는데, 거기서 시각장애가 있는 위인의 말을 소개했다. 그때 트위터에 이런 글이 올라왔다.

"청력을 잃는 것, 시력을 잃는 것이 어느 정도의 일인지는 해설을 듣지 않아도 우리가 상상할 수 있다고 생각하는데. 그 사람이 남긴 말을 굳이 해설할 필요가 있을까."

이 글을 보고 무척 놀랐다.

일시적이었지만 나는 눈병 때문에 책을 읽지 못했던 적이 있다. 한때는 난청이 되기도 했다. 둘 다 상상과 전혀 다른 체험이었다. 예컨대 난청은 매우 시끄러웠다. 생각지 못했던 일이었다. 경험해보지 않으면 모른다는 사실을 다시금 통감했다.

그렇지만 세간에는 '상상할 수 있다.'라고 생각하는 사람이 있었다.

너무 위험한 일이라고 생각했다.

병에 걸린 당사자는 건강한 사람들의 상상을 뛰어넘는 일을 체험한다. 그런데 주위의 건강한 사람들이 상상할 수 있는 범위 내에서 추측하여 다 안다고 생각하며 아픈 사람들에게 대응한다면, 비참한 일이 벌어질 것이다.

그렇다면 어떻게 해야 좋을까?

"재해든 병이든 경험한 사람과 하지 않은 사람 사이에는
크나큰 차이가 있다. 최선을 다해 상상해도

알 수 없는 것이 있다는 사실을 잊어서는 안 된다."

이야말로 중요한 말이라고 생각한다.

'상상할 수 없는 것이 있다.'라는 이해.

소크라테스의 '무지의 지'는 아니겠지만, '아무리 상상해도 경험해보지 않은 내게는 알 수 없는 것이 있다.'라는 식으로 모두가 생각한다면 크게 달라질 것이다.

자신에 대해 쓰는 것만큼 어려운 일은 없다

그렇게 '언어장막효과'와 '경험하지 않으면 모른다.'라는 두 가지 문제에 대해서는 내 나름 답을 얻고, 어떻게 한번 써볼까 마음을 먹었다.

그런데 막상 쓰기 시작하니 예상 이상으로 어려웠다. 내 병에 대한 이야기의 무엇을 독자가 재미있어할지, 혹은 재미없어할지, 하나도 알 수 없었던 것이다. 깜짝 놀랄 만큼 몰랐다.

나는 지금까지 카프카와 괴테 등을 소개하는 책을 썼다. 카프카와 괴테에 관해서는 무엇이 재미있는지 객관적으로 판단할 수 있다.

그렇지만 내 문제에 관해서는 주관적일 수밖에 없어서 전

361

혀 판단이 안 되었다. 그 때문에 고생이 심했다.

종종 '누구나 책을 쓸 수 있다. 자신에 대해 쓰면 된다.'라는 말을 하는데, 자신에 대해 쓰는 것만큼 어려운 일은 없다. 나에 대해서라면 쉽게 쓸 수 있다니, 나는 정반대라고 생각한다. '병과 반려동물에 대한 이야기만큼 재미없는 것도 없다.'라고 말하는 이유가 이해되었다. 이야기하는 당사자는 자기 이야기의 재미를 판단할 수 없는 법이다.

왠지 문체도 전과 달라졌다. 지금까지 나는 책을 쓸 때 '─합니다', '─습니다'라고 문장을 맺었다. 그런데 왠지 이 책만은 그렇게 쓰니 앞으로 나아가지 않았다. '─한다', '─이다'라고 바꾸니 그나마 쓸 수 있었다.

그 이유는 나도 잘 모른다.

나도 생각지 못한 발견

원고가 좀처럼 진척되지 않아서 온라인 연재를 하게 되었다. 하지만 연재도 여러 차례 장기간 중단해버렸고, 후반부는 새로 썼다. 그렇게 변칙적인 방식으로 원고를 썼다.

그러저러한 경위를 거치면서 처음 메일을 받고 5년이라는 시간이 흘러버렸다.

그러다 코로나 팬데믹이 일어났다. 식사나 집에 틀어박히는 것, 그리고 전염병에 대한 두려움 등과 관련한 가치관이 크게 바뀌었다. 그에 대한 내용도 보충했다.

그렇다고는 해도 이런 책을 쓰는 데 5년이나 걸렸냐고 하면 그저 부끄러울 뿐이다. 하지만 난산이었기에 생각도 깊어질 수 있었다.

자기 경험을 말하다가 스스로 깨달음을 얻은 것이다.
—스터즈 터클, 『여러분, 죽을 준비 했나요?』 중에서[95]

바로 내가 그랬다.

실컷 망설였고, 불안하기도 헤매기도 했지만, 지금은 이 글을 쓸 기회를 얻어서 진심으로 고맙게 생각한다.

이제는 읽어주신 분들에게도 무언가 생각지 못한 발견이 아주 조금이라도 있기를 바랄 뿐이다.

2020년 6월
가시라기 히로키

주

1. ヴァージニア・ウルフ(著), 川本 静子(編譯),『病むことについて』みすず書房 2021. (한국어판: 버지니아 울프 지음, 이미애 옮김,『런던 거리 헤매기』민음사 2019.)

2. 桂 米朝,『米朝落語全集 增補改訂版 第3巻』創元社 2014.

3. 深沢 七郎,『人間減亡的人生案内』河出書房新社 2013.

4. E. M. シオラン(著), 金井 裕(譯),『時間への失墜』国文社 2004. (원서: Emil Cioran, *La Chute dans le temps*, Gallimard 1964.)

5. 「로봇에 왜 '약함'이 필요할까?―로봇과 생물다움에 대하여(ロボットになぜ「弱さ」が必要なの?―ロボットと生き物らしさをめぐって)」SYNODOS, 2017. 2. 1.: (https://synodos.jp/science/18044)

6. 太宰 治,『人間失格』新潮文庫 2006. (한국어판: 다자이 오사무 지음, 김춘미 옮김,『인간 실격』민음사 2004.)

7. 輸液製剤協議会,「輸液の歴史」: (https://www.yueki.com/history-2)

8. 山田 太一,「ニーチェとジャガイモ」『夕暮れの時間に』河出文庫 2018.

9. フランツ・カフカ(著), 頭木 弘樹(編譯),『絶望名人カフカの人生論』新潮文庫 2014. (한국어판: 프란츠 카프카 지음, 가시라기 히로키 엮음, 박승애 옮김,『절망은 나의 힘』한스미디어 2012.)

10. Elias Canetti, *Der andere Prozeß: Kafkas Briefe an Felice*, Hanser 1969.

11. 트위터 '아프리카의 속담' @africakotowaza

12. 『絶望名人カフカの人生論』앞의 책. (한국어판: 프란츠 카프카 지음, 편영수·임홍배 옮김,『변신·단식 광대』창비 2020.)

13. 「ルネ・クレマンが語る『太陽がいっぱい』その2」: (https://green.ap.teacup.com/ledoyen/3788.html)

14. 向田 邦子,『向田邦子シナリオ集IV 冬の運動会』岩波現代文庫 2009.

15. 渡辺 一夫(著), 大江 健三郎·清水 徹(編),『狂気について―渡辺一夫評論選』岩波文庫 1993.

16. 山田 太一,『月日の残像』新潮文庫 2016.

17. 같은 책.

18. 佐藤 正彰(譯),『千一夜物語 2』ちくま文庫 1988.

19. 山田 太一,「車中のバナナ」, 頭木 弘樹編,『絶望図書館』ちくま文庫 2017.

20. 『月日の残像』앞의 책.

21. 安部 公房,『安部公房全集 18』新潮社 1999. (한국어판: 아베 고보 지음, 이정희 옮김,『타인의 얼굴』문예출판사 2018.)

22. 奥田 英朗,『ヴァラエティ』講談社 2016. (한국어판: 오쿠다 히데오 지음, 김해용 옮김,『버라이어티』현대문학 2017.)

23. 芥川 龍之介,『侏儒の言葉』青空文庫: (https://www.aozora.gr.jp/cards/000879/files/158_15132.html)

24. 菅原 健介,『人はなぜ恥ずかしがるのか』サイエンス社 1998.

25. ミラン・クンデラ(著), 西永 良成(譯), 『出会い』河出書房新社 2012. (한국어판: 밀란 쿤데라 지음, 한용택 옮김, 『만남』 민음사 2012.)

26. 桂 米朝, 『米朝落語全集 増補改訂版 第1巻』創元社 2013.

27. 筒井 康隆, 「コレラ」, 『如菩薩団: ピカレスク短篇集』角川文庫 2006.

28. ナサニエル・ホーソーン(著), 『バベルの図書館 3』国書刊行会 1995.

29. 筒井 康隆, 「公衆排尿協会」, 『夢の検閲官・魚籃観音記』新潮文庫 2018.

30. 『絶望名人カフカの人生論』앞의 책. (한국어판: 『절망은 나의 힘』앞의 책.)

31. 頭木 弘樹(編譯), 『絶望名人カフカ×希望名人ゲーテ: 文豪の名言対決』草思社文庫 2018.

32. 中城 ふみ子, 『美しき独断: 中城ふみ子全歌集』北海道新聞社 2004.

33. 頭木 弘樹(編), 『絶望書店: 夢をあきらめた9人が出会った物語』河出書房新社 2019.

34. 正岡 子規, 『墨汁一滴』青空文庫: (https://www.aozora.gr.jp/cards/000305/files/1897_18672.html)

35. ルートヴィッヒ・ウィトゲンシュタイン(著), イルゼ・ゾマヴィラ(編), 鬼界 彰夫(譯), 『ウィトゲンシュタイン 哲学宗教日記』講談社 2005. (한국어판: 루트비히 비트겐슈타인 지음, 하상필 옮김, 『비트겐슈타인의 1930년대 일기』 필로소픽 2016.)

36. 『病むことについて』앞의 책. (한국어판: 『런던 거리 헤매기』앞의 책.)

37. 山田 太一, 『終りに見た街』小学館文庫 2013.

38. 졸역.

39. 졸역. (한국어판: 윌리엄 셰익스피어 지음, 이상섭 옮김, 『셰익스피어 전집』 문학과지성사 2016.)

40. 山田 太一, 『山田太一作品集 4 男たちの旅路 ②』大和書房 1985.

41. 『美しき独断: 中城ふみ子全歌集』앞의 책.

42. 『絶望名人カフカ×希望名人ゲーテ: 文豪の名言対決』앞의 책.

43. ルートヴィヒ・ウィトゲンシュタイン(著), 藤本 隆志(譯), 『哲学探究』大修館書店 1976. (한국어판: 루트비히 비트겐슈타인 지음, 이승종 옮김, 『철학적 탐구』 아카넷 2016.)

44. 五味 康祐, 「太宰治: 贖罪の完成」『人間の死にざま』新潮社 1980.

45. アルベール・カミュ(著), 宮崎 嶺雄(譯), 『ペスト』新潮文庫 1969. (한국어판: 알베르 카뮈 지음, 김화영 옮김, 『페스트』 책세상 1998.)

46. 졸역. (원서: Christoph August Tiedge, *Urania*, Reutlingen 1802.

47. 트위터 '아프리카의 속담' @africakotowaza

48. トルストイ(著), 中村 融(譯), 『アンナ・カレーニナ 上』岩波文庫 1989. (한국어판: 레프 톨스토이 지음, 연진희 옮김, 『안나 카레니나 1』 민음사 2012.)

49. 『病むことについて』앞의 책. (한국어판: 『런던 거리 헤매기』앞의 책.)

50. シモーヌ・ヴェイユ(著), 冨原 眞弓(譯), 『重力と恩寵』岩波文庫 2017. (한국어판: 시몬 베유 지음, 윤진 옮김, 『중력과 은총』 문학과지성사 2021.)

51. 트위터 '아프리카의 속담' @africakotowaza

52. 寺山 修司(著), 山田 太一(編), 『寺山修司からの手紙』岩波書店 2015.

53. 트위터 '아프리카의 속담' @africakotowaza

54. 『時間への失墜』앞의 책. (원서: *La Chute dans le temps*, 앞의 책.)

55. 山田 太一, 『街への挨拶』中公文庫 1983.

56. 『絶望名人カフカ×希望名人ゲーテ: 文豪の名言対決』앞의 책.

57. 小沼 文彦(編譯), 『トルストイの言葉』彌生書房 1997.

58. トルストイ(著), 原 久一郎(譯), 『懺悔』岩波文庫 1961. (한국어판: 레프 톨스토이 지음, 박병덕 옮김, 『톨스토이 인생론·참회록』육문사 2012.)

59. 夏目 漱石, 『吾輩は猫である』青空文庫: (https://www.aozora.gr.jp/cards/000148/files/789_14547.html) (한국어판: 나쓰메 소오세끼 지음, 서은혜 옮김, 『이 몸은 고양이야』창비 2017.)

60. シモーヌ・ヴェイユ(著), 今村 純子(編譯), 『シモーヌ・ヴェイユ アンソロジー』河出文庫 2018.

61. 谷川 俊太郎(著), 和田 誠(畫), 『ともだち』玉川大学出版部 2002.

62. 桂 米朝, 『米朝落語全集 増補改訂版 第4巻』創元社 2014.

63. 西永 良成, 『カミュの言葉: 光と愛と反抗と』ぷねうま舎 2018.

64. フリードリヒ・ニーチェ(著), 佐々木 中(譯), 『ツァラトゥストラかく語りき』河出文庫 2015. (한국어판: 프리드리히 니체 지음, 최승자 옮김, 『짜라투스트라는 이렇게 말했다』청하 2005.)

65. 『時間への失墜』앞의 책. (원서: *La Chute dans le temps*, 앞의 책.)

66. 頭木 弘樹, 『NHKラジオ深夜便 絶望名言 2』飛鳥新社 2019.

67. '명언 내비' 웹사이트. (https://meigennavi.net/)

68. 『絶望名人カフカの人生論』앞의 책. (한국어판: 『절망은 나의 힘』앞의 책.)

69. 夏目 漱石, 『硝子戸の中』青空文庫: (https://www.aozora.gr.jp/cards/000148/files/760_14940.html) (한국어판: 나쓰메 소세키 지음, 김정숙 옮김, 『유리문 안에서』문학의숲 2008.)

70. E. M. シオラン(著), 金井 裕(譯), 『絶望のきわみで』紀伊國屋書店 1991. (한국어판: 에밀 시오랑 지음, 김정숙 옮김, 『해뜨기 전이 가장 어둡다』챕터하우스 2013.)

71. 『米朝落語全集 増補改訂版 第4巻』앞의 책.

72. 正岡 子規, 「病牀瑣事」青空文庫: (https://www.aozora.gr.jp/cards/000305/files/2532_22539.html)

73. 『時間への失墜』앞의 책. (원서: *La Chute dans le temps*, 앞의 책.)

74. エリアス・カネッティ(著), 岩田 行一(譯), 『群衆と権力 下』法政大学出版局 2010. (한국어판: 엘리아스 카네티 지음, 강두식·박병덕 옮김, 『군중과 권력』바다출판사 2010.)

75. 『絶望名人カフカ×希望名人ゲーテ: 文豪の名言対決』앞의 책.

76. 寺田 寅彦, 「KからQまで」青空文庫: (https://www.aozora.gr.jp/cards/000042/files/43252_17032.html)

77. 頭木 弘樹,『カフカはなぜ自殺しなかったのか?: 弱いからこそわかること』春秋社 2016.

78.『シモーヌ·ヴェイユ アンソロジー』앞의 책.

79. '명언 내비' 웹사이트. (https://meigennavi.net/)

80. 山田 太一ほか,『冬の本』夏葉社 2012.

81. 中島 敦,『中島敦全集 3』ちくま文庫 1993. (한국어판: 나카지마 아쓰시 지음, 김영식 옮김,『산월기』문예출판사 2016.)

82. ミラン·クンデラ(著), 金井 裕·浅野 敏夫(譯),『小説の精神』法政大学出版局 1990. (한국어판: 밀란 쿤데라 지음, 권오룡 옮김,『소설의 기술』민음사 2013.)

83. アンリ·フレデリック·アミエル(著), 河野 与一(譯),『アミエルの日記』岩波文庫 1972.

84. 川端 康成,『虹いくたび』新潮文庫 1963.

85. 安部 公房,『密会』新潮文庫 1983.

86. 트위터 '아프리카의 속담' @africakotowaza

87. ベートーベン,「ハイリゲンシュタットの遺書」『絶望書店: 夢をあきらめた9人が出会った物語』앞의 책.

88. 山田 太一,「夜中に起きているのは」『月刊 すばる』1995. 4.

89.『シモーヌ·ヴェイユ アンソロジー』앞의 책.

90. ハロルド·ピンター(著), 喜志 哲雄·小田島 雄志·沼沢 治治(譯),『ハロルド·ピンター全集 1』新潮社 1977.

91. スタッズ·ターケル(著), 金原 瑞人·築地 誠子·野沢 佳織(譯),『死について!』原書房 2003. (한국어판: 스터즈 터클 지음, 김지선 옮김,『여러분, 죽을 준비 했나요?』이매진 2015.)

92. トーベ·ヤンソン(著), ユッカ·パルッキネン(編), 渡部 翠(譯),『ムーミン谷の名言集』講談社文庫 2014.

93. 山田 太一,『誰かへの手紙のように』マガジンハウス 2002.

94.『読売新聞』2011. 7. 5.

95.『死について!』앞의 책. (한국어판:『여러분, 죽을 준비 했나요?』앞의 책.)

먹는 것과 싸는 것

초판 1쇄 발행 2022년 3월 25일

지은이 가시라기 히로키
옮긴이 김영현
펴낸이 김효근
책임편집 김남희
펴낸곳 다다서재
등록 제2019-000075호(2019년 4월 29일)
주소 10358 경기도 고양시 일산동구 산두로 180 709-302
전화 031-923-7414
팩스 031-919-7414
메일 book@dadalibro.com
인스타그램 @dada_libro

한국어판 ⓒ 다다서재 2022
ISBN 979-11-91716-09-2 03830